ओ इजा

(उपन्यास)

ओ इजा

शम्भूदत्त सती

वाणी प्रकाशन ग्रुप
भारतीय ज्ञानपीठ
वाणी प्रकाशन : भारतीय ज्ञानपीठ की पुस्तकों के एकमात्र प्रकाशक एवं वितरक

लोकोदय ग्रन्थमाला : ग्रन्थांक 952

दूसरा संस्करण : 2011
तीसरा संस्करण : 2025

वाणी प्रकाशन : भारतीय ज्ञानपीठ की पुस्तकों के एकमात्र प्रकाशक एवं वितरक

वाणी प्रकाशन

4695, 21-ए, दरियागंज, नयी दिल्ली-110 002
दूरभाष : 011-23273167, 23275710
ईमेल : sales@vaniprakashan.in
www.vaniprakashan.com

ISBN : 978-93-7112-500-0

मूल्य : ₹ 325

ओ इजा

(उपन्यास)

शम्भूदत्त सती

O EJA
(Novel)
by Sambhudutt Sati

आवरण-चित्र : हिमाचल टूरिज़्म के सौजन्य से
मुद्रक : आर. टेक ऑफ़सेट प्रिंटर्स, दिल्ली-110 032

दिवंगत बाज्यू को
उनसे सुनी, उन्हीं को समर्पित
रह्यो पौन में पौन

निवेदन

पाठकों के समक्ष यह उपन्यास प्रस्तुत करते हुए मैं इस बात का निवेदन करना चाहता हूँ कि दिनोंदिन गाँवों का शहरीकरण होने के कारण उसकी बोली, खान-पान, रहन-सहन, लोक-परम्पराएँ और लोकभाषाएँ विलुप्त होती जा रही हैं इसलिए यहाँ मैंने कुमाऊँनी बोली (जो लगभग विलुप्त होने के कगार पर है) को अपनी बात कहने का माध्यम बनाकर प्रस्तुत उपन्यास में कुमाऊँनी हिन्दी का प्रयोग किया है। यहाँ तक कि लेखक की ओर से भी कुमाऊँनी हिन्दी का ही प्रयोग किया गया है—'क्या जो हुआ, कैसे जो हुआ होगा।'

कोई भी लोक भाषा किस प्रकार मानव हृदय एवं लोकमन की जटिल भावनाओं को झंकृत करती है, यह लोमानस एवं जीवन की पृष्ठभूमि में अधिक स्पष्टतया देखा जा सकता है। इस पुस्तक में स्थानीय बोली के शब्दों को बोलचाल की भाषा के रूप में किस प्रकार प्रयोग किया जाता है, यह दर्शाने का यहाँ प्रयास किया गया है। हिन्दी का प्रयोग करते हुए कुमाऊँ में भी अन्य क्षेत्रीय भाषाओं की तरह उनकी बोलचाल में साफ सुनाई देता है। जैसे कि श और स में बहुत कम भेद पाया जाता है। साथ ही वाक्यों का सीधे प्रयोग न करके उसमें ऐसा, जो, बल, कहा आदि शब्द अतिरिक्त जोड़ दिये जाते हैं। नहीं के स्थान पर नहीं तो, अक्सर बोला जाता है और अधिकतर वाक्यों के अन्त में ठहरा।

प्रस्तुत पुस्तक में कुमाऊँनी भाषा एवं साहित्य के स्वरूप पर एक सूक्ष्म-सी दृष्टि डालने का आग्रह मात्र है। वहाँ के रीति-रिवाज, खान-पान, रहन-सहन, तीज-त्यौहार, भाषा-बोली पर प्रकाश डालने की खास कोशिश की गयी है। आज के महानगरीय जीवन में स्थिति यह है कि कुमाऊँनी के बहुत सारे शब्द विलुप्तप्राय होते जा रहे हैं। कई बार स्वयं कुमाऊँनी लोग भी इस शब्द का 'क्या जो मतलब हुआ?' मार्का प्रश्नों को दुहराते

नजर आते हैं। इस उपन्यास में स्थानीय भाषा की अर्थगत विशेषताओं का सम्यक निरूपण करते हुए उसकी व्याख्या वहीं कोष्ठक में दे दी गयी है ताकि पाठकों को उसका अर्थ ढूँढने में दिक्कतों का सामना न करना पड़े।

जैसा कि अक्सर देखा गया है लोक भाषाओं और उनकी लोक रचनाओं का विशिष्ट स्वरूप स्थानीय जन-जीवन की गतिविधियों द्वारा ही निर्मित होता है और आगे चलकर उसी के द्वारा परिवर्तित भी होता है। यह तो सभी भाषाओं में देखा गया है कि देशकाल और परिस्थिति के अनुसार भाषा का स्वरूप परिवर्तित होता रहता है। अत: मैं यहाँ तटस्थ अध्येता की तरह यह नहीं कह सकता कि इस उपन्यास में जो कुमाऊँनी का प्रयोग किया गया है, वह सर्वत्र कुमाऊँ की भाषा या बोली है। कुमाऊँ में एक कहावत प्रचलित है—'तीन कोस पर बदले पानी, तीन कोस पर बदले बानी।' मैंने यहाँ स्थानीय जन-जीवन के भीतर प्रविष्ट होकर साहित्य की सूक्ष्म परीक्षा करने की मात्र कोशिश भर की है। आशा है, पाठकों को मेरा यह आग्रह एक बार 'फिर क्या जो हुआ, कैसे जो हुआ' कहने के लिए उद्वेलित करेगा।

—शम्भूदत्त सती

ओ इजा

मैंने सोचा है सच कहूँगा, सच के सिवा कुछ नहीं कहूँगा। अगर मेरा कहा झूठ लगे, तो भी मैं कोई आपत्ति नहीं करूँगा। दरअसल एक का सच दूसरे के लिए झूठ भी हो ही सकता है। मैं जानता हूँ आप इसे एक कहानी की तरह पढ़ रहे हैं। अब कहानियों का ऐसा है कि वे गढ़ी जाती हैं, मगर मेरा इरादा तो सीधी-सपाट बात कहने का है। हाँ, भले ही इस कहानी या इस हकीकत का बयान मैं कर रहा हूँ लेकिन इसमें मेरा न कोई किरदार है और न हैसियत। असल में कठिनाई यह है, इसमें न कोई सूत्रधार है और न कोई प्रमुख नायक-नायिका ही, कि चलो उसे ही व्यास गद्दी पर बैठा दिया। यह एक पूरे समाज की व्यथा-कथा है। वह समाज भी इतना उपेक्षित और अनदेखा किया जाता रहा है, कोई पर्यवेक्षक भी तैयार नहीं होता।

यह कहानी पीढ़ी-दर-पीढ़ी उस समाज में चलती है जो अपनी पूर्व पीढ़ी का इतिहास तक भूल जाता है। हर इनसान दुख-दर्द भरे वर्तमान में इतना खोया रहता है कि उसे अपना और अपने पूर्वजों का समान रूप से कष्टमय अतीत याद करने की फुर्सत ही नहीं मिलती। कभी दर्द से कराहते हुए भले 'ओ इजा, ओ बाज्यू' कह बैठे लेकिन उन्हें अपने माँ-बाप के नाम तक याद नहीं रह जाते। जिस समाज की बात की जा रही है वह ऊँचे रूखे पहाड़ों के गाँव में बसा है, जिनमें कंकरभर भी सुख नहीं है, मगर दुख पहाड़ सरीखे हैं। पहाड़ों में जनमा इनसान अपने दुख अपने साथ लेकर नहीं मर जाता बल्कि सूद समेत बतौर विरासत अपनी अगली पीढ़ी के लिए छोड़ जाता है। इन लोगों को वस्तुतः सपने में भी सुख प्राप्त नहीं है। इनके पास सुख का एक भी शब्द नहीं, मगर पीड़ा के अनेक पर्याय हैं।

अब अगर इनके दुख ही दुख की बात की जाय तो, सुखी लोग तो क्या स्वयं दुखी लोग भी ऊब जाते हैं। और फिर सुखी लोग तो बाकायदा झुंझला उठते हैं इसलिए इस चर्चा को फिलहाल यहीं छोड़कर इस कथा का देशकाल निरूपित कर दें। जहाँ तक इस कथा विशेष का काल है वह तो अनादि अनन्त है लेकिन जिस स्थल पर कहानी शुरू होगी, भारत को स्वाधीन हुए पाँच दशक से अधिक हो गये लेकिन कथा-

पात्रों के दुर्भाग्य से वोट देने के अधिकार के अतिरिक्त (जिसकी भी इन्हें जानकारी नहीं है) स्वाधीनता का कोई अधिकार इस गाँव तक नहीं पहुँच सका है। रहा देश, तो ये कहानी झंडीधार की है। मोटरगाड़ी, रेल, यातायात, टेलीविजन की इन्हें भनक तक नहीं है। इनके लिए सब सपने जैसी चीजें हैं। एक ओर जहाँ देश में चहुँमुखी विकास की बात हो रही है, वहीं अब तक इन्हें न तो प्राथमिक उपचार के बारे में कुछ पता है और न सुविधा ही पर्याप्त। शिक्षा के नाम पर एक ऐसी प्राथमिक पाठशाला है, जहाँ न कभी सरकार की ओर से कोई सरकारी अध्यापक ही आया और न किसी तरह के भवन का निर्माण ही हुआ।

तो और बातें बताने से पहले आपको इस गाँव का भूगोल समझा देता हूँ। गाँव का नाम है—झंडीधार। अब आप कहेंगे झंडीधार भी भला कोई नाम हुआ? मैं जिस झंडीधार की बात कर रहा हूँ वह न तो कहीं उत्तराखंड के नक्शे में है और न ही किसी वेद पुराण में। अब आप कहेंगे अगर यह धार कहीं है ही नहीं तो ये जिनकी कहानी कहनेवाले हैं वे लोग भी कहीं हैं या नहीं? यह शंका जायज ठहरायी जा सकती है। अब आप एक प्रश्न और उठाएँगे कि झंडीधार जैसे शब्द की व्युत्पत्ति कहाँ से हुई और झंडीधार शब्द की क्या व्याख्या है। तो इस बात का यहीं निराकरण कर देता हूँ—पहाड़ी नामों के अनुसार धार माने चोटी होता है। पहाड़ों में चोटियाँ ही चोटियाँ होती हैं। हर चोटी को किसी-न-किसी धार के नाम से पुकारा जाता है। अब जैसे यही गाँव दो धारों के बीच में बसा है—पूरब की तरफ बिरखाम की धार और पश्चिम की ओर झंडीधार।

मेरे हिसाब से झंडीधार की व्याख्या इससे अच्छी नहीं हो सकती। यह चोटी नीचे से ऊपर को सँकरी होती चली जाती है और आखिर में एकदम तिकोन झंडे की तरह रह जाती है। या हो सकता है पांडवों से लेकर कत्यूरी राजाओं तक का यहाँ राज रहा और उनकी विजय-पताकाएँ भी ऊँचे-ऊँचे पर्वतों पर लहराती रहीं, स्थानीय लोगों ने इसलिए इसे झंडीधार कह दिया होगा। जैसे सामने की धार का नाम बिरखाम से जाना जाता है। अब बिरखाम की व्याख्या की आवश्यकता वैसे तो नहीं है। बिरखाम माने बीरखम्भा। ये बीरखम्भा पहाड़ों में पहले कई जगह पर थे लेकिन अब कुछ के अवशेष मात्र हैं, कुछ के नाम ही शेष हैं। इस बिरखाम का भी नाम ही शेष है, अवशेष अब रहे नहीं।

झंडीधार का पूरा गाँव घने बाँज, बुराँस, काफल, हिस्यालू, किल्मोड़, घिंघारू आदि अनेक प्रकार के वृक्षों से आच्छादित है। अब इसमें चीड़ की मात्रा भी बढ़ने लगी है। इसके चारों ओर फैला जंगल इतना घना है कि इसमें हाथ को हाथ नहीं सूझता। शेर, बाघ, भालू, बन्दर, लोमड़ी, सियार, खरगोश, घ्वेड़, काकड़, जंगली मुर्गी, मुनाल पक्षी—न जाने क्या-क्या—जीवजन्तु इसके बाशिन्दे हैं। जैसा कि मैंने बताया

झंडीधार पहाड़ी ऊपर से नीचे को चौड़ी होती चली गयी है और आखिर में खत्म होती है भोरगाड़ में। इसी झंडीधार और भोरगाड़ की घाटी के बीच बसा है यह गाँव। छोटे–छोटे पत्थरों के बने हुए मकान, उसी तरह के पत्थरों की छवाई और उसी तरह के पत्थर आँगन में बिछे हुए। पगडंडीनुमा टेढ़े–मेढ़े रास्ते। गाँव में मकान एक दूसरे से जुड़े नहीं हैं। कहीं–कहीं पर दो मकानों के बीच में आधा–एक किलोमीटर का भी फासला है। दोनों धारों के बीच बिखरा हुआ है पूरा गाँव।

इस गाँव के निवासी लगते तो एक ही पूर्वज की सन्तान हैं लेकिन ऐसा लगता है इन्होंने आपस में खुद ही वर्ण व्यवस्था बना ली है। इस वर्ण व्यवस्था के अनुसार इसमें अनेक जातियाँ रहती हैं। लेकिन इस वर्ण व्यवस्था का इनके पास कोई इतिहास नहीं है। अपनी सुविधा के अनुसार ये इतिहास भी खुद ही गढ़ लेते हैं—'ऐसे से ऐसा हुआ, ऐसे से ऐसा हुआ होगा।' गाँव में अगर बच्चे के नामकरण संस्कार से लेकर अन्तिम संस्कार करने तक के लिए, गाँव के ऊपरी हिस्से में गिरीश पांडे उर्फ गोपी बामण उर्फ पाणे का परिवार रहता है तो खेती–बाड़ी के औजार बनाने वाला, गाँव की सरहद पर बसा तिलुवा लोहार। भूत जैसे बच्चों के सिर पर उस्तरा घुमाने के लिए धनुवा नाई है तो पासनी और बर झगुली सिलने वाला रूपुवा दर्जी भी।

एक से दूसरे का हर काम जुड़ा हुआ है। पैसा अगर किसी ने पूरी जिन्दगी भर नहीं देखा है तो किसी ने छुआ तक भी नहीं। रूपुवा के बच्चे को किसी ने एक बार जब एक नया पैसा अपने लड़के की शादी में इनाम दिया तो वह काफी देर तक रोता ही रहा। पूछने पर उसने कहा, 'अब इस पैसे को मैं कहाँ जो सँभालूँ, कैसे जो सँभालूँ। इसे सँभालना तो मेरे वश का ठहरा ही नहीं।' किसी के पास पहले से कुछ चाँदी के सिक्के अगर होंगे भी तो उनका पता आज तक किसी को नहीं चला। कोई कहता, 'एक दिन हल्ला हुआ कि गोरे आ गये हैं, गोरे आ गये, बाज्यू (पिता) डर के मारे सिक्कों की तौली लेकर ऊपर को गये, पता नहीं कहाँ गाड़ आये, मरने तक उन्होंने कुछ बताया ही नहीं।' कोई कहता, 'इजा (माँ) ने सिक्के गाड़े तो घर के ही गोठ (घर का निचला हिस्सा) में थे लेकिन कहाँ गाड़े, पता नहीं।'

इन लोगों के सारे काम भी आपस में ही निपट जाते हैं और हर काम के लिए गाँव में ही योग्य पात्र भी मिल जाता है। जैसे किसी के बच्चा होने वाला हो तो गिदारी आमा को ही बुलाया जाता है। हर शुभ कार्य में शगुन आँखर (मंगल गीत) वही कहतीं। उनका नाम ही इसलिए गिदारी आमा पड़ गया। आमा गीत गाने के साथ–साथ पूरे गाँव भर में सुवे (नर्स) का काम भी करती हैं। आमा की बला से कोई मरे या बचे लेकिन बुलाया उन्हीं को जाता है। हालाँकि आमा ने जितने भी जच्चों–बच्चों को देखा होगा, उसमें सौ में से पच्चीस तो मरे ही होंगे। मगर इस बात के लिए आमा को कोई दोष नहीं देता। यह कहकर मरनेवाले का अन्तिम संस्कार कर दिया जाता,

'अरे जब रोटी ही नहीं होगी तो कैसे बचता!' बात यहीं खत्म हो जाती। अब गिरीश पांडे को ही देखिए, जिन्हें गोपी पाणे कहा जाता है। बच्चे का नामकरण से लेकर वार्षिक श्राद्ध तक उनके ही हिसाब से होता है। भले ही पाणे नामकरण में श्राद्ध का और श्राद्ध में नामकरण का मन्त्र बोल देते, मगर उन्हें टोकनेवाला भी कोई नहीं।

अब रुपुवा दर्जी को देखिए, पासनी की झगुली हो या बर झगुली, बिना नाप के ही सिलता है। कभी नाप लेने की जरूरत ही नहीं पड़ती। नाप लेने के लिए भी उसने कपड़े का ही एक डोरा बनाया है लेकिन किसी को पता ही नहीं कि नाप से भी कपड़े सिलवाये जाते हैं। अब अगर उसे भी सिलना आता है तो सिर्फ पासनी और बर झगुली। सिलवाने वाले उससे यही कहते, 'खूब मुखत-चाकव (ढीलाढाला) सिल देना।' उनका मानना था कि कपड़ा जितना बड़ा होगा उतने ज्यादा समय तक चलेगा। बर झगुली ऐसी होती थी कि दूल्हा रास्ते में उसी से उलझकर कई जगह पर गिर जाता, पर रुपुवा को टोकने वाला भी कोई नहीं। कपड़े भी यहाँ खास-खास मौके पर ही सिलवाये जाते हैं।

धनुवा नाई के उस्तरे का क्या कहें? आप तो उसे उस्तरा मानने को तैयार ही नहीं होंगे। यह उस्तरा पीढ़ी-दर-पीढ़ी पता नहीं कब से चलता आ रहा है। पीढ़ी-दर-पीढ़ी सबको छीलता आ रहा है। पर उस पर धार लगवाने को कोई कहने वाला नहीं। बस उससे एक बार कह दो—'यार धनु, जरा इस पर भी उस्तरा फेर दे!' चार आदमियों की आवश्यकता होती थी बच्चे को पकड़ने के लिए। एक बार उस्तरा क्या लगाया, छः महीने तक सिर पकता ही रहता। पटाँगण के ही किसी पत्थर पर फुर्ती से उस पर धार चढ़ाने का नाटक करता और कहता, 'पकड़ो महाराज, दो आदमी हाथ और दो आदमी पैर।' छील देता चमड़ी समेत। उसे रोकने वाला भी कोई नहीं।

अब तिलुवा लोहार का क्या कहें! एक दिन कह दो, 'यार तिलु, जरा कुदालों पर धार चढ़ा लाना!' बस देखो! कुदाल तो मिलेगी बीस दिन बाद लेकिन अपनी घरवाली को भेज देगा—एक दिन में तीन बार। एक महीना हो गया बगैर नमक के खाये हुए, आज जरा नमक दे दो, कल कुदाल दे जाऊँगी। आज जरा अपने लगीले (बेल) पर से एक लौकी दे दो, कई दिन हो गये चूल्हे में कढ़ाई नहीं चढ़ायी!' अब लौकी दे दो तो फिर उसके साथ नमक-मिर्च भी चाहिए, जीभ में बरबरी लगाने के लिए। कोई कहने वाला नहीं कि कल ही तो दिया था आज फिर क्यों माँग रही है। क्या हिसाब हो गया है। बस—काम तो करता ही है, भले ही चार दिन देर से। उसे टोकने वाला भी कोई नहीं।

अब आप कहेंगे कि बात तो शुरू की थी गाँव के भूगोल बताने की। भूगोल तो कुछ बता नहीं रहे हैं, उसे बताते-बताते कहीं और गोल हो गये हैं। अब क्या करूँ,

इनके किस्से ही ऐसे हैं। अगर एक ही किस्से को विस्तार से बताने लग जाऊँ तो दूसरे की बारी ही नहीं आएगी। मैं कोशिश तो कर रहा हूँ कि जैसे कि ये लोग दो धारों के बीच में ही सिकुड़े रहे, उसी तरह इनकी कहानी भी सिकोड़कर एक लाइन में कह दूँ। यह सच भी है, इनकी कहानी इतनी लम्बी हो भी कैसे सकती है। आप कहेंगे जैसे कि झंडीधार से लेकर पाकिस्तान तक इनका ही राज हो। लेकिन एक बात मैं फिर कह दूँ—कहानी लम्बी न होने पर भी दिलचस्प इतनी है कि लम्बी कहानी पढ़ने की आपको आवश्यकता ही नहीं पड़ेगी।

गाँव का हर परिवार अलग-अलग दिशा में बसा हुआ है। अगर रुपुवा, तिलुवा जैसे डूमों को गाँव की सरहद पर बसाया गया है तो गोपी पाणे गाँव के ऊपरी हिस्से में रहता है। गाँव के बीच में ठाकुरों के परिवार रहते हैं, तो उसके ठीक नीचे भोरगाड़ का गधेरा (नाला)। भोरगाड़ कोई नदी नहीं है। न ही नदी के बराबर उसमें पानी ही है। सारे गधेरों का पानी नीचे को बहते हुए, पत्थरों से टकराता हुआ, कल-कल छल-छल का निनाद करता, आखिर में तीन बड़े गधेरे में मिल जाता है। फिर ये तीनों मिलते हैं भोरगाड़ में, और वहाँ बनती है त्रिवेणी। इसी त्रिवेणी में फूँके जाते हैं इनके मुर्दे। यही हाल सामने की पहाड़ी का भी है, जहाँ एक तरफ झंडीधार झंडी की तरह है, वहीं बिरखाम की धार थोड़ी-सी समतल, लेकिन नीचे का उतार उसका भी वैसा ही। उसके गधेरों का पानी भी भोरगाड़ में ही मिलता है।

अब जो सबसे दिलचस्प बात है वह यह कि इनके हिसाब से सूर्योदय और सूर्यास्त भी सिर्फ इनके ही लिए होता है। अब आप कहेंगे कि ये तो निरा फसक (गप्प) है। क्या ये इतने शक्तिशाली थे कि सूर्य तक इनकी मर्जी से निकलेगा और अस्त होगा? इसका यह अर्थ नहीं है। सूर्य उदय होता है बिरखाम की धार से और अस्त होता है झंडीधार में। अब बताइए, इनको तो यही लगेगा ना कि सूर्य हमारे ही लिए बिरखाम से उगता है और झंडीधार में अस्त हो जाता है।

अब अगर थोड़ा-सा धीरज रखकर मुझे गाँव के भूगोल के साथ-साथ इतिहास को भी जोड़ने की इजाजत दें तो सिर्फ चार शब्दों में इतिहास भी बता दूँ। लेकिन लिखित तो इनके पास कुछ था (है) नहीं। हो भी कैसे सकता है। आपको पहले ही बता दिया है—पढ़ने-लिखने के नाम पर तो एक प्राइमरी पाठशाला तक नहीं थी। मौखिक ये अपने पूर्वजों तक का नाम भूल जाते थे। अब भला इनका इतिहास क्या बताऊँ? फिर किसी को इनका इतिहास लिखने की जरूरत भी क्यों पड़ने लगी। चलो अगर कोई लिख भी देता तो उससे उसे क्या हासिल होने वाला था। हम तो अँग्रेज साहबों का ही इतिहास लिख-लिखाकर कृतकृत्य हो गये, उसी से ही बेड़ा पार। इन भुस्स गँवारों का इतिहास लिखने की अगर किसी ने कोशिश की भी तो, उसे भी या तो भुस्स गँवार ही ठहरा

दिया गया, या इनकी ही तरह उनका और उसके लिखे इतिहास का भी कोई नाम लेवा नहीं रहा।

अब देखिए ना? जिन्होंने अँग्रेज साहबों का इतिहास लिखा, (भले ही झूठा ही हो), वे कुछ बने या नहीं, मगर अँग्रेज साहबों जैसे तो जरूर बन गये। मेरे हिसाब से तो अँग्रेजों से भी इनका इतिहास कई वर्षों पुराना और दिलचस्प हो सकता है। पहाड़ों में इनका इतिहास भी पहाड़ के ही समान हो सकता था। मगर आज किसी के पास भी लिखित इतिहास है तो बस यही कि अँग्रेज साहबों ने पहाड़ों में कब और कैसे राज किया। उनकी गुलामी से हमने क्या-क्या सीखा, बस इसे पढ़-पढ़ा कर कृतकृत्य और धन्य होते आ रहे हैं।

गाँव में अस्सी के आसपास के जो भी दो-चार उम्रदार दाने-सयाने थे, वे यही दुहराते दिखाई दिये, 'हमारा असली गाँव ये थोड़े ठहरा। हमारा गाँव तो रानीखेत से बीस मील आगे सीमापानी था। अभी भी वहाँ हमारी बंजर खेतीबाड़ी वैसे ही पड़ी है, जैसे हमारे पुरखे छोड़ आये थे। शुरू-शुरू में हमारे पुरखे चौमास में भैंस चराने के लिए यहाँ आये और बाद में उन्हें यहीं सज जैसी आ गयी। उडियारों (गुफाओं) में रहने लगे। ऐसे ही समय काट लिया।' कुछ अपने को महाराष्ट्र से आये मानते हैं तो कुछ राजस्थान से लेकिन लिखित और सही जानकारी किसी के भी पास नहीं। बाकी हर बात के लिए यह अपना सयाना और मुखिया पधान को मानते थे, वही जमीन-जायदाद के हिसाब से लेकर हर मामले का निपटारा करता था।

इन्हें आज भी नहीं मालूम कि पधान की पधानचारी तो भारत के आजाद होते ही खत्म हो गयी है। अब पधान-थोकदार रियासत के मालिक नहीं रहे। आजादी के साथ ही रियासतें छिन चुकी हैं। अब भूमि पर सभी का समान अधिकार है। जो बरसों से इन पधान-थोकदारों की चाकरी करते आ रहे थे, अब उससे वे आजाद हैं। हालाँकि यहाँ गुलामी जैसी कभी कोई चीज रही नहीं। फिर भी जमीन पर पधान-थोकदार ही अपना अधिकार जताते आये थे। इसीलिए तो पधान को सारे अपना सयाना मानते थे। गाँव में जब पहली बार कोई सरकारी मुलाजिम आया और उसने सबसे पूछा, 'तुममें से ग्राम प्रधान कौन बनना चाहता है? तुम लोग किसे अपना ग्राम प्रधान चुनना चाहते हो? अगर निर्विरोध चुन लिया जाता है तो ठीक है, नहीं तो लोकतन्त्र में चुनाव की भी व्यवस्था है।' इस पर सभी ने एक साथ आश्चर्य व्यक्त किया, 'यार हमारे तो हमेशा से ही खीमसिंह बूबू पधान ठहरे, अब ये कैसा पधान बनाएगा। ये सरकार-दरबार भी गजब की है। अब क्या सरकार के कहने पर हम अपना पधान ही बदल देंगे?' इस पर सरकारी मुलाजिम पधान बूबू को पधान से ग्राम प्रधान बना गया और उनके मरने तक वही हमेशा झंडीधार के ग्राम प्रधान बने रहे।

जैसा कि बता चुका हूँ गाँव की वर्णव्यवस्था के अनुसार गोपी पाणे ब्राह्मण था,

वही पूरे गाँव के ठाकुरों का पंडित भी। हर छोटी-बड़ी उम्र के आदमी, औरत, बच्चे उसके पाँव छूते और वह सभी को आशीर्वाद देता। गोपी पाणे तिलुवा, रुपुवा, धनुवा का पंडित नहीं था। ये लोग जाति के डूम थे। नीच जाति के। उनके यहाँ गोपी पाणे का जाना तो क्या उनकी छाया पड़ने पर भी पाणे घर आकर नहाता और 'है माँचो आज बीच रास्ते में साला तिलुवा मिल गया। साले ने नरक कर दिया, जनम भ्रष्ट हो गया' बकते। डूमों के लिए पीने के पानी की भी अलग व्यवस्था थी। उनके अलग से डूमनौल थे। डूमनौल का पानी सिर्फ डूम ही पीते थे। ठाकुरों और पंडितों के लिए तो उसको छूना भी कोढ़ की बीमारी मोल लेना था। पानी ही क्या डूमों का छुआ हुआ कुछ भी खाना इनके लिए जहर समान था। गाँव के ठाकुर उनके घर दुख-सुख में भी नहीं जाते थे। डूमों का कोई मर गया तो वे खुद ही फूँकते थे। उनका श्मशान भी अलग ही था। किसी के मरने पर भी पूरे गाँव में वे खुद आते और सारे गाँववाले उन्हें बतौर मदद कुछ पहाड़ी अनाज, मडुवा झुंगरा दिया करते थे। वे आभार प्रकट करते हुए—'हमारे तो आप ही हो माई बाप'—आँखों से गिरते आँसुओं को पोंछते हुए अपने घर लौटते।

यह पहले ही कह चुका हूँ, इनका इतिहास कहीं लिखित है ही नहीं। हाँ, यह जरूर कहा जा सकता है कि इनका इतिहास पूरी तरह भूगोल में गुँथा हुआ है या ये कह सकते हैं कि इनका इतिहास पूरी तरह भूगोल में ही समा गया है। अगर किसी को कुछ भी मालूम है तो सिर्फ एक आदमी को, वे हैं गाँव के पधान। बाकी सबके बाप-दादा का नाम तक श्राद्ध आबदेब करने के लिए गोपी पाणे को ही याद रखना होता था। वही गोत्र का उच्चारण कर बाप-दादा का नाम सब बोल देता। इनको ये भी मालूम नहीं है कि ये पाणे 'अहं कै लियो' भी क्यों कहता है। देवता का नाम अगर मालूम है तो सबका ग्वेल देवता है। कभी-कभार पधान ही कहता था 'फलाने का बाप ऐसा था, उसकी माँ ढाँटी[1] थी। फलाने के हाथ का भात हम इसलिए नहीं खाते हैं कि वह बोजी[2] की औलाद है साला, या फलाने की चिलम से हम तम्बाकू इसलिए नहीं पीते हैं कि वो नीच जाति का है।' तो हो गया ना इतिहास पूरा।

इसी के साथ इनके देवी-देवताओं की भी चर्चा कर लें, जिनका इतिहास इनसे भी गया-गुजरा है। इन्हीं के अनुसार, "जब हमारे पुरखे सीमापानी से यहाँ आये तो हमारी कोई आमा वहीं से डलिया में ग्वेल देवता को भी ले आयी। यहाँ आने पर झंडीधार में पत्थरों का एक छोटा-सा मन्दिर बनाकर ग्वेल देवता

1. बिना शादी किये घर में रख ली गयी औरत।
2. बड़े भाई के मरने पर उसकी पत्नी को छोटे भाई का घर में रख लेना।

की स्थापना कर दी और कुलसिद्ध देवता नरसिंह का ऐसा हुआ कि हमारे सीमापानी के गाँव में कभी कोई बाबा आये होंगे। रात में किसी के घर में रुक गये और हमारे कोई बूबू (दादा) थे जिन्होंने रात को बाबा को खूब दही-दूध खिलाया-पिलाया और सेवा-पानी की। सुबह जंगल चराने के लिए भैंसों को ले गये और बाबा से कहा—चलो बाबा, तुमको भी आगे तक छोड़ आऊँगा। अब असल बात ये हुई कि बाबा के पास ठहरी सोने की फतुई (वास्कट) और रात से बूबू का मन आ गया फतुई पर कि बाबा की फतुई कैसे ली जाए। जंगल में जाकर भिचीलम[1] में तम्बाकू भरा, बाबा से कहा—बाबा, मारो सुट्टा। बाबा ने जैसे ही तम्बाकू का सुट्टा मारने के लिए अपना सिर जमीन में टेका, पहले से ही तैयार बैठे बूबू ने बाबा के सिर पर तेज धारदार कुल्हाड़ी से वार कर दिया। बस क्या था, बाबा एक ही चोट में ठंडे हो गये और खून के छिटकारे पड़ने लगे। प्राण छोड़ते हुए बाबा ने बूबू से कहा, 'यार मैं तो तेरा कुछ बिगाड़ूँगा नहीं, पर तूने मुझे इस लखी जंगल में ऐसे धोखे से मार दिया! अगर तुझे मेरी सोने की फतुई ही चाहिए थी तो तू माँग लेता, मुझे मारता तो नहीं। अब अगर तूने मुझे मार ही दिया है तो मरते समय मैं तुझे कोई श्राप तो नहीं दूँगा क्योंकि मैंने तेरे घर का अन्न खा रखा है। पर देख, मेरे शरीर से ये जितने भी खून के छींटे निकल रहे हैं ये सारे कल को बीर-बेताल बन जाएँगे और तेरा वंश जहाँ तक चलेगा—चेली च्यल, गै बाछ यानी लड़की का लड़का, गाय की बछिया तक को नहीं छोड़ेंगे।'

बस क्या था, बाबा का तो वहीं पर हो गया राम नाम सत्त, लेकिन बेचारे का वचन निकला बिलकुल सच्च। जितने भी खून के छींटे पड़े थे सारे अवतार हो गये। कोई नरसिंह बन गया तो कोई गरदेबी, कोई भूत तो कोई कलुवा। अब बाबा की तो भाख ठहरी कि तेरा 'चेली च्यल, गै बाछ' को भी नहीं छोड़ूँगा। तो वो सारे देवता भी सीमापानी से यहाँ साथ ही आ गये। अब जहाँ-जहाँ भी इस गाँव की लड़कियों को ब्याहने वाले ठहरे, वो बीर-बेताल भी डोली के ही साथ वहाँ चले जाते हैं और वहाँ जाकर अवतार हो जाते हैं। उनका वहीं थान बनाकर वहीं थानवासी करना पड़ता है। यही हमारे देवता हुए।'

इनकी हर चीज की तरह देवी-देवताओं की पूजा भी अनोखे ढंग से होती है जैसे कि जब किसी का लड़का होगा तो उसे ग्वेल देवता के थान (मन्दिर) में एक लाखा (बकरा) अवश्य चढ़ाना होता था। वैसे भी ये लड़के पैदा होने पर खुश नहीं होते थे क्योंकि लड़की होने पर ये लड़की की शादी में अपने हिसाब से पैसे लेते थे और लड़का होने पर उसकी शादी में पैसे देने पड़ते। ग्वेल देवता

1. जमीन में गड्ढा खोदकर दूसरी ओर से छेद करके तम्बाकू पीने का तरीका।

के मन्दिर में एक लाखा और उसकी पूजा के लिए एक रुपया हर शुभ कार्य के बाद देना होता था। लाखा तो कोई अपने घर का दे भी दे लेकिन एक रुपया तो कोई पूरे जनम भर भी नहीं दे पाता था। अगर किसी को यह सूचना दे दो कि अरे तेरा लड़का हुआ है, तो वह वहीं पर रोने लग जाता, कहता 'लड़की होती तो चार पैसे देखता, अब इस लड़के का क्या करूँ!'

अब अगर आपको इनकी ये बातें फसक जैसे लग रही हैं तो चलिए कुछ बिलकुल ही सच्ची बात बताते हैं, जिसे ये पौन (पवन) से भी तेज फैलाते हैं। लेकिन इन बातों को आप फसक भी मानने को तैयार नहीं होंगे। भले ही इनकी फसक को सुननेवाला कोई बाहर का नहीं है लेकिन आपस में भगवान की कसम खाकर—'सच्ची कह रहा हूँ' की तर्ज पर एक दूसरे के कान में सुनाते हैं। न तो यहाँ अखबार है न टेलीविजन, पर यह सच जैसी फसक और फसक जैसी सच्ची बात पता नहीं इतनी जल्दी फैल कैसे जाती है, यह बात तो आश्चर्य करने लायक है ही। ये फसक जैसी सच्ची और सच्ची जैसी फसक कैसी होती है? थोड़ा-सा धैर्य रखकर देख ही लेते हैं ना!

किसी ने एक बार किसी दूसरे के कान में कहा, 'भइया, मैंने सुना कि पार गैरखेत की धार में किसी की भैंस ब्याई और दो मुँह वाला काटा (भैंस का बच्चा) हुआ। उसे देखकर जिसकी भैंस थी वे भी डर गये कि यार इतने जनम भर भैंस पाली और हमेशा एक मुँहवाला काटा और थोरी होने वाली हुई, अब ये दो मुँहवाला कैसा पैदा हो गया? तब भैंस का काटा खुद ही बोला कि, मैं बैसाख, जेठ महीने की चिलकारी धूप, हाहाकार, भीषण गर्मी, अकाल और हैजे से मरते हुए लोगों को देखूँगा और सौण (सावन) भादौं के महीने में सब रौड़-खौड़ (विनाशकारी बारिश जिसमें खेत, मकान, जमीन-जायदाद, पेड़-पौधे सब नष्ट हो जाएँ) देखूँगा, तब मरूँगा।' यह खबर एक ही दिन में झंडीधार और बिरखाम की धार से भी पार हो गयी। एक दूसरे को कहता 'तूने सुना?' वह कहता, 'हाँ-हाँ, बात तो बिल्कुल ही सच्ची है।' मगर किसने कहा, यह पता नहीं। अब हुआ कहाँ? कोई इस गाँव का नाम ले लेता तो कोई उस गाँव का। मगर विश्वास इतना अटूट है कि हुआ जरूर। इसे फसक मानने को कोई तैयार ही नहीं। —

एक बार किसी ने सब्जी बनाने के लिए कद्दू काटना चाहा तो वह बोला, 'मुझे अभी मत काटो, मुझे जेठ बैसाख के महीने में हैजा और महामारी देखनी है और भादौ सावन के महीने में बिल्कुल सूखा और एकदम तेज धूप से धरती को उबलते देखना है।' अब किसके घर में कद्दू ने कहा यह निराकरण तो कभी हुआ नहीं लेकिन ऐसा जरूर हुआ कि उस साल जितनों के भी लगीलों पर कद्दू लगे, लोगों ने एक भी नहीं खाया। कद्दू तोड़ेंगे तो काटते समय पता नहीं हमें भी

क्या अनिष्ट बोल दे, इसलिए ऐसे ही रहने दो अगले साल खाएँगे। इसी प्रकार कोई कह देता— फलाने गाँव में आजकल चुड़ैल आ रही है। उसको देखते ही आदमी लकड़पट्ट (मूर्च्छित) हो जाता है। खैर, चलिए जाने दीजिए। फसक की भी हद होती है। फसक भी फसक जैसी होनी चाहिए। जिस फसक का सिर-पैर ही नहीं हो तो उस फसक को जानकर ही क्या करना है।

मुझे लगता है इतिहास तो इनका शायद ही आपको दिलचस्प लगा हो, अब थोड़ी-सी बात समाजशास्त्र की भी कर लेते हैं। मेरी समझ से बिना समाज के जैसे कहानी सम्भव नहीं है, वैसे ही बिना कहानी के समाज। एक-दूसरे के पूरक होने के नाते हम कह सकते हैं कि समाज के भीतर घटनेवाली हर घटना को हम समाजशास्त्र के दायरे में ला सकते हैं। तो चलिए, अब हम बात करते हैं उस समाज की जिसका यह शास्त्र है। यहाँ यह जिक्र करना अति आवश्यक है कि पूरी कहानी सुन-पढ़ लेने के बाद आपके भीतर प्रश्नों का सागर उमड़ता-घुमड़ता न रहे, 'यार फिर ये क्या जो करनेवाले हुए, और क्या जो खानेवाले हुए और इनकी आमदनी क्या हुई?'

देश के आजाद होते समय पधान बूबू ने इन्हें बताया, 'भइया कह रहे हैं कि देस (मैदानी इलाका) से कोई एकपली लंगोट वाला महात्मा जैसा आया है बल। महात्मा देस में बड़े-बड़े काम कर रहा है। अब कोई भी भूखा नहीं रहेगा। कोई भी खाली नहीं रहेगा। सबको काम के बदले अनाज और पैसा मिलेगा। गाँवों-गाँवों तक सड़क बन जाएगी। देस से गेहूँ का आटा और धान के चावल आ जाएँगे, तो अब हमारे भी दिन फिरने वाले हैं।' लेकिन पधान बूबू की बात पर सभी ने एक स्वर में कहा, 'दै पधान ज्यू, इतने महात्मा तो हमारे गाँव में रोज ही आने वाले ठहरे। अब हमारे ही गाँव के भला कितने लड़के है जिन्हें काम करना पड़ता है! यों करके गेरू के रंगे हुए कपड़े पहन लिये और कह दिया—भइया हम तो जोगी बन गये। काम न धाम, एक घर में सुबह खाया तो एक घर में शाम। अब इस महात्मा के बारे में तो आप कह रहे हो कि उसके पास तो पूरे कपड़े भी नहीं हैं, सिर्फ एक लँगोट का चिरकट पहना है। तो ये हमको कहाँ से गेहूँ की रोटी देगा, कहाँ से धान का भात।'

पधान बूबू ने आगे बताया, 'सुनने में आ रहा है कि यह महात्मा सब जगह पैदल ही घूम रहा है, क्या पता हमारे गाँव भी आ जाए।' इसके जवाब में लोगों ने कहा, 'क्या इतनी ताकत है उस महात्मा में कि वह हमारे झंडीधार में चढ़ आएगा।' इसी बीच पधान बूबू ने गाँववालों को कई अन्य सूचनाएँ भी दीं, 'पार सल्ट की धार में तो अँग्रेज सैपों ने पिछले महीने छः आदमियों को गोली मार दी बल। अब महात्मा वहाँ आएगा।' इस पर लोग और भी डर गये, 'तब तो भइया वो महात्मा देस में ही अपने आप रहेगा। एक तरफ अँग्रेज सैप दोनाली

बन्दूक से दनादन गोली से मार रहे हैं और वो महात्मा लड़ रहा है एक घिघारूँ की जाँठी (लाठी) से। क्या घिघारूँ की जाँठी से वो उन बन्दूकवाले अँग्रेज सैपों को हरा सकेगा? अपने आप रहेगी गेहूँ की रोटी और अपने आप रहेगा धान का भात। आज तक हमको किसी ने गेहूँ की रोटी और धान का भात नहीं दिया तो हम मर थोड़े गये हैं! अब ये तो खालीमुली का झगड़ा ठहरा। अँग्रेज तो हमेशा से ही सैप ठहरे, अब हमारे जैसे लोग उनकी बराबरी कहाँ कर सकने वाले हुए। उल्टा उनके पास ठहरी दोनाली बन्दूक और महात्मा लड़ रहा ठहरा घिघाँरू की जाँठी से।' खैर पधान बूबू ने अपनी जानकारी के हिसाब से उन्हें समझाने की कोशिश की कि अँग्रेजों को यहाँ से भगाने के लिए सारा देश महात्मा के पीछे हो गया है और अँग्रेजों की देश से बाहर खदेड़ने के लिए लोग अपनी जान तक की परवाह नहीं कर रहे हैं, और जब यहाँ से अँग्रेजों का राज खत्म हो जाएगा तो फिर महात्मा हमारे यहाँ भी वह सब कुछ करवाएगा जो अँग्रेजों के पास है।' लेकिन भुस्स गँवारों के कुछ भी समझने में नहीं आने पर पधान बूबू ने कहा, 'सालो! तुम इसी झंडीधार में पैदा हुए और एक दिन यहीं मरकर भोरगाड़ में फूँक दिए जाओगे।'

पधान बूबू ने उनको यह भी समझाया, 'वह हमारे गाँव के महात्माओं जैसा नहीं है कि बस किसी आँगन में पसर गये और दिनभर चिलम फूँकते रहे। वो महात्मा तो अपना सारा काम खुद ही करता है। यहाँ तक कि देस में जहाँ बाहर टट्टी करने को खुली जगह नहीं होती है, वह डिब्बे में टट्टी करके उसे फिर खुद ही फेंक आता है। उसने अपने दूध पीने के लिए एक बकरी भी पाल रखी है। ये हमारे गाँव के मुस्टंडे मुफ्त का दूध-दही मट्ठा पी रहे ठहरे।' इस पर भी लोगों ने आपत्ति की, 'पधान बूबू भी हद करने वाले ठहरे। कह रहे हैं वो तुमको मुफ्त में खाना दे देगा और खुद पी रहा है बकरी का दूध। अरे हमारे गाँव में आज तक किसी ने पिया बकरी का दूध! हमने कभी अपने बच्चों तक को नहीं पीने दिया। अब हम चाहे जैसे भी ठहरे, कारोबार जैसा भी हुआ, चार भैंसे तो सभी ने रखी ठहरी। कुछ नहीं तो भरपेट दूध तो पी ही रहे हैं, बकरी का दूध भी कोई दूध हुआ। उस महात्मा ने पाली एक बकरी और उसका दूध पी रहा है। चार दिन हमारे गाँव में रहकर देखता, हम छका देते उसको दूध-दही से। हगने-मूतने को इतना खुला जंगल ठहरा, क्या बाजी पड़ रही है डिब्बे में हगने की।' बूबू ने उन्हें यह भी बताया, 'हमारे पास-पड़ोस की धारों से भी लोग महात्मा के दर्शन करने जा रहे हैं, महात्मा एक बार ताड़ीखेत भी होकर चला गया है। लोग वहाँ नगाड़े-निसाण लेकर गये।' मगर इनकी बुद्धि में पधान बूबू की एक भी बात नहीं बैठी। उसका भी इनके पास वही जवाब था, 'हम नगाड़े-निसाण

लेकर भला क्यों जाएँगे, क्या वहाँ कोई स्याल्दे-बिखोती का मेला लगा है?'

हम बात कर रहे थे, इन लोगों की आमदनी की। ये लोग क्या जो करते होंगे, क्या जो खाते होंगे। तो इस गाँव में असल नकद आमदनी शुरू हुई धरमसिंह सूबेदार के फौज में भर्ती होने से। अब ये मत कहना कि बात इनकी आमदनी की हो रही थी और किस्सा सुना रहे हो धरमसिंह सूबेदार के फौज में भर्ती होने का। इससे इनकी आमदनी का भला क्या ताल्लुक? ताल्लुक है क्योंकि नकद आमदनी ही धरमसिंह सूबेदार के फौज में भर्ती होने से शुरू हुई।

धरमसिंह सूबेदार के फौज में भर्ती होने के भी किस्से ही किस्से हैं। वे जब भी फौज से छुट्टियों में घर आते तो अपने बचपन से लेकर फौज में भर्ती होने और भर्ती होने के बाद उनके द्वारा लड़ी गयी लड़ाइयों के किस्से बड़ी रोचकता से पूरी-पूरी रात खुद ही सुनाते थे। जरा उनकी ही जुबानी सुन लेते हैं। 'यार मेरी इजा तो मेरे पैदा होने के डेढ़ साल बाद ही गुजर गयी। उस समय मेरा छोटा भाई पदिया ठहरा पाँच महीने का। तीन भाई-बहन मेरे से बड़े हुए। अब अकेले बाज्यू के बस का खेतीबाड़ी का काम करना ठहरा नहीं। तब यार हमको भी कुछ अकल जैसी नहीं हुई। हमने तो तलआँग कच्छा भी तेरह-चौदह साल की उमर से ही पहना। हमको तो यही होश नहीं हुई कि गाँव की बोजियाँ नीचे को लटक रहे को बार-बार ऐसे क्यों देखती हैं। एक दिन भागुली बोजी ने तो मुझसे कह भी दिया कि 'क्यों हो धरम ये आगे को रैफल जैसा क्या खड़ा कर रखा है? एक चिथड़े से इसे छोप ही लेते।'

एक दिन मैं ग्वाला गया ठहरा। बीच रास्ते में बैठा तो वैसे ही वहीं पर नींद आ गयी। मुझे क्या पता, चनुली बोजी सिर पै गोबर की डलिया लेकर अपने खेतों की तरफ जा रही है। मैं रास्ते में बेहोश पड़ा ठहरा। चनुली बोजी पता नहीं कब से पाँव से उससे खेल रही ठहरी। मेरी झट से नींद खुली तो बोजी ने कहा, 'क्यों हो धरम, ये इतना बड़ा नाग जैसा काहे को रखा है? काम तो ये किसी के कुछ आने वाला हुआ नहीं।' अब मुझे तो तब ज्यादा शरम जैसी भी नहीं लगी और क्या-क्या काम आता है मुझे ये भी पता नहीं ठहरा। मैंने तो सीधे से कह दिया, 'मूतने के काम आने वाला हुआ, वह वो करता ही है, और क्या काम करेगा!' इस पर बोजी ने कहा, 'जब तुमको इतना ही पता नहीं है तो इसे काटकर फेंक दो।'

कभी धरमसिंह अपने दर्जा दो तक के स्कूली दिनों की कहानियाँ कुछ इस तरह बताते, 'तब यार बाज्यू ने बीरखाम के स्कूल में दर्जा दो तक भेजा भी। लेकिन खाने को नहीं मिलने वाला हुआ पेट भरकर और रोज खालीमुली की लै कटेला-कटेल। इतना बाज्यू कहने वाले ठहरे कि यार अगर इस गधे को पढ़ाने के लिए मेरे पास पैसे

होते तो मैं इसको स्कूल जरूर भेजता। और तो ये चार दिन से ज्यादा गये ही नहीं, सिर्फ धरमियाँ ही दो साल तक लगातार गया। पुरुषोतम मास्टर ने भी कहा 'कि भइया पढ़ने में तो गाँव के सब बच्चों में यही अब्बल ठहरा। चलो जो भी हुआ चार आखर चिट्ठी लिखना-पढ़ना तो सीख ही लिया।'

अब इजा तो पहले ही मर गयी। खाना रोज बाज्यू ही पकाने वाले हुए। एक दिन बाज्यू ने गहत का ढटवाणी बनाया। मुझसे कहा, यार धरम! जरा चख कर देख तो इसमें नमक-मिर्च कैसा हो रहा है? एक कटोरी में बाज्यू ने ढटवाणी रखा। मैं सुड़क करके एक ही घूँट में सारा पी गया। अब बाज्यू ने कहा धरम कैसा हो रहा है, नमक-मिर्च चटबट तो हो रहा होगा? मैंने कहा बाज्यू, नमक-मिर्च तो सब ठीक ही है... जरा-सा पानी ज्यादा हो गया। तब तो बाज्यू ने कुछ नहीं कहा, उनको भी लगा होगा जब धरम कह रहा है तो अच्छा ही बन रहा होगा ढटवाणी। जब बाद में बाज्यू ने खाया तो उसमें नमक-मिर्च डाला ही नहीं था। ऐसी अकल ठहरी हमको। खाने में नमक-मिर्च भी डाला है या नहीं, इतना भी पता नहीं चलने वाला हुआ।

एक दिन मैं ग्वाला गया ठहरा तो गायों ने किसी का खेत उज्याड़ (दूसरे का खेत चरना) खा दिया। शाम को घर आया तो बाज्यू पहले से ही हाथ पर एक भिमुल का सोटिया लेकर खड़े ठहरे। उन्होंने आव देखा न ताव, लै दनादन। मर गया मैं पीड़ से। गाली देते जा रहे—आपणी माँ का खसम हो जाएगा, साले को सुबे खिलाकर-पिलाकर दो डंगरों को देख आने को कहा, तो इतने काम का भी नहीं निकला। एक हाथ से मेरा हाथ पकड़ा और दूसरे हाथ से लै चूटाचूट। मुझे मारते देख मेरे सभी भै-बैणी (भाई-बहन) भी रोने लगे। थोड़ी देर में जैसे ही बाज्यू के हाथ से मेरा हाथ छूटा, मैं पार गौहतीडाँक की तरफ को भागा। अब उस समय टैम भी ठहरा शाम का, कहाँ जाता। मैं एक घास के गट्ठर के भीतर घुस गया। अब बाहर घुप्प अँधेरा होने तक तो बाज्यू ने सोचा होगा कि इधर ही कहीं पर बैठा होगा और अँधेरा होने के बाद डर लगेगा तो खुद ही आ जाएगा। पर जब मैं अँधेरा होने के काफी देर तक भी नहीं आया तो उन्होंने झिलुक (लकड़ी की मशाल) जलाया और मुझे ढूँढ़ने लगे। ऊपर से नरूका और तरूका ने भी बाज्यू की आवाज लगायी, 'अरे कमुवा क्या हरा गया?' बाज्यू ने कहा, 'यार ये धरम साला पता नहीं कहाँ चला गया।' ऊपर से भी तीन-चार लोग आ गये और सभी मुझे बहुत देर तक ढूँढ़ते रहे। अब मैं कहाँ मिलने वाला था और सब जगह तो ढूँढ़ रहे थे लेकिन घास के गट्ठर के भीतर कौन ढूँढ़ेगा। आखिर में सब थक कर घर चले गये।

फिर घर जाकर बाज्यू ने धात मारी—धरमुआ रे...ओरे धरमू...धरमुआ... ओरे धरमू...! मैंने घास के गट्ठर के भीतर से ही हूँ...ऊँ...कहा। सभी ने कहा अरे

अब आ गया है। फिर जब मैं काफी देर तक नहीं गया तो बाज्यू ने फिर धात मारी ओरे धरमू...धरमुआ रे...। मैंने फिर एक बार धीरे से ऊँ...ऊँ...कहा। अब सभी ने कहा कि यार ये क्या हो रहा है। वे फिर ढूँढ़ने लगे, मैं फिर भी कहाँ मिलने वाला था। सब अधरात तक मुझे ढूँढ़ते रहे। ये भी कहते रहे चलो है तो इधर ही। साले को रात में डर लगेगा तो भैंस के गोठ में कहीं सो जाएगा। ऊपर के तरूका-नरूका और लोग भी सब चले गये। चलो हमको देखकर डर रहा होगा, हम सो जाएँगे तो वह भी चुपचाप आकर गोठ में सो जाएगा। बाज्यू पटाँगण में खड़े होकर अपने दुखी दिनों पर रोते हुए मुझे गाली भी देते जा रहे थे, मरने दो सा...ले...को। आपणी माँ का खसम...। साले को इतना खिलाया-पिलाया, दो दर्जा तक इस्कूल भेजा, आज रंडी की औलाद मुझे बुढ़ापे में ऐसे तंग कर रहा है। मैंने इन सालों पर अपनी उमर लगा दी, नहीं तो कभी का अपना ब्या कर लेता। कहीं पर से एक ढाँटी ही ले आता। आज कुछ भी नहीं तो इस बुढ़ापे में दो रोटी पका कर तो देती। इन सालों पर अपना पराण लगाया और कठुवा साले अब ऐसे तंग कर रहे हैं। मैं क्या करूँ इनके लिए, अब अपना सिर फोड़ू? बाज्यू ने दरवाजे से अन्दर को जाते हुए 'हट तेरे भोस...वाले की' कहा और जोर से दरवाजा ढक दिया।

मैं रात में चुपचाप गोठ में सो गया और सुबह उजाला होते ही बाज्यू के उठने से पहले ही चम्पत। सीधा जालीखान की तरफ निकल गया। इस तरह एक दिन मैं घर से भाग गया।'

पहाड़ी गाँवों में जवान लड़कों के भाग जाने की यह पहली घटना नहीं थी। नौजवानों का गाँवों से भागना तो आजादी से भी बहुत पहले से शुरू हो चुका था। कितनों को भागे हुए दस-दस पन्द्रह-पन्द्रह साल हो गये। कितनों की आज तक कोई खोज-खबर ही नहीं। किसी ने शहरों में जाकर दूसरों से अपने घर को चिट्ठी लिखवाकर भेजी तो, चिट्ठी को घर तक आने में ही तीन महीने लग जाते। कोई साहब लोगों की कोठियों में काम करने लग जाता तो कोई दुकानों में। लेकिन धरमसिंह से पहले इस गाँव का फौज में भर्ती कोई नहीं हुआ था। इसीलिए धरमसिंह मरते दम तक अपने फौज में भर्ती होने के किस्से इसी प्रकार सुनाते नहीं थकते थे। कई बार कई विसंगतियाँ भी सुनी गयीं। लोगों का कहना था कि धरम का' आधी फसक भी मारते हैं, लेकिन धरमसिंह अपने किस्सों को सुनाते बड़े चाव से थे।

धरमसिंह आगे बताते हैं—'जब मैं घर से भागा तो शरीर पर कपड़े भी पूरे नहीं थे। शरीर पर तलआँग एक कच्छे का चिथड़ा और मलआंग घर में ही बाज्यू का अपने हाथ से दराती से छेद करके बनाया हुआ कुर्ते का चिथड़ा। बटन-हटन तो उस पर कौन पहनाने वाला था। उस जमाने में बटन लगानेवाले भी कम ही हुए। रुपुवा जो हमारा दर्जी था वह तो कभी बटन लगाता ही नहीं था। वैसे भी बाजार से

बटन खरीद कर कोई लाता नहीं था। अब कपड़ा तो ले आये, क्या बटन भी खरीदेंगे कहने वाले हुए सभी। और तो और, सैणियों (औरतों) के भोटुवा (ब्लाउज) पर भी बटन नहीं होने वाले हुए। बीच में से दो डोरियों से बाँध दिया बस। ये नीचे की चनुली बोजी और पार बाखली की परूली बोजी की गोलाइयों पर आगे से पापड़ी जैसी जमी रहने वाली हुई और वे आधे बाहर और आधे भोटुवा के भीतर रहने वाले हुए। कई बार हम पूछने वाले भी हुए बोजी ये गोल-गोल क्या हैं? बोजी कहती— क्या तुम्हारे नहीं हैं? हम कहने वाले हुए— होते तो अपने देखकर तुमसे क्यों पूछते। उसी चीज की तो शौक होने वाली हुई जो अपने पास नहीं हो। बोजी भी हमारी अकल के अनुसार सीधे से जवाब दे देती— ये भौ (बच्चे) को दूध पिलाने के लिए हैं। हम कहते— आपका तो अभी भौ तो हुआ ही नहीं ठहरा। वो कहती— जब हो जाएगा तब चूसेगा।'

अब धरमसिंह थोड़े से भावुक हो गये हैं। वे उस पुरानी स्मृति में खो गये हैं जो उन्होंने अपनी निर्मल हृदय वाली भाभियों के साथ हँसी-मजाक किया था और उनकी बोजियाँ कभी भी उनकी नादानी पर किसी बात का बुरा नहीं मानती थीं। अब चनुली बोजी की कहानी बताने लगते हैं, 'बोजी के बारे में हमें बाद में पता चला कि बोजी के बाज्यू हमेशा जोगियों की ही सेवा में लगे रहते थे और बोजी के मायके में हमेशा चार-छः जोगी पसरे रहते थे। बोजी के बाज्यू ने सारे तीर्थों की पैदल यात्रा की थी। बोजी की इजा बोजी के पैदा होते ही मर गयी थी, तब से बोजी के बाज्यू जोगियों की संगत में आधे जोगी जैसे ही बन गये थे। बोजी की तेरह साल की उम्र में शादी ही हो गयी लेकिन बोजी उतनी कम उम्र में भी साधुओं की और अपने बाज्यू की बात को ध्यान से सुनती थी और कई बातों को आज भी भुस्स गँवारों के इस गाँव में लोगों को भी सुनाती थी। एक बार जब हमने बोजी से गोल-गोल दिखाने की जिद की या कई बार जब बोजी के सिर पर गोबर की डलिया होती तो हम बोजी के भोटू से बाहर आये गोलाकारों पर कोई नुकीली चीज जैसे कि भिमुल का सीटा (डंडा)चुभा देते तो बोजी 'ओ इजा, तुम्हारे लिए बित्थ[1] पड़ जाएगा। इनके अलावा तुम्हें बोजी का और कुछ नजर नहीं आता' कहती और हम खिलखिलाते भाग जाते।

एक बार बोजी ने अपने मायके में साधुओं द्वारा अपने बाज्यू को सुनाई एक कहानी हमें सुनायी, 'एक दिन हमारे घर सात साधु आये। साधुओं के लिए चहा-पानी और उनका चूलहा-चौका हमेशा मैं ही करने वाली हुई। बाज्यू और साधु खाना खाकर चाख (बरामदा) में पसरे ठहरे। सुल्पिया हुक्के से तम्बाकू पीते हुए एक बुजुर्ग महात्मा बाज्यू से कह रहे ठहरे (बाज्यू कहते थे वो बाबा गढ़वाली

---

1. प्यार की गाली

थे और नौ साल की उमर से ही बाबा बन गये) 'सुण लाल सिंह तुझे एक खिस्सा सुनाता हूँ—एक बार एक बहुत ही बड़े महात्मा और उनके साथ उनके दो चेले लखी जंगल से गाँवों की ओर भिच्चया करने आये। वे महात्मा हमेशा लखी जंगलों में अपनी भक्ति में लीन रहते और पहली बार गुरु ने अपने शिष्यों को भिच्चया करके लाने का आदेश दिया। अब जब एक चेला सीधे गाँव की तरफ गया तो वहाँ उसे एक औरत दिखाई दी। उस बेचारी का पहली बार बच्चा होने वाला हुआ ठहरा। अब बच्चा होते समय तो छाती और भी बाहर को आ ही जाती है क्योंकि उस समय पूरा दूध भर जाता है। बाबा ने कहा माता भिक्षा दे दो। वह औरत अन्दर से थोड़ा-सा थाली आटा में लेकर आयी तो इतने में बाबा की नजर भोटुवा से बाहर को निकली उसकी गोलाइयों पर पड़ गयी। बाबा ने अपनी ओर देखा, उसके बदन में तो ऐसे कहीं भी नहीं हैं। उसने दुख जताते हुए कहा, माता जी आपकी तो तबीयत बहुत खराब है। आपके तो इतने दो बड़े-बड़े फोड़े हो गये हैं, लाओ मैं इन पर कुछ दवाई लगा देता हूँ जिससे इनका मवाद बाहर निकल जाएगा और आपको आराम मिलेगा। वह औरत भी बहुत होशियार ठहरी। झट से समझ गयी कि बाबा को पता नहीं है कि ऐसा भी होता है। लखी जंगलों में भक्ति करने वाला ठहरा बेचारा। इसे क्या पता हर चीज की एक खेती होती है। जैसे मडुवा से मडुवा पैदा होता है वैसे ही मैंस (आदमी)से मैंस पैदा होता है। कैसे यह सृष्टि इतने बड़े संसार में बदल गयी है। उसने कहा, महात्मा जी ये फोड़े नहीं हैं, मेरे पेट से कोई एक नया मानुस पैदा होने वाला है। भगवान ने उसके पैदा होने से पहले ही ये दूध का इन्तजाम किया है। ये उसके लिए दो दूध की पिपरियाँ हैं। जब वह खस से बाहर आ जाएगा तो उस समय उसके लिए दूध कहाँ से आएगा इसलिए भगवान ने पहले से ही उसके लिए दूध का इन्तजाम कर रखा है।

अब महात्मा को खट्ट सोर (ध्यान) आया अहा, यार जब जो अभी इस संसार में पैदा ही नहीं हुआ, उसके तक लिए भी भगवान ने पहले से ही इतना इन्तजाम किया है। अभी तो उसने भगवान की भक्ति-वक्ति जैसी भी कुछ नहीं की ठहरी। जो अभी पेट में ही है उसके लिए तक भगवान ऐसे इन्तजाम में लगे हैं, तो मैं खाली क्यों गाँवों-गाँवों भिच्चया के लिए डोल रहा हूँ। बस आ गया बेचारे को ग्यान कि भगवान की लीला को इसलिए तो अपरम्पार कहते हैं। बोजी ने कहा—आयी तुम्हारे समझ में कुछ? हमने कहा—हमने तो आपसे जरा ये दिखाने को कहा कि इनसे दूध कैसे आता है और आप हमको झंडीधार में बैठकर पूरे मुलुक का ही ग्यान सुनाने में लग गयीं। फिर बोजी ने कहा—अभी जब मेरे पेट में भौ (बच्चा) है ही नहीं तो इनमें दूध कहाँ से आ जाएगा। इसीलिए तो तुमको ये कहानी सुनायी। अब हम पूछने

लगे— बोजी भौ कैसे होता है? बोजी ने कहा—दै तुम्हारे सिर में बज्जर पड़ जाए। कौन करेगा तुम्हारे साथ दिमाग खराब।

बोजी की शादी तल्लीबाखली के देवीदा से तेरह साल की उमर में हो गयी थी। देवीदा बचपन से ही अधपगले थे। वे हमेशा बच्चों की तरह गले में कई चीजें जैसे पुरानी लौकी का बाहर का खोका, बाजरे की झाड़ू लटकाए रहते सिर में कोयला पीसकर उसका चन्दन बनाकर लेप लगाते। पैंट की एक बाजू को बिल्कुल ऊपर और एक बाजू को नीचे तक रखते थे। होलियों में सब होल्यार उनका ही स्वांग बनाते थे। मगर देवीदा थे कि उन्हें कुछ फरक न शादी से पहले पड़ता था और न शादी के बाद पड़ा। घरवालों ने देवीदा की शादी ही इसलिए कर दी कि शादी करके शायद उनको कुछ अकल आएगी। अपनी दुल्हैणी (पत्नी) का ध्यान रखेंगे। लेकिन दुल्हैणी का ध्यान रखना तो अलग देवीदा और पगलाते गये। हद तो उस दिन हो गयी जब देवीदा ने एक दिन नौले की दीवार के भीतर घुसे काले साँप को पकड़कर गले में लटका लिया। क्या था, थोड़ी ही देर में साँप ने देवीदा के गले में तीन डंक मारे और देवीदा वहीं पर लकड़पट्ट। बेचारी बोजी को तब यह भी अकल नहीं थी कि उसका आदमी मर गया, वह अब विधवा हो चली है। विधवा की आगे चलकर क्या दुर्गति होनी है यह सब आज बोजी भोग रही है और उसी भोगे हुए को वह बताने के लिए बेताब रहती है और कई बार रुआँसी होती-होती बताती थी, मुझे भी तब कौन-सी अकल थी कि ये ब्या-हया क्या होता है। उस समय तो तुम्हारे ददा को भी कुछ अकल नहीं ठहरी। सासू हमको रोज गोठ में सुला देने वाली हुई। जब अधरात में तुम्हारे देवीदा को सूसू लगने वाली हुई तो अन्दर को धात (आवाज) मारने वाले हुए, इजा बाहर जाना है। मुझे भी तब क्या पता था क्या-क्या करते हैं, क्या नहीं करते हैं। मैंने सब ऐसा ही थोड़ी किया है। देख रहे हो तुम मेरी किस्मत ये सब करने वाली। आज बीस बरस हो गये मेरी शादी हुए, ऐसे रनपत (विधवा जीवन) खप रही हूँ। शादी के समय तो मुझे भी तुम्हारी ही जैसी अकल ठहरी। मैं भी रोज उनसे और वो मुझसे कहने वाले ठहरे कि चलो, एक दूसरे को सूसू करते देखते हैं।

इसी प्रकार के रोज ही न जाने हम बोजी से कितने प्रश्न करते और बोजी भी उतनी ही उत्सुकता से उनका जवाब देती। आज अनुमान लगाता हूँ कि जो बोजी उम्मीदों के सहारे इस गाँव में अपना जीवन काट गयी हो, जो उसने कभी नहीं किया, उसे करने को मन करने पर, उसे दूसरों के बारे में ऐसा सोच-सोचकर मन-ही-मन कितना कष्ट होता होगा। कई बार बोजी को अकेले में रोते हुए और घास काटते समय न्यौली गाते हुए सुना—'गाड़का किनार फोड़नी लकाड़, कि गोदी बालक हुन कि स्वामी

दगाड़।' पति के साथ और गोदी के बालक के लिए बोजी आजीवन तड़पती रही और तेरह वर्ष की उमर से तिरसठ साल तक की उमर अकेले इस गाँव में काट गयी।

बोजी हमें कई बार ऐसे भी साधुओं के किस्से सुनाती थी जो सिद्ध बाबा माने जाते थे। बोजी कहती कि उन्हें किसी भी चीज की कमी नहीं होती। मेरे बाज्यू तक को, जो पूरे साधु भी नहीं थे सिर्फ रातदिन साधुओं की अतर की चिलम भरते रहते थे उन्हें भी पूरे जनम भर, कभी भी किसी भी चीज की असज (परेशानी) नहीं हुई। उनसे महात्मा कहने वाले ठहरे—लालसिंह, तू जैसे मन लगाकर हमारी सेवा करता है, भगवान तुझे वैसा ही छन भी देगा। तुझे किसी चीज की कभी भी असज नहीं होने देगा। जो दूसरों की सेवा करता है, भगवान उसकी सेवा में खुद ही हाजिर हो जाता है।

बोजी ने एक बार हमें अपने बाज्यू का सुनाया हुआ किस्सा सुनाया, 'एक सिद्ध बाबा थे, उनके पास सामान के नाम पर नहाने के लिए सिर्फ एक छोटी-सी तौली थी। बाबा रोज सुबह रामगंगा के किनारे जाकर उसी से नहाते थे। पहनने को उनके शरीर में एक इखार (इकहरा) लँगोटी का टुकड़ा रहता था। उसको भी वे तभी पहनते थे जब उधर कोई औरत चली गयी। नहीं तो वैसे ही पसरे रहने वाले हुए। वैसे भी लोग कहते थे कि वो नागा बाबा हैं। नागा बाबाओं के शरीर में तो बस्तर के नाम पर एक धागा तक नहीं रहता है। उनके लिए सब नर एक समान होते हैं, और सब नर-नारियों का एक समान।

चौमास में एक दिन महात्मा रामगंगा के किनारे नहाने गये तो ऊपर से गाड़ आयी और बाबा की तौली उसी में बह गयी। अब बाबा सीधे भगवान से ही कह रहे ठहरे कि साले तूने मेरी तौली क्यों बहायी? ला मेरी तौली दे नहीं तो मैं इसी रामगंगा में डूबकर मर जाऊँगा। बाबा को वहीं पर धौपर हो गयी। लोगों ने समझाया भी कि बाबा तुम्हारी तौली रामगंगा में बह गयी है। जब आर-पार के गाँवों के कई लोग इस रामगंगा में बहकर वापस नहीं आये तो आपकी तौली कैसे आ जाएगी। लेकिन बाबा थे कि किसी की बात सुनने को तैयार ही नहीं।

इतने में कोई फौजी छुट्टियों में अपने घर आ रहा था, उसने बाबा को देखा तो बाबा गाली बकते जा रहे थे—साले वो तौली तूने दी थी मुझे जो तू बहा कर ले गया। अब फौजी ने पूछा—'महाराज बाबा जी गाड़ के किनारे बैठकर क्या कह रहे हैं? लोगों ने कहा—बाबा की एक छोटी-सी तौली थी, आज सुबह गाड़ के पानी में बह गयी है, तब से बाबा गाड़ से कह रहे हैं मेरी तौली ला। इतना सुनते ही फौजी ने खट्ट से गाड़ पार की और मासी की दुकान से बाबा की तौली से भी एक बड़ी तौली खरीद लाया और बाबा को दे दी। बस क्या था—'काणे को क्या चाहिए

दो आँख साणे'—बाबा को तौली मिल गयी और अपनी कुटिया में चले गये। बाद में लोगों ने कहा वो फौजी थोड़ी था, फौजी के भेस में भगवान ही आये ठहरे। उसके बाद तो वो कहाँ गया और किस गाँव का था किसी को पता ही नहीं चला। ऐसी शक्ति ठहरी सिद्ध बाबा की।

बोजी ने उन्हीं महात्मा के बारे में और उनकी सिद्धि के बारे में हमें जो अनेक किस्से सुनाये उनमें से एक ये भी था कि बाबा को आर-पार के गाँववाले अपने घर से ही खाना पकाकर दे जाते थे और बाबा ऐसे ठहरे कि एक आदमी के वहाँ का एक दिन में एक टाइम ही खाने वाले हुए। अब एक दिन क्या हुआ कि गाँव में दो घरों में एक ही दिन बारात आनी थी। अब दोनों ने ही कहा महाराज फलाने दिन खाना हम दे जाएँगे हमारी लड़की की शादी है। दूसरा भी बोल गया। अब जिस दिन शादी ठहरी, शाम के बखत महात्मा कह रहे ठहरे कि साले तूने गाँव में एक ही दिन दो शादियाँ क्यों करा दीं? मैं दो दिन खाता। अब एक दिन तो मैं एक के ही घर का खाऊँगा। दूसरे दिन क्या खाऊँगा। भगवान की ऐसी हुड़ीहोतबा (करामात) हुई कि एक लड़की के सरास में कोई मर गया और वहाँ बारात दूसरे दिन आने की बात हो गयी। एक घर से जहाँ बारात आयी थी वे खाना दे गये और दूसरे हाथ जोड़ गये। महाराज आज तो बारात आ नहीं रही है तो हमारे यहाँ का भोजन आपके लिए कल आएगा। बाबा खुश हो गये। अब देखो भगवान की ऐसी करामात होने वाली हुई।

अब धरमसिंह कह रहे हैं ये किस्से तो सिर्फ चनुली बोजी के ही ठहरे। अब तो मैं भी भूल गया, नहीं तो चनुली बोजी ने इस तरह के हमें हजारों किस्से सुनाए। अगर गाँव के एक-एक करके सबके किस्से तुमको सुनाऊँ तो मैं फौज में क्या घर पर ही रिटायर हो जाऊँगा। पधानी आमा, पल्याई बोजी और गिदारी आमा तो जब भी गाँव में शादी ब्याह हो बस तीन दिन पहले से आ जाने वाली हुई और हम सब 'आमा एक कन्थ (किस्सा) लगा' कहने वाले हुए। गिदारी आमा की एक ही कन्थ में पूरी रात खत्म हो जाने वाली हुई। आमा एक लाल सुंगरी की कन्थ सुनाने वाली ठहरी। अहा! क्या कन्थ थी। जब भी गिदारी आमा रात को हमारे घर आती तो हम गिदारी आमा से लालसुंगरी की कन्थ जरूर सुनने वाले हुए। अब तो उस कन्थ को मैं भी भूल गया हूँ, मुझे भी ठीक से याद नहीं है। खैर अभी सुनाने लग जाऊँगा तो मुझे याद आ भी जाएगी।'

अब कन्थों के संसार में खोये धरमसिंह को याद आया कि उन्होंने बात कहाँ से शुरू की थी और कहाँ चले गये हैं। रात पूरी खत्म होने को है लेकिन उनकी कथा तो अभी शुरू ही नहीं हुई जो अपने फौज में भर्ती होने के शुरू की थी। 'यार मैं भी कहाँ से कहाँ के किस्सों में खो गया। खैर, ये भी अच्छा ही

हुआ, तुम नये लौंडों को भी तो पता चलना चाहिए हमारे जमाने में कैसी-कैसी हमारी बोजियाँ थीं और कैसा-कैसा हमारा उनके साथ हँसी-ठट्टा होता था। अहा! क्या जमाना था यार वो भी।'

धरमसिंह अपने भागने का किस्सा आगे सुनाते हुए कह रहे हैं, 'मैं घर से पहले सीधे जालीखान गया। वहाँ जाकर हो गयी अब किधर को जाऊँ, देखा तो कहीं भी नहीं ठहरा। फिर वहाँ से सीधे रास्ता लग गया द्वाराहाट को। दिन भर चलते-चलते शाम को बड़ी मुश्किल से द्वाराहाट के बाजार पहुँचा। द्वाराहाट के बाजार में जो आजकल उत्तरा होटल हो गया है वहाँ पर गया। वैसे तो वो होटलवाला आदमी भी बड़ा नंगा ठहरा, पर साले ने रात को सारे बर्तन मँजवाकर दो रोटी और थोड़ी-सी दाल दे दी। अब यार अगले दिन से कुछ भी नहीं खाया-पिया ठहरा, उतने से मेरा क्या होता। हम तो साला दस-दस मडुवे की रोटी हजम करने वाले हुए। फिर हो गयी कि रात को कहाँ सोऊँ। होटलवाले ने कहा— अन्दर तो मैं तुझे जगह दूँगा नहीं, अगर रात काटनी है तो यहीं भट्टी पर सो जा और सुबह चले जाना। बस रात को वहीं पर सो गया।

दूसरे दिन सुबह कई दुकानों में पूछा कि कुछ काम मिल जाएगा लेकिन सबने कह दिया इतना जो काम चला होता तो हम खुद ही कर लेते। वहाँ से भी सीधे रास्ता लगा—मल्ली मीरे, तल्ली मीरे, कफड़ा, दड़माण होते हुए चिलना की ढाड़ी (चढ़ाई) में। चलते-चलते दिन छिपते समय तक खिरखेत पहुँचा। वहाँ पर उन दिनों कुल एक-दो दुकान ठहरी। उनसे पूछा, महाराज रात को रहने को जगह दोगे? सालों ने कह दिया इतने सारे ढाकरी पेड़ों के नीचे रह रहे हैं तू भी उनके साथ रह ले। अब क्या करता। अब कहाँ जाऊँ। कहीं देखा भी नहीं ठहरा। फिर ऊपर को रास्ता लगा और चिनियानौला पहुँच गया। जाते-जाते भइया चिलना की ठाड़ी में तो पाँव ही टूट गये। चिलना में भी एक पेड़ के नीचे कुछ ढाकरी बाजार करके अपना लूंण-गूंण (नमक-गुड़) लेकर वापस अपने घर को जा रहे ठहरे। रात को वहीं पर रुक गये। मैं भी पहुँच गया। वे बेचारे ठहरे पाली-पछाऊँ की तरफ के। अब हो बेचारों ने रात को बढ़िया गेहूँ की रोटी और आलू का साग बनाया। सब कुछ वहीं पर दुकान में से लिया। चार पैसे में एक आदमी का जैसा खाना चाहता है, वैसा सामो (सामग्री) मिल रहा ठहरा। दुकानदार साथ में पकाने के लिए बर्तन भी दे रहे ठहरे। उन्हीं से सामो खरीदो और उन्हीं से बर्तन ले लो। अपना पका-पुकू के खा-पीकर बर्तन धोकर उनके वापस कर दो।

अब भइया झूठ क्या बोलूँ अहा फुलकी (गेहूँ) रवाट और आलू का साग, साले में जखिया का तड़का लगाया ठहरा। मैं भी सऊ...सऊ...निगलते गया। सोलह-सत्रह से कम क्या खायी होंगी। बेचारों ने कहा भी हो, यार तूने दिन

भर से कुछ नहीं खाया होगा, शरमाना मत जितनी भूख लगी है, उतना खा ले पेट भरके, और मैं भी सऊ...सऊ...निगलते गया। उन्होंने मुझसे पूछा भी, यार भाऊ तेरा घर कहाँ है और तू कहाँ जा रहा हैं? मैंने कुछ नहीं बताया। रात को उनकी ही बगल में पसर गया। अब उनको तो जाना ठहरा दूर, वे सुबह मुँह अँधेरे ही निकल गये। बेचारों के पास बोझा भी दो-दो मन ठहरा। सिर पर राशन और हाथों में तम्बाकू की पिंडी, गुड़ की भेली-भाली कई चीजें। कम से कम एक-एक मन हाथों में। उतना बोझा लादकर पाली दूसरे दिन शाम तक पहुँचे होंगे।

उजाला हो गया तो मेरी भी नींद खुली। चारों तरफ को देखा, वहाँ से घर का तो अन्दाजा ही नहीं आया। लेकिन अपनी झंडीधार तो सबसे ऊँची ठहरी। उसे मैंने पहचान लिया। हिमालय चिलना से ऐसा चिट्ट सफेद दिखाई दे रहा ठहरा जैसे कि झंडीधार से भी नजदीक होगा। काफी देर तक देखता रहा। अब किधर जाऊँ कुछ अन्दाजा नहीं आया। थोड़ी देर में मैंने कुछ फौजी सिपाही देखे। सिपाही भी उसी दिन पहली बार देखे। एक नजर उन पर पड़ी तो उनको ही देखने की हौश जैसी लग गयी। फौजी वर्दी पहनी ठहरी, हाथों में रैफल, बूटों की खड़ाखड़। मैंने सोचा, अहा! ये आकाश से आये भगवान जैसे कहाँ को जा रहे होंगे। मैं भी उनके पीछे-पीछे लग गया। अब वो तो तेज-तेज जा ठहरे, मैं गया माठू-माठू (धीरे-धीरे)। एक घंटे तक उनके पीछे जाते-जाते घिघारीखाल पहुँच गया। वहाँ जाकर देखा तो औरी चमान। सारे सिपाही ही सिपाही। एक सिपाही जोर से कह रहा ठहरा—पीछे...मुड़, फिर आगे...देख, उसके कहते ही सारे वैसा ही कर रहे ठहरे। फिर कदमताल करते हुए आगे को जानेवाले हुए, फिर उसने कहा, 'जै...से...थे...और सारे सिपाही जैसे पहले थे वैसे ही खड़े हो गये।

मैं उनको एकटक देखता ही रह गया और अन्दर से डर जैसा भी लग रहा ठहरा। चुपचाप एक कोने में खड़ा हो गया। बहुत देर तक देखते रहा। अब देखो, जब किस्मत बटम (रास्ते) में आती है तो कैसा होता है। मेरे भाग से एक बड़ा साहब मेरी तरफ को आया और मैं डर के मारे, ओ इजा, ओ बाज्यू—अब ये मारता है—करके पट्ट दीवाल पर चिपक गया। लेकिन किस्मत पर तो मेरा कुछ अलग ही लिखा ठहरा। मैं लुकी (छिप) रहा ठहरा लेकिन उसने तो मुझे पहले ही देख लिया। उसने कहा, 'ये लड़के यहाँ क्या कर रहा है?' तब मुझे हिन्दी जैसी भी आने वाली नहीं हुई। हमारे गाँव में तो केवल एक पधान बूबू ही एकाध आँखर बोलने वाले हुए। उनकी भी हिन्दी कोई हिन्दी जैसी थोड़ी हुई। कभी बोल देने वाले हुए—'अरे क्या कर रहे हो माँचो।' और तो हमने हिन्दी कहीं सुनी नहीं ठहरी। गाँव में तो सब यही कहने वाले हुए कि ऐसे तो अँग्रेज साहब लोग बोलते हैं। अब क्या करता, मेरी तो आवाज ही नहीं निकली। उसने कहा,

चल खड़ा हो जा। ठाण हुआ तो मुझे पड़ गया थरथराट। एक तो जाड़े से वैसे ही दाँत कटकटा रहे ठहरे और ऊपर से ये आफत।

उसने फिर कहा, किसलिए आया है यहाँ, भर्ती होगा क्या? अब मैंने हाँ-ना कुछ नहीं कहा। मेरी गर्दन डर से हिल रही ठहरी। उसने सोचा ये गर्दन हिलाकर हाँ कह रहा है। उसने कहा चल मेरे साथ। अब नीचे मैदान में ले गया। पहले उसने मुझे दौड़ाकर मैदान के पचीस चक्कर कटवाये। उसने जैसा-जैसा करवाया मैं वैसा-वैसा करता गया और हर बार वह यही कहता 'हाँ है काम का छोकरा।' फिर उसने कहा कि वो ऊपर धार से नीचे गधेरे तक जाकर दस मिनट में वहाँ से वापस आ। मैंने भी ऐसी दौड़ लगायी कि उन्होंने सोचा मैं अपने घर को भाग गया हूँ। जब वापस आया तो उसने मेरी पीठ थपथपायी। बस उसी समय हो गया भर्ती। फिर उसी साहब ने दूसरे दिन मुझसे कहा, तू अपने घर को एक चिट्ठी लिख दे और डाकखाने का भी उसी ने पता बताया। जो अब रानीखेत का पुराना डाकखाना कहलाता है वहाँ से मैंने बाज्यू को चिट्ठी भेजी। अब ये ठहरी भइया मेरी फौज में भर्ती होने की बिरखात (कथा)।'

आप भी सोच रहे होंगे ये कहानी झंडीधार की है या सूबेदार धरमसिंह की। जब इस आदमी की फौज में भर्ती होने की ही इतनी लम्बी कहानी है तो पूरे जीवन की कहानी तो कभी खत्म ही नहीं होगी। ऐसा नहीं है। मैं हाथ धोकर धरमसिंह के पीछे क्यों पड़ूँगा। धरमसिंह कोई कहानी का हीरो थोड़ी है। वैसे ये भी पहले ही स्पष्ट कह चुका हूँ कि इसमें हीरो जैसा कोई है ही नहीं, जो भी पात्र आ रहा है वह बस जीरो ही साबित हो रहा है। लेकिन मैं इनकी कोई कॉमेडी या पैरोडी भी पेश नहीं कर रहा हूँ इसलिए इसे थोड़ा गुरु-गम्भीर होकर ही देखें-सुनें तो बेहतर होगा।

बात हो रही थी गाँव की आमदनी की। ये फौजवाली आमदनी तो तब शुरू हुई जब धरमसिंह फौज में भर्ती हुए। फौज में भर्ती होने के बाद दो साल में जब धरमसिंह गाँव आये तो चार लड़कों को अपने साथ और ले गये, और उनको भी फौज में भर्ती करा दिया। इसके बाद गाँव में मनीऑर्डरों का आना शुरू हुआ। अब एक प्रश्न और पैदा होता है—इससे पहले इनकी आमदनी क्या थी? इस प्रश्न का जवाब दो तरह का है—इनके पास हर तरह की आमदनी थी, इनके पास किसी तरह की आमदनी नहीं थी। पहला यह कि इनको नकद पैसे की कहीं से भी आमदनी नहीं थी। भैंसें थीं तो कोई दूध मोल लेने वाला नहीं। जंगली फल थे तो कुछ आदमियों ने खाये कुछ बन्दरों ने। बस हर चीज वहीं की वहीं। न कोई चीज गाँव से बाहर जाती और न कोई बाहर की चीज गाँव में ही आती। सिर्फ द्वाराहाट का डुंगरलाल साह इनसे कहता था, घी बिल्कुल काँच जैसा होना

चाहिए तब मैं आगे को भेजूँगा और तब तुम्हें कपड़ा मिलेगा। उसने भी इनको नकद कभी एक पैसा नहीं दिया। उसको कनिस्तर के कनिस्तर घी भरकर दे आये और वह बड़ी मुश्किल से दो गज कपड़ा देता और कह देता, दो कनिस्तर घी अभी उधार रह गया, तेरी घरवाली की घाघरी का।

इसमें भी जब तक साह के कपड़े का उधार घी नहीं चुकाया जाता रोज ही पति-पत्नी की लड़ाई। पति पत्नी से लड़ता—'रंडी तेरे लिए घाघरी बनवायी। भैंस की मेहनत नहीं करेगी तो साह को घी कहाँ से देंगे। समय पर लाला का पूरा घी नहीं दिया जाएगा तो अगले साल से कपड़ा उधार नहीं देगा।' कभी कोई बकरी बेच दी या भैंस बेच दी। ज्यादातर चीजें नीचे गेवाड़ की तरफ अनाज के बदले में दे दी जाती थीं। एक बोरी धान में एक भैंस। दूसरी बात, इनके पास आमदनी के सारे साधन थे। यह बात तो बिल्कुल सही है। चाहे जैसे भी हो ये अपना काम चला ही लेते थे और इसमें इनको पूरा सन्तोष था। अगर उसी में पूरा सन्तोष है तो इसके अलावा आमदनी करके करना ही क्या था। इन्हें इससे अधिक की कभी आवश्यकता ही महसूस नहीं हुई। पहले बताया था ना कि रुपुवा के लड़के को किसी ने एक नया पैसा दिया तो रोने लग गया। इतने बड़े पैसे को मैं कहाँ जो रखूँ, कैसे जो सँभालूँ। बस हो गयी आमदनी की भी बात पूरी।

अच्छा, अब आप कहेंगे कि ये सब बातें तो ठीक हैं लेकिन ये कुछ खाते-पीते भी थे या नहीं? या ऐसे ही लमलेट? अब आप अगर मुझे थोड़ी-सी इजाजत देंगे तो मैं इनके खान-पान और गन्धों के बारे में आपको ऐसी जानकारी दूँगा कि भले ही आपने बड़ी-बड़ी पोथियाँ पढ़ी होंगी, दुनियाभर का साहित्य पढ़ा होगा मगर ऐसी जानकारी शायद ही आपको मिल पायी होगी, जो मैं आपको अब बताने जा रहा हूँ। इसकी आप कल्पना तक नहीं कर सकते। अब आप कहोगे, जब ये इतने गरीब लोग थे और जंगल में रहते थे, बस जंगली कन्दमूल खाकर अपना लोट लगा लेते थे, तो इनके खानपान में ऐसा क्या चमत्कार था? जी हाँ, आप आज की दुनिया में भले ही फाइवस्टार होटलों में खा लीजिए और किसी भी घटिया-बढ़िया चीज को 'डिश' का नाम दे दीजिए पर आपकी डिशों से इनकी गन्धों का संसार कितना बड़ा है ये अवश्य जान लीजिए। जितनी चीजें उतनी ही गन्ध बल्कि उससे भी कहीं अधिक। अब अगर आप गौर करेंगे तो इसमें बहुत-सी चीजें आपके काम भी आएँगी और अगर आप कहीं भाषा-साहित्य वाले हैं तो आप खुद इनकी तरह कहेंगे, 'अहा! बात तो बिल्कुल सच्ची है यार अगर इसमें से कुछ चीजें हिन्दी और अन्य भाषाओं में ले ली जातीं या इनकी बातों को भाषा का दर्जा दे दिया जाता, या और भाषाओं में शामिल कर लिया जाता तो इससे भाषाएँ पहले से कहीं और अधिक समृद्ध ही होतीं। मगर मैं जानता हूँ आप ऐसा नहीं करेंगे। खैर छोड़िए,

जैसे समाज ने इन्हें आज तक छोड़ रखा है वैसे ही इस बात को यहाँ भी ऐसे ही छोड़ देते हैं लेकिन आप भले ही सब कुछ छोड़ दीजिए, इनके गन्धों का संसार एक बार जरूर देख लीजिए जिसकी एक छोटी-सी बानगी मैं यहाँ पेश कर रहा हूँ—

लम्बे समय तक भीगे कपड़ों से उठने वाली गन्ध को खासकर तब जब
इनके पास एक ही जोड़ी कपड़े होते थे और बारिश के मौसम में बार-
बार
भीगते रहते थे और वैसे ही शरीर पर सूखते थे, तो उनसे उठने वाली गन्ध
को ये 'अस्वैन' बोलने लगे। और भी,
मनुष्य की बगलों से निकलने वाली गन्ध—'कखैन'
सड़ी हुई चीजों से उठती गन्ध—'सड़ैन'
गन्दा पानी मिट्टी मिला हुआ—'कचवैन'
लकड़ी की गन्ध, खासकर लकड़ी के बर्तनों में रखे सामान से जैसे दूध-दही
से आने वाली गन्ध—'कठैन'
बाल, नाखून या मुर्दा जलने से उठने वाली गन्ध—'किहड़ैन'
खट्टेपन की गन्ध खासकर दही या दूध फट जाने पर महसूसी जाने वाली गन्ध
—'खटैन'
पुराने चावलों से आने वाली गन्ध—'खौंकैन'
सूखी मिर्च जलने पर—'खौंसैन'
मूली या खराब हुए दही से उठने वाली गन्ध—'गनैंन'
आदमी के मल की गन्ध—'गुहैन'
गाय-भैंस के मूत्र की गन्ध—'गौंतैन'
टीन के डिब्बे आदि में लम्बे समय तक रखे घी के खराब हो जाने पर उठने
वाली गन्ध—'चिलकैन'
मनुष्य के मूत्र की गन्ध—'चुरैन'
रोटी आदि चूल्हे में जलने पर—'जवैन'
खट्टी डकार—'झुलसैन'
पेट की अपान वायु विकार—'टुटैन'
तम्बाकू की गन्ध—'तमकैन'
ताँबे की गन्ध—'तमैन'
पीतल की गन्ध—'पितवैन'
लोहे की गन्ध—'लोहरैन'
खीरे आदि में कड़वापन—'तितैन'

धूप की सुगन्ध—'धुपैन'
सरसों, राई के तेल की गन्ध—'पिरैन'
बासी भोजन की गन्ध—'बसैन'
जवान बकरे या बाघ से उठने वाली गन्ध—'बौकड़ैन'
बकरी को भूनते समय आने वाली गन्ध—'भड़यैन'
मक्का, गेहूँ आदि को चूल्हे में भूनने से उठने वाली गन्ध—'भुटैन'
खटमल मारने पर आने वाली गन्ध—'भुवैन'
मछली से आने वाली गन्ध—'मछैन'
मुर्दे की गन्ध—'मड़ैन'
श्मशान में लकड़ी और मुर्दे की सामूहिक गन्ध—'मिरमिरैन'
खून की गन्ध—'लुवैन'
घर का कोई स्थान बहुत दिनों तक गीला रहने पर उस जगह से उठती गन्ध—'सितड़ैन'
अधिक देर तक उबाले गये दूध से आने वाली गन्ध—'सुनैन'
गन्दे कपड़ों से उठने वाली गन्ध—'सुमरैन'
सीलन की गन्ध—'स्यौदैन'
कपड़ा जलने पर—'हन्तरैन'
गुप्तांगों से निकलने वाली गन्ध—'फुसैन'

यह लिस्ट और बहुत लम्बी हो सकती है। मगर मैं इससे ज्यादा आपके धीरज की परीक्षा नहीं लेना चाहता। लेकिन मेरा मानना है कि आप दाँतों तले अवश्य अँगुली दबा गये होंगे। हाँ मानता हूँ कि आपको कई पेज इसी में पलटने पड़े। अब आप अगर इसी में थक गये हैं तो इसे यहीं छोड़ते हैं लेकिन अगर आप दाद दे रहे हैं तो इससे हटकर ऐसी ही जरा दूसरी चीज पर भी थोड़ी-सी चर्चा कर देता ताकि आप ये नहीं कहें कि आपके पास एक चीज थी तो आपने इतनी लम्बी फेहरिस्त दे दी कोई और चीज होती तो उसे भी तो दिखाते। तो मैं आपके धैर्य की परीक्षा नहीं लेना चाहता। जिस प्रकार गन्धों के संसार में हर चीज से एक गन्ध उठती है, वैसे ही करनेवाले क्रिया के अनुरूप अनुरणन करनेवाले शब्द भी मौजूद होते हैं। जैसे—

धड़कन बढ़ना—धकधकाट
घबराहट होना—घबड़ाट
ओछापन दिखाना—ओछ्याट
शेखी और शान दिखाना—फौंरयाट
हर समय बोलते रहना—बड़बड़ाट
गुस्से से दाँत पीसना—मसमसाट

किसी चीज से उकताना—औंच्याट

हँसी मजाक में बहुत ज्यादा इतराना—छकछकाट

किसी काम के लिए बहुत जल्दी मचाना—फड़फड़ाट

रिमझिम वर्षा होना—सणसणांट

दूसरों को अपना बड़प्पन दिखाना—बड़म्याट। आदि आदि...

मैं आपको बता ही देता लेकिन मुझे यह भय सता रहा है कि आप कह सकते हैं कि, 'झंडीधार वालों की कथा सुना रहे हैं या किसी शोध कार्य का हिस्सा? हमें कहानी सुनानी है तो जल्दी सुनाइए अब हमारा धैर्य जवाब दे रहा है।' धैर्य-धन्य पाठको! अब मैं आपका धन्यवाद करना चाहता हूँ, जिस जमाने में बड़े से बड़े लेखकों की कृतियों को धराशायी कर दिया जाता है, उस जमाने में मैं अपने एक अदने से किस्से को लेकर बैठ गया हूँ और यह आपका धैर्य ही है कि आप एकटक सुनते जा रहे हैं। हालाँकि अभी इनकी स्त्री गन्धों की बात तो शेष ही रह जाती है। इनके खान-पान में लौकी, मूली, गडेरी, रैंस, गहत, मास की बड़ियों की चर्चा करता लेकिन यहाँ पर मैं इतना ही कहूँगा कि अभी नहीं तो फिर कभी।

खैर, वैसे भी आप ये सब जानकर करेंगे भी क्या? मुझे एक श्रोता का प्रश्न बार-बार कचोट रहा है कि जब ये दो धारों के अलावा कहीं जाते ही नहीं थे तो ये कुछ मनोरंजन वगैरह जैसा भी करते थे या नहीं? आपका प्रश्न बिल्कुल जायज है, आप ठीक कह रहे हैं। लेकिन एक बार फिर इस बात को दोहरा दूँ, अभी आप ये भी कहेंगे कि इसी बात को तो आप कितनी बार दोहरा चुके हैं, ये आपका तकियाकलाम हो चला है, कोई और बात कहिए। अगर आपको इनके मनोरंजन के साधन बताने हैं तो मैं यह बात कहना चाह रहा हूँ कि सब चीजों की तरह इनके तीज-त्यौहार और मनोरंजन के साधन भी अलग ही हैं लेकिन यहाँ मैं गन्धों की तरह लम्बी फेहरिस्त नहीं दूँगा, बस दो शब्दों में आपके प्रश्न का जवाब। नहीं तो आपके कई प्रश्न अनुत्तरित ही रह जाएँगे।

इनके त्यौहार भी इन्हीं तक सीमित थे, पर उन्हें मनाने का उत्साह इतना बड़ा था कि जितना पूरे सरकारी तामझाम से गणतन्त्र दिवस और स्वतन्त्रता दिवस नहीं मनाया जाता। इनके पास खाने-पीने और मनोरंजन का कोई साधन न होने पर भी इन्होंने अपने हिसाब से हर महीने कोई न कोई त्यौहार जरूर बना रखा था और उस त्यौहार के दिन चाहे वह जैसे भी, जहाँ से भी करे, भले ही किसी को पैंचा ही निकालना पड़े लेकिन मनाता बड़ी धूमधाम से है। खाने में ही देखिए—खीर, लापसी, हलुवा, पूवे, मालपूवे, बड़े, रायता, चिलड़े, दौड़ पूरी पता नहीं

क्या-क्या चीज बना लेते हैं, शायद आपकी 'डिशों' से ज्यादा चीजें। दोपहर होते-होते सिर पर एक छापड़ी रखकर एक दूसरे के घर संक्रान्ति देने चल पड़ते। एक गाँव से दूसरे गाँव जाने वालों की कतार। औरतों के सिर पर छापड़ी तो मर्दों के हाथ पर दही की ठेकी। ज्यादातर संक्रान्तियों को मेला भी होता है।

इनके त्यौहारों में चैत्र के महीने नये संवत्सर से लेकर दूसरे संवत्सर तक कितने ही त्यौहार हैं। हर महीने कोई न कोई त्यौहार जरूर होता है। अभी ये मत कहना इन भुस्स गँवारों को संवत्सर की जानकारी कहाँ से हो गयी। जी हाँ, सही बात है। इनको क्या पता संवत्सर भी होता है। इनके लिए तो संवत्सर माने गोपी पाणे का पंचांग का दर्शन मात्र ही था। लेकिन बात इनके त्यौहारों की चल रही है तो चैत्र के महीने में फुलदेही, बैसाख में स्याल्दे-बिखोती, जेठ में बगूचौर, सल्टिया-सोमनाथ, सावन में हरेला, भादौ में घी संक्रान्ति, असोज के पहले ही दिन खत्डुवा—समझ ही गये होंगे—भैलो खत्डुवा भैलो, भैलो खत्डुवा भैलो। अब दशहरा तो प्रसिद्ध ही ठहरा। कार्तिक में बगवाली, मार्गशीर्ष में हईया-दशहरा, माघ में उतरायणी, फाल्गुन में पंचमी। फिर से चैत के महीने 'फूल देही, छमा देही' शुरू हो जाती। घर-घर जाकर बच्चों का रंगे-बिरंगे फूलों से देह-द्वार सजा देना। बुराँस, प्योली, दुदभाति, पहाड़फुट्टा के फूलों से बच्चे टोकरियाँ भर के पूरे गाँव में घूमते 'फूल देही, छम्मा देही' कहते हुए। सभी उनकी टोकरी में चावल और गुड़ डालते। अभी नयी टोकरीवाले के उसमें जैसे भी हो एक नया पैसा डाल ही देते। चाहे किसी को कर्जा ही करना पड़े। घरों-घरों में पक रहा होता है—हलुवा, पूरी, खीर, लापसी, मूली का रायता, रैंस की चिलड़े, कई-कई चीजें।

अब जरा मेलों के भी हाल सुन लीजिए। जिस दिन मेला हो उस दिन समझ लीजिए कि पूरे गाँव ने आजादी पा ली है। सुबह से ही सजना-धजना। गाँव-गाँव में नगाड़े, ढोल की धुनें, रणसिंह की गगन भेदती आवाज। एक का दूसरे को आवाज लगाना—'ओ दीदी, हो भूलू चल, कब चल रही है। अरे, अभी तो नगाड़ा ही तैयार नहीं हुआ।' सारे गाँव वाले पधान के घर पर इकट्ठा हो जाते। पटाँगण में झोड़े-धौस्यलों के झमाके। हुड़के की थाप पर बच्चों से लेकर बूढ़ों तक के पाँव थिरकते। मर्द और औरत एक दूसरे का हाथ पकड़कर सामूहिक नृत्य करते। आप अगर देखेंगे तो आप तो यही कहेंगे कि कितना बढ़िया फोक है। लेकिन मैंने जैसा पहले कहा न, इनके मेले भी इनके ही बनाये थे। अब चाहे नैथना में घी संक्रान्ति का मेला हो, द्वाराहाट की स्याल्दे, बिमांडेश्वर की बिखोती, मासी का सल्टिया सोमनाथ। भिक्यासैंण की स्यौंरात, बुड़केदार की पुण्यो, दूनागिरी चौखटिया की अष्टमी। नैनीताल का नन्दा देवी मेला, देवीधुरा का बग्वाल मेला। देवीधुरा का बग्वाल मेला देखकर आप तो यही कहते कि महाराज मेले तो सब

देखे पर ये पत्थरों से एक दूसरे का सिर फोड़ने वाला कैसा मेला है? आप उस मेले में क्या, मेलास्थल के आसपास फटकते भी नहीं। आप तो कहते, क्या बाजी पड़ रही है ऐसे मेले की जिसमें किसी से पत्थर से अपना सिर फोड़वाएँ। स्याल्दे बिखोती ओर सल्टिया सोमनाथ से ठीक एक महीने पहले से ही गाँवों-गाँवों में झोड़ों के झमाके शुरू हो जाते।

देवीधुरा के बग्वाल की तरह द्वाराहाट की स्याल्दे का किस्सा भी अजीब है। चाहे किसी को अपने बैल ही क्यों न बेचने पड़ जाएँ, वह मेला जरूर जाएगा और मेले में जी खोलकर खर्च करेगा। खीमसिंह पधान ने ही बताया कि एक बार लोगों ने अफवाह फैला दी कि इस साल तो स्याल्दे में भारी झगड़ा होगा बल। किसी ने किसी की ब्यारी (बहू) को अपने घर बैठा दिया है, इस पर लट्ठ चलेंगे। अब साले पटवारी ने हमसे कहा कि इस साल मेले में भइया, तुम्हारा नगाड़ा नहीं जाएगा। हमने कहा, कैसे नहीं जाएगा। नगाड़ा तो हम मेले में ले ही जाएँगे, चाहे हमारी जान चली जाए। हम अपना नगाड़ा ले गये। पहले लट्ठे सबके हाथ पर रहने वाले हुए ही। औरतों की कमर में दराती। अब महाराज जैसे ही स्याल्दे के थोक में हमारा नगाड़ा पहुँचने वाला था तब तक देखते हैं वहाँ एस.डी.एम. भी आया ठहरा। उसने हमारा नगाड़ा रोक दिया। अब हमने कहा कि महाराज ऐसा मत करो। पर साला माना ही नहीं। हाथ जोड़े कि महाराज अगर हमारा नगाड़ा स्याल्दे के थोक में नहीं पहुँचा तो हमारी तो नाक कट जाएगी कि इस साल झंडीधार वालों का नगाड़ा आधे रास्ते से ही वापस चला गया। दुनिया हम पर थूकेगी। अगले साल से स्याल्दे में हमारा नगाड़ा आना ही बन्द कर देंगे। अब एस.डी.एम. साले को कितना समझाया पर माना ही नहीं। कहने लगा, जिद करोगे तो मैं गोली चलवा दूँगा, सब लौट जाओ अपने-अपने घरों को, अगले साल आएगा, तुम्हारे गाँव का नगाड़ा। अब अगर एक साल छूट जाता तो फिर दूसरे साल से हमें कौन लाने दे रहा था। अब हो बहसबाजी में बहुत देर हो गयी। इतने में हमारी ये नीचे तुलासिंह की घरवाली ने खट्ट से एस.डी.एम. को एक झटका मारा—साला तू अस्डैम हो जाएगा आपणी माँ का खसम, साले तीन महीने से मैंने कौतीक जाने के लिए घाघरा सिला रखा है। कौतीक का खर्चा चलाने के लिए घर की भैंस की थोरी बेची। मेरे खसम ने मुझे मना नहीं किया और तू कट्टू साला, कहीं का, मुझे रोक रहा है।' ऐसा धक्का दिया कि एस.डी.एम. पड़ा एक तरफ को, बस क्या था, पीछे से सारे लोग आगे बढ़ गये। साहब भी साला देखता ही रह गया। उस दिन एस.डी.एम. फैसला दे गया कि भइया ये द्वाराहाट के द्यौराओं का जब नगाड़ा आता है, तो उसे कोई नहीं रोक सकता, न आज से कोई रोकेगा। देवीधूरा की बग्वाली में अगर कोई मर भी गया तो उसका जिम्मेदार

कोई नहीं होगा।

हो गया न आपके इस प्रश्न का भी समाधान। बात शुरू करते समय तो आपको हर बात अजीब लग रही होगी। लेकिन बात खत्म होते समय आपको यह जरूर लग रहा होगा कि हाँ, सही में बात तो विचित्र ही है। अब इन्होंने यहीं पर खत्म क्यों कर दी। पूरी जानकारी देने में क्या हर्ज था। मैं हर बात को जल्दी इसलिए खत्म करता चला जा रहा हूँ कि हम उनकी तरह, जिनकी यह कहानी है उतने धैर्य-धन्य नहीं हैं। उनका धैर्य तो कभी डिगा नहीं, लेकिन मुझे बार-बार यही डर लग रहा है कि कहीं आपका धैर्य डिग जाए और आप यह कहते हुए उठ गये कि दुनिया उत्तर आधुनिकता के दौर से गुजर रही है। पूरे हिन्दुस्तान में विदेशी साहित्य छाया हुआ है और आप बैठ गये हैं एक सच्ची पहाड़ी कहानी का रोना लेकर। लेकिन मुझे उम्मीद है कि आप पढ़ने के आदी हैं, चाहे दिखावे को ही आपके हाथ में दो-चार विदेशी पोथियाँ रहती हैं, लेकिन खाते आप भी देशी की हैं। खैर, ये तो मैं आपसे तब पूछूँगा जब आप इसे पूरा सुन-पढ़ लेंगे। मैंने पहले ही अर्ज किया था कि इस कहानी या हकीकत का बयान मैं जरूर कर रहा हूँ लेकिन इसमें मेरा न कोई किरदार है और न हैसियत।

मुझे लगता है इनकी कथा तो अनन्त है लेकिन सतही जानकारी लगभग हम पा चुके हैं और अब आप में से कोई प्रश्न कर भी नहीं रहा है लेकिन मैं एक और बात बताने की धृष्टता कर रहा हूँ कि इतना सब कुछ जान लेने के बाद थोड़ा-सा इनके नाते-रिश्तों के बारे में भी जानकारी हासिल कर लें तो क्या हर्ज है कि इनकी बोलचाल, इनके सम्बोधन और रिश्तेदारी किस तरह की होती थी। अगर यह मैं बिना पूछे ही बता रहा हूँ तो चार शब्दों में ही निबटा भी देता हूँ। एक का दूसरे से रिश्ता लगाना या पुकारने की रीति भी यहाँ हर चीज की तरह अल ही है। किसी के नाम का सम्बोधन सीधे-सीधे न करके उसके नाते-रिश्ते से पुकारा जाता था। अब जरा इसी कहानी की चनिया की इजा को देखिए। अब आप यहाँ पर चौंकेंगे इसलिए पहले ही बता देता हूँ कि यह किसी का नाम नहीं है। जिसे मैं चनिया की इजा कह रहा हूँ, उसका असली क्या नाम था किसी को पता नहीं, जब तक बच्चे नहीं हुए थे, तब तक पिरमा की घरवाली, बच्चे हो गये तो बड़े बच्चे का नाम चनिया रख दिया और तब से नाम हो गया चनिया की इजा। अब उसका असली नाम क्या था आज भी किसी को पता नहीं। जी हाँ, यहाँ किसी भी औरत का सीधे नाम लेकर नहीं पुकारा जाता। अब जैसे धरमसिंह सूबेदार की घरवाली। उसके भी नाम का पता नहीं। उसका बड़ा प्रसिद्ध नाम है धरमसिंह सूबेदार की घरवाली क्योंकि धरमसिंह फौज में सूबेदार हैं इसलिए उनकी घरवाली का नाम ज्यादा ही प्रसिद्ध है।

पधान बूबू, पधानी आमा। इसी प्रकार औरतें भी अपने मर्द या दूसरे मर्द

का कभी नाम नहीं लेतीं। फलाने के बाज्यू, जिसके बच्चे न हों फलाने के कका, फलाने की काखी। अपने पति का तो यहाँ अपनी जुबान पर नाम लाना ही धर्म नष्ट करने के बराबर था। उन्हीं में से किसी ने यह भी कहा, यह शायद किसी कथा में गोपी पाणे ने सुनाया होगा कि जब वन में सीताजी को वन स्त्रियाँ मिलीं तो उन्होंने सीता से पूछा कि तुम्हारे साथ ये कौन हैं तो सीता ने भी राम को 'वो' ही कहा। लक्ष्मण का नाम बताया और कह दिया 'वो' इनके बड़े भाई हैं। वे समझ गयीं कि हाँ ये इनके पति हैं। 'अब जब सीता माता तक नाम नहीं लेने वाली ठहरीं तो हम गू-मूत में उपजे कीड़े क्या नाम ले सकने वाले ठहरे। हम भुस्स गँवार अब अपने ही मुँह से अपने आदमी का नाम थोड़ी लेंगे।' भले ही वे दूसरे के मुँह से कहलवा देती थीं।

जी, मैंने पहले ही कहा था कि अब आप लोग तो चुप हो गये हैं, अब मैं खुद प्रश्न करके खुद ही उत्तर देने की धृष्टता कर रहा हूँ। लेकिन एक अन्तिम धृष्टता और करना चाह रहा हूँ, यदि यह प्रश्न अनुत्तरित रह गया तो इस कहानी को समझना भी उतना ही मुश्किल हो जाएगा जिस तरह आप अभी तक इनकी किसी भी चीज को नहीं समझते थे। मैं जानता हूँ यह प्रश्न आपके मन में अन्दर ही अन्दर बहुत जोर से उमड़-घुमड़ रहा होगा मगर या तो आपके मुँह में आ ही नहीं रहा है पूछने को या फिर इस समय आप कई प्रश्न पूछ चुके हैं तो प्रश्नों की झड़ी में आप मूल प्रश्न को ही भूल गये हैं। चलो कोई बात नहीं। मैं तो आपकी धैर्यधन्यता की दाद दे रहा हूँ, इसलिए आपको यह प्रश्न मैं खुद ही बता देता हूँ और निश्चित रूप से आप अपनी भूल सुधार करेंगे। इसे आप अभी नहीं तो पूरी कहानी पढ़कर तब भी करेंगे ही और पूछेंगे कि महाराज आपने इस कहानी का नाम 'ओ इजा' कैसे रख दिया ? है ना प्रश्न आपके काम का? मुझे लग रहा है आप इस 'ओ इजा' शब्द से चिढ़ भी रहे होंगे। नाम भी रखा तो भला 'ओ इजा'। नाम ही रखना था तो कोई अच्छा रखते। किताब के नाम से लगता कि इसे पढ़े-लिखे आदमी ने लिखा है, देखो सारी बात किताब के नाम से ही स्पष्ट हो जाती है। यह भी मैं जानता हूँ अधिकतर चर्चाएँ सिर्फ किताब का नाम पढ़कर और किताब लिखने वाले के परिचय से ही हो जाती हैं। बगैर कहानी पढ़े हुए ही एक खास गुट में उसकी तारीफें और दूसरे बर्खास्त वर्ग में श्राद्ध।

आपका जो यह अनुत्तरित प्रश्न रह गया है 'ओ इजा' माने क्या होता है और 'ओ इजा' की व्याख्या क्या है? और ये 'ओ इजा-हो इजा' क्या होता है? 'ओ इजा' की व्याख्या भी इन्हीं सीमित लोगों की तरह सीमित है— 'ओ इजा' माने सिर्फ 'ओ माँ'। मैं समझता हूँ कि यहाँ कहानी का शीर्षक 'ओ माँ' रखने की कोई तुक नहीं है। लेकिन इस बात को मैं जोर देकर कह सकता हूँ कि 'ओ

इजा' रखना बहुत जरूरी है। आप जिस 'ओ इजा' का अनुवाद मात्र 'ओ माँ' समझ रहे हैं। इनके लिए इस 'ओ माँ' का 'ओ इजा' भर अनुवाद नहीं है। आप कहेंगे जिन भुस्स गँवारों को वेद-पुराण का एक शब्द भी याद नहीं, जिन्होंने विदेशी तो क्या देसी भी कभी एक किताब को छुआ तक नहीं, वे अनुवाद और व्याख्या कहाँ से करने लग गये? इसलिए आपको बता देता हूँ कि यह उन भुस्स गँवारों का अनुवाद नहीं, बल्कि आप जैसे सुधी पाठकों को बताने के लिए अनुवाद कहना पड़ रहा है।

इनकी हर साँस में 'ओ इजा' होता है। साँस बाहर निकली ओ इजा, साँस भीतर गयी ओ इजा। उठते-बैठते, खाते-पीते, नहाते-धोते, खेतों में काम करते, ठंड से बचते, बरसात में भीगते, झुलसती गर्मी को झेलते। पगडंडियों पर ऊपर-नीचे चढ़ते-उतरते। घर आँगन, तीज-त्यौहार के हर हिस्से में, यानी हर साँस में 'ओ इजा'। हद तो यह है कि जब कोई आश्चर्यचकित होता है या उसे कोई बहुत बड़ी खुशखबरी सुनने को मिले तो सबसे पहले उसके मुँह से 'ओ इजा' ही निकलेगा। दुख की घड़ी में चाहे कोई अन्तिम साँस गिन रहा हो, या गिन चुका हो, और रोने वाला कुछ कहे या न कहे लेकिन ओ इजा-ओ इजा जरूर कहेगा।

बच्चे के मुँह से देर-सबेर जब भी पहला बोल फूटेगा— ओ इजा। मैं यह भी आपको बता दूँ कि यह ओ इजा न थके हुए श्रम की उत्पत्ति है और न खुशियों के अम्बार की झड़ी। ओ इजा सिर्फ ओ इजा है। कोई मौत के दर्द से कराहे, या कोई जनने के दर्द से। बस कुछ कहे न कहे ओ इजा-ओ इजा जरूर कहेगा। इसी कहानी में आपको बता दूँ जब किसी न किसी दूसरे को यह खबर दी कि पिरमा का लड़का हो गया, तो सुनने वाले ने सबसे पहले कहा—ओ इजा, चलो बेचारी का भला हो गया। पिरमा गधेरे में गिरकर मर गया, जिसने भी सुना सबसे पहले यही कहा—ओ इजा! बेचारी के भाग पर रोज दुख ही दुख लिखा ठहरा। एक बात और भी कह दूँ ये जिनका सम्बोधन है वे तो इसे प्रयोग में लाते हुए और सूक्ष्म कर देते हैं यानी सिर्फ 'ओ इ -ओ इ'।

तो चलिए जब कहानी का शीर्षक भी स्पष्ट हो गया तो अब कहानी सुनने में क्या देरी करनी है। यदि अभी भी भूलचूक से कोई प्रश्न रह गया हो या फिर मन में कोई आशंका रह गयी हो तो मैं आपसे प्रार्थना करूँगा कि इस कहानी को पूरा पढ़कर एक बार झंडीधार अवश्य हो आइए और अपने प्रश्नों का हल, जिनकी यह कहानी है, उनके साथ बैठकर, 'यार ऐसे में ऐसा कैसे जो हुआ होगा?' उन्हीं से पूछ लीजिए। मेरा आपसे अनुरोध यह भी है यदि आप कभी झंडीधार

चले जाएँ तो झंडीधार वालों का आगे का हाल मुझे भी अवश्य बताइएगा। साथ ही यह भी कि यदि कोई जानकारी या तथ्य गलत जाने-अनजाने आ गया हो तो मेरी भूल सुधार अवश्य करेंगे। अब मैं भी क्या करूँ, इस कहानी को लिखने के बाद आज तक दुबारा झंडीधार गया ही नहीं। जाता भी तब ना, जब कहीं होती।

तो लीजिए झंडीधार वालों की कहानी, उनकी ही जुबानी।

दो

पूस का महीना, लम्बी रातें, कड़कती ठंड। सुबह एक तुषार की सफेद चादर-सी बिछ जाती थी। धूप निकलने पर भी लगता पाँव तले काँच का पट्टा ठगा-ठग टूट रहा हो। अभी पौ फटने में समय बाकी था, मगर गाड़ (घाटी) की तरफ से आती हवा शरीर का अंग-अंग भेद पार हो जाती। कोई घर से बाहर निकलने की हिम्मत ही नहीं कर पाता। झंडीधार पहाड़ी के उस पार फैली चाँदनी भली लग रही थी। न साफ रोशनी, न घुप्प अँधेरा। बाँज के पेड़ों के बीच से छनकर आती चाँदनी की रोशनी सफेद तुषार पर इस तरह पड़ रही थी मानो किसी सुन्दर युवती की साड़ी को हवा ढक-उघाड़ रही हो।

खीमसिंह पधान, जिन्हें सारा गाँव पधान बूबू (दादा) कहकर पुकारता था या फिर पधान ज्यू (जी)। लेकिन अधिकतर लोग उन्हें पधान बूबू ही पुकारते थे क्योंकि उम्र के हिसाब से हर चालीस से कम उम्रवाले का उनसे बूबू का ही रिश्ता लगता था। अगर किसी के जड़बौज्यू (ताऊ), कक्का (चाचा) लगते भी थे तो उन्हें बूबू कहने का रिवाज ही चल पड़ा था।

पधान ज्यू के बूढ़े शरीर में अब उतनी नींद रह नहीं गयी है। शायद अस्सी पार कर गये होंगे। लेकिन चेहरे का वही रौबदाब। जवानी के तो पधान बूबू के किस्से ही किस्से थे। पधान बूबू जब भरी जवानी में थे तो किसी भी सामान को उठाने के लिए एक तरफ से सोलह आदमी लगते और एक तरफ से पधान बूबू अकेले। इसी तरह जब वे अपने खरक (गौशाला) से गाय-भैंसों का दूध निकालकर घर को आते तब उनके एक कन्धे पर बाईस जोड़ी हल्यान (बाईस जोड़े हलों की पनिहानी या तरेली) और दूसरे कन्धे पर अट्ठाईस ठेकी (दही जमाने वाले काठ के बर्तन) दूध से भरे लटके रहते। जब कभी भी धूरा (दूर जंगल) जाना हो तो घर से जाते समय वे एक पिड़ाई (40 किलो) का भात अकेले खा जाते। उनसे पूछने पर कहते, 'यार कन्धे में बोको (लादो) या पेट में, एक ही बात है, इसलिए साले को पेट में ही डाल लिया।'

लेकिन अब बढ़ती उम्र के साथ बल घटता चला जा रहा है। मगर शानो-शौकत

में किसी प्रकार की कमी नहीं। इस उम्र में भी अगर किसी चीज ने उन्हें मारा है तो सिर्फ बीमार पत्नी ने। सात बच्चों को जननेवाली, भले ही आज एक भी नहीं रहा, पधान बूबू की घरवाली कई सालों से बिस्तर पर पड़ी हुई है। पधान बूबू का अधिकतर समय उन्हीं की तीमारदारी में गुजरता है। पधान बूबू का बचपन से जवानी और जवानी से बुढ़ापे तक के सफर में सुबह उठने का एक ही नियम है चाहे सर्दी-बरसात-गर्मी कुछ भी हो, हमेशा सुबह चार बजे उठने का। सबसे पहले नित्य कर्म से निवृत्त होकर फिर चिलम में साफ पानी भरकर और अँगीठी में आग जलाकर अपनी गुड़गुड़ी गुड़गुड़ाने लगते।

पधान बूबू आज भी यह सब करने के बाद, अँगीठी के पास बैठकर हुक्के में लाल-लाल बाँज के अंगार रख रहे थे और घर का दरवाजा अधखुला ही किया था। शायद ठंड के मारे पूरा खोलपाने की अभी हिम्मत नहीं कर पा रहे थे। इतने में अचानक बाहर से आवाज आयी, 'पधान बूबू उठ गये हो?' यह स्वर असीम करुणा और वेदना भरा होने के साथ-साथ एकदम सँकुचाया और दबा हुआ था।

पधान बूबू ने चौंकते हुए पहले दो बार हल्की खाँसी भरी 'खौं-खौं' फिर कहा, 'उठ तो गया हूँ, पर इस सुबे-सुबे तू कौन है माँचो?'

कुछ देर तक प्रत्युत्तर में कुछ भी जवाब नहीं मिलने पर पधान बूबू ने पहले दो कस तम्बाकू के मारे फिर कुछ सोचते हुए हल्की-सी खाँसी भर कर कहा, 'अरी तू कहीं चनिया की इजा तो नहीं है?'

कुछ देर रुककर फिर उसी दबी आवाज में, 'हाँ हो सौरज्यू, और कौन होगी मुझ-जैसी अभागिन।' रिश्ते से पधान बूबू चनिया की इजा के ससुर लगते हैं।

पधान बूबू ने फटाफट तम्बाकू की कस मारते हुए कहा, 'अरी बाबड़ी भीतर बैठ माँचो, कहाँ से आ गयी तू इतनी सुबे-सुबे इस तुषार को कूद कर?'

अँगीठी में बाँज की लकड़ियाँ धधकती हुई जल रही थीं। लपटें मकान की छत को छू रही थीं। कभी रोशनी इतनी तेज हो जाती कि जैसे कोई फोटोग्राफर घर की एक-एक चीज को अपने कैमरे में कैद कर लेना चाहता हो। फिर कभी रोशनी इतनी हल्की हो जाती कि सिर्फ पधान बूबू के चेहरे का क्लोजअप ही सामने रह जाता। गोरे-चिट्टे चेहरे पर रौबदार काली मूँछें। अस्सी के पार होने पर भी बुढ़ापे की झुर्रियों का कहीं कोई नामोनिशान नहीं। कद सात फुट लम्बा। कानों में दो-दो तोले के सोने के मुनड़े (कुंडल), हाथ पर तम्बाकू की फर्सी से लगी हुई लम्बी बाँस की निगाई (पाइप) जिससे बीच-बीच में गुड़गुड़-गुड़गुड़ की आवाज सुनाई दे रही थी। इसी तेज और मध्यम रोशनी के बीच बाहर से एक मैली-कुचैली-सी धोती के चाल (चिथड़े) से अधढका, अधखुला चेहरा दरवाजे से अन्दर की ओर बढ़ा। अभी रोशनी हल्की थी। उस मध्यम प्रकाश में उसका चेहरा भी साफ नहीं दिखाई दे रहा था। धोती

के चाल में वह अपना शरीर सिकोड़े हुए अँगीठी के पास आकर सिमट गयी। पधान बूबू अपनी गुड़गुड़ी गुड़गुड़ाते जा रहे थे।

पधान बूबू ने शान्त भाव से अँगीठी की लकड़ियों को थोड़ा-सा हिलाया, जिससे रोशनी एकाएक तेज हो उठी। उस धोती में सिमट कर बैठे हुए शरीर पर अब रोशनी इस तरह पड़ रही थी कि जैसे उसका हर एंगल से शॉट लिया जा रहा हो। कभी उस अधखुले चेहरे का जो सूखकर काँटा हो चला है। कभी धोती के उस चाल पर जिससे आधा चेहरा और सिर ढका हुआ है और फटकर तार-तार हो चला है। कभी हाथों पर, जो अँगीठी के ऊपर किये हुए, हड्डियों का ढाँचा मात्र रह गये हैं। जिनमें सुहाग की चूड़ियाँ भी नहीं हैं।

इस बीच पधान बूबू तम्बाकू से तृप्त हो चुके थे। लेकिन पधान बूबू के सामने वाला चेहरा कभी हाथों को तो कभी हाथों से पाँवों और कभी चेहरे को तपन देता जा रहा था। उसे ठंड ने इतना ठिठुरा दिया था कि उसकी आवाज भी साफ नहीं निकल पा रही थी। उसे अब कुछ ठीक हालत में समझकर पधान बूबू ने अपनी फर्सी अलग रखते हुए बात का सिलसिला शुरू किया। हालाँकि वे यह अच्छी तरह जानते थे कि वह इतनी सुबह-सुबह किसी मुसीबत के कारण ही आयी होगी। क्योंकि वह अधिकतर पधान बूबू के पास आती ही मुसीबत में थी। फिर पधान बूबू ने कहा, 'अब बता माँचो, क्यों आ गयी तू इतनी सुबे-सुबे?'

'क्या बताऊँ बूबू, रोज ही अपने काने करमों को रोती ही रही। इस खोपरी में रोज ही जंजाल लिखा ठहरा।' इतना कहते-कहते वह फफकने लगी।

'रो मत माँचो रो मत! बता!' पधान बूबू ने सान्त्वना भरे स्वर में कहा।

फफकते हुए चनिया की इजा आपबीती पधान बूबू को सुनाने लगी, 'सौरज्यू, आज सुबह उठकर जब खरक गयी तो देखा भैंस के कीले के पास मधुली पड़ी हुई थी।'

'अरे इस अधरात में मधुली कहाँ से आ गयी? भागकर तो नहीं आयी? दुष्टों ने फिर से मारपीट तो नहीं की?' पधान बूबू ने आश्चर्य प्रकट करते हुए कहा।

मधुली उसी अभागिन की बेटी है जो खुद तो दुनिया जहान के दर्द पूरे जीवन भर उठाती रही मगर आज बेटी भी उसी की राह में आ खड़ी है। जितने दुख माँ के कम थे शायद अब उन्हें बेटी पूरा कर रही थी। पीढ़ी-दर-पीढ़ी इस विरासत में मिलने वाले दुखों का जैसे वे रिवाज निभा रही हैं। चाहती तो हर माँ यही है जो दुख दर्द उसने उठाये हैं, उसके बाद उसके बच्चे न उठाएँ लेकिन आज बेटी को देखकर उसे ऐसा लगा जैसे बेटी उससे भी 'दो हाथ आगे' है।

यह पहाड़ी इलाका बेटियों के लिए न जाने श्राप की नगरी क्यों साबित होता आया है। दिन-रात खटकना। काम ही काम। फिर भी पेट भरने को दो जून की रोटी

नहीं। साल भर की मेहनत के बाद खेतों में दो महीने के खाने के लिए नहीं। खाने को ही नहीं होगा तो कलह के सिवा फिर और हो ही क्या सकता है। कोई मेहनत-मजदूरी भी करना चाहे तो वह भी पर्याप्त नहीं। बरसों में कहीं कुछ मिल गया—उसमें भी जिसने जितना दिया उसी में सन्तोष। आखिर जाएँ तो जाएँ कहाँ, करें तो करें क्या? यह प्रश्न हर बेटी के आगे पैदा होने के साथ ही शुरू हो जाता है, और उसकी अर्थी निकलने के साथ खत्म होता है। कुछ अच्छी किस्मत लेकर पैदा होती हैं तो थोड़ा मर-खप कर जीवन शान्ति से कट जाता, नहीं तो अधिकतर इन माँ-बेटियों की ही तरह होती हैं, जो दो जून रोटी और दो गज कपड़े के लिए जिन्दगी भर इसी तरह रोती-खटकती ही रह जाती हैं, उसे अपने भाग्य की रेखा, और किस्मत मानकर।

चार साल पहले रामगंगा के पार गैरखेत की धार में किसी अपने ही जैसे गरीब घर में बेटी की शादी करी थी। मैत (मायका) घर की हालत ठीक न होने के कारण ही गरीब घर में ब्याह दिया। ससुराल की भी गरीबी की हालत होने के कारण रात-दिन कलह ही कलह। मायके में एक बूढ़ी माँ के सिवा और कोई है नहीं, जिससे ससुरालवालों को भी किसी का भय नहीं कि कुछ भी किया तो उन्हें कोई डाँटने-फटकारने वाला नहीं। आये दिन किसी न किसी बहाने बिना मतलब की मारपीट-गालीगलौज मधुली के साथ होती ही रहती और बेसहारा मधुली की समझ में जब कुछ नहीं आता तो अपनी जान बचाकर भागकर बूढ़ी माँ के पास मैत आ जाती। रोज-रोज के इसी तरह के झंझट से परेशान होकर आज मधुली की हिम्मत शायद सीधे माँ के पास भी आने की न हुई हो इसीलिए खरक में आकर छिप गयी।

पधान ज्यू को बताते हुए चनिया की इजा की आँखों में वही दृश्य घूमने लगा जो वह अभी-अभी देखकर आयी थी। वैसे मधुली आयी तो इससे भी पहले कई बार और माँ ने हर बार यही कहा था, 'इजू (लाड़ली) लड़की के लिए तो वही घर होता है। फिर जहाँ दो बर्तन होंगे आपस में टकराते ही हैं। जहाँ पानी का घड़ा होगा वहाँ गीला होता ही है। थोड़ी-बहुत तू भी सहन कर लिया कर, उनकी भी सुन लिया कर। जहाँ दुख होता है वहीं सुख भी मिलता है।

इस बार मधुली पेट से भी थी। माँ को खुशी हुई, चलो अब तो उसका पाँव टिक जाएगा। अब दुष्टों को उसकी नहीं तो अपनी औलाद की तो फिकर होगी ही। खुद उसके लिए भी मौत आसान जो जाएगी। उसी की खुशी देखने की खातिर तो वह भी जिन्दा है। लेकिन अभागन बेटी की तरह अभागन माँ की भी खुशियाँ शायद कभी पूरी होने वाली नहीं थी क्योंकि इससे पहले उसने मधुली की ऐसी हालत कभी नहीं देखी थी। शायद मधुली ने उसे बताया ही नहीं होगा कि बूढ़ी माँ दुखी होने के सिवा और कर भी क्या सकती है इसलिए अपने काने करमों के दुःखों से माँ को भी

दुखी करने की बजाय खुद ही पी जाया करती थी।

आज सुबह जब चनिया की इजा गाय दुहने खरक गयी तो देखा वहाँ मधुली बेजान लाश की तरह पड़ी थी और उसे देखकर घंटों तक खुद भी बेजान लाश की तरह ही खड़ी रह गयी। उसने पहले मधुली को मरा ही समझ लिया लेकिन फिर होश में आते हुए मधुली को झकझोरते हुए कहा, 'मधु मधु, सब तो मेरी खोपड़ी फोड़ गये, क्या तू भी वैसा ही कर रही है।' बेजान-सी पड़ी बेटी को जोर-जोर से झकझोरते जा रही। पागलों की तरह दहाड़ते हुए। काफी देर में जब मधुली ने 'ओ इजा' कहा तो फिर माँ कुछ आश्वस्त हुई, चलो है तो जिन्दा ही। फिर पूछा, 'मधु तू इस अधरात में यहाँ कैसे?'

'हाँ इजा! मुझे काल भी नहीं खाता है। मेरे लिए तो मौत भी हरा गयी है।' मधुली ने कराहते हुए कहा।

'पर तू इस अधरात में यहाँ अकेली...?' माँ ने फिर पूछा।

'मेरे साथ कौन आएगा इजा? मेरी जरूरत ही किसे है?' कहते हुए मधुली ने झीना-सा कुर्ती का चाल ऊपर किया और फफकने लगी। माँ वहीं उसी हालत में बेटी की तरह ही बेजान खड़ी न देखती नजर से देखती रही। जगह-जगह से खून टपक रहा था। डंडे की चोट के नीले निशान उभरकर साफ दिखाई दे रहे थे। कहीं-कहीं तो चमड़ी ही निकल चुकी थी।

'इजा, जब तूने मुझे जन्म दिया उसी समय जिन्दा गाड़ क्यों नहीं दिया? मैं आज इस तरह कलप-कलप कर तो नहीं मरती। बोल इजा बोल, क्या तू अब भी मुझसे उन राक्षसों के पास जाने को कहेगी? अब मैं उस घर में कभी पाँव भी नहीं रखूँगी। इस घर के एक कोने में पड़ी रहूँगी।' मधुली माँ की ओर देखे बिना ही लगातार रोते हुए कहती जा रही थी।

फूल-सी देहवाली बेटी की ये हालत देखकर माँ काँप रही थी। उसके घावों को थोड़ा सहला ही दे उससे यह भी नहीं हो पाया। मधुली का हाथ पकड़कर बड़ी मुश्किल से उठाया और मधुली निरपराध गाय की बछिया की तरह माँ का हाथ थामे घर की ओर चल पड़ी।

घर लाकर सोचा, रात भर की भूखी है, पता नहीं कितने दिनों से खाया भी है या नहीं। दो रोटी सेंक लूँगी तो खाकर सो जाएगी। बुढ़िया भीतर गयी। आटे के बर्तन में देखा, खुद कई दिनों से फाके किये थे। आटा न मिलने पर चूल्हे पर चाय का पानी रखा। चायपत्ती देखी तो उसका भी नाम नहीं। फिर थोड़ा-सा मेथी का पानी उबालकर बेटी को दिया और खुद हाथ में टोकरी लेकर चल पड़ी पधान ज्यू के घर की तरफ कुछ इस उम्मीद में कि पधान ज्यू भले मानुस हैं, कुछ भी नहीं तो दो सेर आटा पेंच (उधार) दे ही देंगे।

तीन

पधान बूबू किसी क्लोजअप में लटके चेहरे की तरह मधुली की इजा की 'व्यथा-कथा' सुनते जा रहे थे। दूसरी चिलम, तम्बाकू भरकर पी चुके थे। रात भर की ठंड से सिकुड़ी चिड़ियाँ भी अब चहकने लगी थीं। कुछ चिड़ियों की आवाज अधिक साफ आ रही थी, जैसे एक चिड़िया, 'जूहो-जूहो-जूहो-जूहो' की उदास धुन बोल रही थी तो दूर गधेरे से तीतर की आवाज। पधान बूबू के अनुसार ही तीतर हमेशा 'ये राम तेरी कुदरत' बोलता है तो किसी के अनुसार 'ति-तितरी-ती-ती'। ये सारी ध्वनियाँ पौ फटने का आभास दे रही थीं। अँगीठी की लकड़ियाँ जलकर लाल-लाल अंगार बन चुकी थीं।

इसी बीच घर के मलभतेर (अन्दर वाला कमरा) से किसी बीमार के कराहने की आवाज भी इन ध्वनियों में शामिल हो रही थी—'ओ इजा... ओ बाज्यू'। कराहने की ये आवाज पधान बूबू को बार-बार उद्विग्न कर रही थी। शायद चनिया की इजा को समझने में कोई परेशानी नहीं हुई। उसे पता था कि मलभतेर से जो कराहने की आवाज आ रही है, वह सत्रह साल से बीमार पधान बूबू की पत्नी की है। अपना दुख पधान बूबू के दुख में शामिल करते हुए और पधान बूबू के दुख को अपने दुख में शामिल करते हुए चनिया की इजा ने कहा, 'बूबू आजकल कुछ फरक है आमा को?' हालाँकि चनिया की इजा के लिए दुनिया-जहान से बढ़कर अपना ही दुख था फिर भी पधान बूबू का मन रखने के लिए उसने इतना पूछ ही लिया।

चनिया की इजा ने मन ही मन सोचा, 'सबसे प्रधान तो करम रेखा ही ठहरी, नहीं तो इस समय पधान ज्यू के घर में क्या कमी थी! राजा आदमी ठहरे राजा! न अन की कमी, न धन की। आठ-आठ भैंस, बीस-बाइस गाय, सौ-सवा सौ बकरी। तीन गाँवों की जमीन। जैसा चाहने वाले हुए वैसा ही हो जाने वाला हुआ। पर ठहरे तो सबसे करम ही प्रधान। जब करम में खाना नहीं लिखा है तो क्या किया जा सकता है। नहीं तो कोई हमारी तरह एक-एक दाने को मोहताज थोड़े हैं।'

'सत्रह साल हो गये, अब क्या फरक होगा माँचो। बस जबलक-तबलक हो रही ठहरी।' पधान बूबू ने उदासीनता दिखाते हुए कहा।

पधान बूबू के सात बच्चे थे, जिनमें छः बेटे और एक बेटी। लेकिन परमात्मा की बेआवाज लाठी का ऐसा कहर बरपा कि पधान बूबू के जीते-जिन्दगी ही कहीं भी 'चेली च्यल, गै बाछ' यानी लड़की का लड़का और गाय की बछिया तक नहीं रही यानी कोई नामलेवा नहीं रहा। ठीक रावण की तरह एक लख पूत सवा लख नाती, अन्त घर दीया न बाती। एक बार तो ऐसा हुआ कि दो दिन के भीतर दो बच्चे मर गये। सबसे बड़ी बचुली और बचुवा जुड़वा थे। बचुली की शादी भिक्यासैंण के पार कंगलसौं की फाट की थी। पधान बूबू ने अपने जैसे ही घर में रिश्ता खोजा। बचुली के ससुरालवाले कंगलसों की चार पट्टियों के थोकदार थे।

बचुली की बारात ऐसी आयी कि भले ही बचुली को मरे आज पच्चीस बरस हो गये हैं, लेकिन गाँव में उसकी शादी को आज भी कोई नहीं भुला पाया है। इन भुस्स गँवारों ने न तो आज तक हुड़क्याड़ी का नाच देखा था और न ऐसे नगाड़े-निसाण का घिमसाण और न सरंगकार का चमचमाट। एक छोर बारात का पधानज्यू के घर पर पहुँच गया था तो दूसरा छोर झंडीधार से पूरा दिखाई ही नहीं दे रहा था। पूरी बारात चिट्ट सफेद कपड़ों में, ऐसी लग रही थी जैसे कि दाँतपट्टी। एक तरफ बिनबाजे अलगोजे की धुन पर हुड़क्याणियों का नाच देखने ही वाला था तो वहीं दूसरी ओर चार जोड़ी सरंगकारों का चमचमाट। खाने-पीने का भी वैसा ही इन्तजाम। गाँववालों के हिसाब से कहीं देस-हेस में ऐसा होता होगा तो होगा, पर हमारे झंडीधार और बिरखाम की धार में तो न पहले कभी ऐसी बारात ही आयी और न ऐसे खाने पीने का ही इन्तजाम हुआ। आज तक तो बारातियों को अलग से दाल-चावल दे दिया और बारातियों ने अपने पंडित से पकवाया और खुद खाया। बाकी इससे ज्यादा न इज्जत न कोई आबरू। इनका किस्सा ही था—'खवाई बरेती, भुगताई गवाह।' यानी खिलाये हुए बारातिए की और भुगतान किये हुए गवाह की कोई इज्जत नहीं होती। मगर आज तो जहाँ एक तरफ गेहूँ के आटे का परसात पक रहा था तो दूसरी ओर ककड़ी-मूली का रायता। गाँव में चहा भी लोगों ने पहली बार ही देखी और पी। बारातियों के स्वागत के लिए पान-बीड़ी-सुपारी भी परोसते हुए पहले ही बार देखा था। आज से पहले तक तो बारातियों को थोड़ा-सा तम्बाकू दे दिया, सबने अपने-अपने सुलपिए हुक्कों में भरकर पी लिया। बाकी अपने ही हाथ से भात पकाया, खाया और बराती गोठ सोने चल दिये। ठाकुरों में तो ऐसा था कि कन्यादान कोई मुश्किल से ही कर पाता था, बाकी सब पैटोनी ही ले जाते थे यानी कि दूल्हा घर ही रहे, चार बारातिए आये, रात को खाया-पिया सुबह दुल्हन को डोली में डाला और अपने घर

ले गये और अपने घर पर ही फेरे-वेरे करवा लिये लेकिन पधान ज्यू जैसे आदमी अपनी बेटी को ऐसे ही डोली में कैसे डाल देते।

बचुली की शादी के साथ-साथ पधान बूबू ने बचुवा और कमुवा का जनेऊ भी किया और उसके साथ नौ पुड़िया दान भी। इससे पहले इस भुस्स खसियों के गाँव में कौन खसिया अपने बच्चों का जनेऊ करता था और कौन खसिया जनेऊ पहनता था। गोपी पाणे तक अपने बच्चों का जनेऊ बुड़केदार में बैसाखी पूर्णिमा को कर लाया। गाँववालों की आपस में बात हुई, 'ये साला गोपी पाणे कह रहा है बुड़केदार जाकर अपने बच्चों का जनेऊ कर लाया हूँ, लेकिन ये ऐसा क्या जनेऊ हुआ? सिर पर उस्तरा मार लाया है—जैसे सालों का बाप मर गया होगा। अगर खाली सिर में उस्तरा ही मारना था तो हमारे गाँव के धुनवा को क्या हो रहा था? वह यहीं मार देता। पूरे सात दिन में घर आया। साले ने गाँव में एक पूरी तक तो दी नहीं।'

तब तक छः पल्ली जनेऊ भी सिर्फ गोपी पाणे ही पहनता था। आज भी अगर गोपी पाणे ने पधान के बच्चों का जनेऊ किया तो उन्हें तीन पल्ली ही जनेऊ पहनायी। लेकिन ऐसी हिम्मत तो किसी की थी नहीं कि पूछे क्यों भई पाणे, तूने खुद अपने बच्चों को छः पल्ली जनेऊ पहना रखी है और इतने बड़े पधान के बच्चों को तीन पल्ली जनेऊ क्यों पहना रहा है। अगर तेरे पास धागे की कमी है जब तो पधान ज्यू ने इतना बड़ा खर्चा उठा रखा है, धागा और क्यों नहीं मँगा लेता? लेकिन उनके पूछने से पहले ही पाणे ने खुद ही कह दिया था, 'छः पल्ली जनेऊ तो सिर्फ ब्राह्मण ही पहन सकते हैं, खसियों के लिए वर्जित है।' बस उनमें से कौन था बहस करने वाला और किसे मालूम था कि छः पल्ली क्या होता है और तीन पल्ली क्या। वे तो सिर्फ पधान के लड़कों को ही एकटक देख रहे थे। वे समझ रहे थे कि पधान के बच्चे अब खसिया से बामण हो गये हैं। अब गोपी पाणे की जगह हमारे घर नामकरण और श्राद्ध पधान के ही बच्चे करेंगे।' उनकी जनेऊ भले ही तीन पल्ली ही थीं, आज तक तो इस भुस्स गाँव के खसियों में से किसी ने एक पल्ली भी नहीं पहनी थी।

गोपी पाणे ने घर पर ही उन्हें काशी पढ़ने भेजने का भी ढोंग किया तो लोगों ने समझा कि सच ही अब तो ये पोथी पढ़कर गोपी पाणे जैसे ही हो गये हैं। पीली धोती पहनकर कन्धे में तिमुर का सोटा और एक झोली टाँगे बाहर तक गये और फिर गोपी पाणे के पास वापस आ गये। उनकी आरती करवायी और गोपी पाणे ने उनको मूल मन्त्र देते हुए कहा, 'आज से जब भी हगने-मूतने को जाओगे तो ये तीन पल्ली जनेऊ को तीन बार मेथ (घुमा) कर कान में डालना मत भूलना। ये ब्रह्म फाँस ठहरी। अगर ये हगते-मूतते समय कान में नहीं डाली तो अपवित्र हो जाएगी और अगर कन्धे में ही टूट गयी तो समझो महा अनर्थ हो गया।' उन भुस्सों के समझ में और तो कुछ नहीं आया लेकिन जब गोपी पाणे ने कहा कि आज से इसे ब्रह्म फाँस समझना, तो

सारे गाँववालों ने समझा कि पधान के दो बेटे आज से ब्रह्म यानी गोपी पाणे के बिरादर ब्राह्मण हो गये हैं।

खैर, जनेऊ संस्कार हुआ। बारात आयी। अच्छा खाना-पीना हुआ। सारे गाँववालों ने भी पूरे जीवन की कसर निकाल ली। आज सबके लिए गेहूँ की रोटी और धान का भात पका था। नहीं तो इससे पहले तो धान के चावल सिर्फ बारातियों को ही दिये जाते थे। घरातियों के लिए तो वही रोज का मडुवे का आटा और झगुरे के ही चावल चले आ रहे थे। रात भर हुड़क्याड़ियों का नाच-गाना पधान बूबू के बड़े पटाँगण में चलता रहा। दूसरे दिन सुबह पधानज्यू ने बारातियों की बिदाई में हर बाराती को एक-एक पैसा पिठ्ठया (तिलक) भी लगाया। आज तक अगर कोई लगा सका तो एक पैसा पिठ्ठया सिर्फ अपने समधी को ही लगाता था। बारातियों ने एक-एक पैसा इस तरह सँभाला कि जैसे ही रुपुवा का लड़का रोने लगा था— इतने बड़े पैसे को मैं कहाँ जो रखूँगा, कैसे जो सँभालूँगा? छोटे-छोटे बच्चे तो जैसे ही पैसा हाथ में मिला, कइयों ने पैसा हाथ में रखकर छूकर ही पहली बार देखा था, काफी देर तक 'ओ इजा...ओ इजा..कितना बड़ा डबल है' कहते रहे। खैर बारात भी बिदा हो गयी, जैसे ही शानो-शौकत से आयी थी।

मगर यह सारी शानो-शौकत धरी की धरी रह गयी। अभी बेटी की शादी किये हुए एक साल भी नहीं हुआ था कि एक दिन अचानक खबर आयी, वह भी कोई ससुरालवाले नहीं बल्कि किसी राहगीर से जवाब भिजवा दिया कि पधान को कह देना उनकी च्येली तिथाण चली गयी है। बाद में मरने का कारण लोगों ने बताया कि भिक्यासैंण के नाले में तो बहुत ही गरम होता है। उधर आम भी काफी होते हैं। झंडीधार की ठंडी पहाड़ी में आम खाना तो क्या, कइयों ने तो आम की शक्ल भी नहीं देखी थी। बचुली ने भी इससे पहले कभी आम खाये क्या, देखे भी नहीं थे। ससुराल में वह जहाँ भी खेतों में गयी तो उसने खूब कच्चे आम खा लिये और साथ में उस गरम इलाके में उसको घाम भी लग गये। चार दिन जर आया और बस क्या था—पट्ट चित्त रही।

जब बेटी के मृत्यु का समाचार पधान को मिला तो उस समय उनकी घरवाली उनका बेटा बचुवा और कमुवा भी थे। सुनते ही सारे वहीं पर लकड़पट्ट हो गये। बचुली शादी के बाद कुल एक बार मैत आयी थी। उसके बाद उसे किसी ने देखा भी नहीं था। पधान बूबू की घरवाली तो खैर यह समाचार सुनकर बाईस दिन में होश में आयी। लेकिन बचुवा और कमुवा को उसी समय से जर चढ़ गया। लोगों ने कहा कि उन्हें झसक-जैसी पिड़ा गयी थी। बड़ा वाला बचुवा तो उसी दिन शाम को खत्म हो गया, उसका ब्या (शादी) भी अगली सर्दियों में वहीं बचुली के ही ससुराल की फाट (इलाका) में तय किया था। दूसरा कमुवा भी जो जर से तप रहा था, उसने

जब अपने दादी (बड़ा भाई) की छाँजी (अर्थी) देखी तो उस समय से वह भी परचेत पड़ गया और दूसरे दिन सुबह चार बजे खत्म हो गया। बचुवा और कमुवा दोनों को तिथाण भी एक ही साथ ले गये। पधान बूबू की घरवाली को तो यह बात कई महीनों बाद पता चली कि बचुवा और कमुवा भी अब नहीं रहे। दो इनसे पहले ही गुजर चुके थे लेकिन पधान बूबू ने बार-बार अपनी घरवाली को यह समझाया कि भगवान की किरपा से अभी हमारे आगे चार तो हैं ही। लेकिन अब चार में से दो और कम हो गये थे अब सिर्फ दो ही रह गये। वे भी लाटे-पगाले जैसे थे। जितने भी हट्टे-कट्टे और देखने-चाहने के थे वे तो एक भी नहीं रहे।

पधान बूबू के तीसरे नम्बर के बेटे का नाम था—पूरनसिंह उर्फ पूरन उर्फ पुनिया। पुनिया ऐसा हट्टा-कट्टा था कि उसकी पीठ पीछे तीन आदमी छुप सकते थे और वैसा ही अभिमानी था। गाँव में कभी किसी की बकरी मार दी तो कभी किसी की गाय का पाँव तोड़ दिया। कभी किसी की सबसे पहली-पहली लगी ककड़ी तोड़ दी तो कुछ कहने पर ऐसी गाली बकता कि सुनना मुश्किल होता था। मगर परमात्मा ने उसके साथ बहुत जल्दी ही न्याय कर दिया और अपनी बेआवाज लाठी उसके सिर में इतनी जोर से मारी की उसकी सिर्फ तेरह वर्ष की उम्र में दोनों आँख फूट गयी। सिर्फ तेरह वर्ष की उमर में ही गाँव के लोग उसके अत्याचारों से परेशान हो चुके थे। हर कोई कहता भगवान ने तो उसके मुँह पर जल्दी ही देख लिया नहीं तो पता नहीं ये क्या-क्या करता, अगर इसकी आँख नहीं फूटती तो।

पुनिया दोनों आँख फूट जाने के बाद भी पहले ही की तरह बड़े-बड़े पेड़ों में अड़वाल डालकर चढ़ जाता था और खासकर चीड़ के पेड़ों में चढ़ता था जिनमें स्यौंत (चीड़ के फल) लगे रहते थे। पुनिया रोज दो-चार पेड़ों से स्यौत तोड़ता और पका कर खूब दाम निकालता था। कई बार लोग जब उसे पेड़ में चढ़ा देखते थे तो पेड़ पर चढ़े हुए अन्धे को देख, आँखों वाले भी अन्धे हो जाते थे। उसे तो पेड़ पर डर नहीं लगता था लेकिन नीचे से देखनेवाले की पेशाब जरूर निकल जाती थी। कइयों ने कहा भी, 'यार पुनी, तू जब पेड़ पर चढ़ता है तो भइया हमारा तो छोरा (दिल) हिल जाता है। तेरी नजर भी नहीं लगने वाली ठहरी फिर भी तू इतने बड़े-बड़े पेड़ों में स्यौंत कैसे तोड़ देता है? कभी पाँव फिसल गया तो फिर क्या करना होगा। पधान बूबू वैसे ही दुखी ठहरे।' लेकिन पुनिया कहाँ किसी की माननेवाला था। जितना लोगों ने कहा वह उतना ही उन्हें दिखाने के लिए उससे भी बड़े पेड़ों में चढ़ जाता था।

'सौ घात चोर की एक घात सौंकार की' यानी सौ दिन चोर के एक दिन

साहूकार का, वाली कहावत एक दिन चरितार्थ होकर ही रही। एक दिन जब पुनिया दरकोट के जंगल में एक बहुत ही बड़े चीड़ के पेड़ में स्यौंत तोड़ने गया तो पता नहीं क्या हुआ, पेड़ था तो बहुत ही मोटा। उस प्रकार के पेड़ जंगल में सिर्फ दो-चार ही थे। उस पर किसी के चढ़ने की भी हिम्मत नहीं होती थी। पेड़ के दाम भी सारे जंगल के पेड़ों से बड़े थे। पुनिया ने पेड़ पर चढ़कर सारे स्यौंत तोड़कर नीचे फेंक दिये। अपने से एक छोटे भाई को भी अपने साथ वहाँ स्यौंत उठाने के लिए ले गया था। छोटा भाई अपने दादा को एकटक देख रहा था। लेकिन यह पधान बूबू के वंश का सर्वनाश ही होना होगा, उतना बड़ा पेड़ एक ही झटके में उखड़ा और सीधे नीचे गधेरे की ओर जा गिरा, जहाँ छोटा भाई स्यौंत उठा रहा था, उसके ऊपर जा गिरा। पुनिया पेड़ के ही साथ नीचे आया और उसका सिर एक पत्थर से टकराया। सिर के छितरे-छितरे होकर कहाँ गये यह भी नहीं पता। सिर्फ गर्दन का ही हिस्सा मिला। जो छोटा भाई नीचे से देख रहा था, वह पेड़ के ठीक रेट के नीचे आया और उसको निकालने के लिए तीन दिन लग गये। जब पेड़ के टुकड़े-टुकड़े करके नीचे को गिराया तब उसकी लाश निकाली जा सकी। बस इसी के साथ पधान बूबू का सर्वनाश और वंशनाश हुआ।

पधान बूबू के सर्वश्वनाश और वंशनाश के बाद लोगों ने तरह-तरह की अटकलें लगायीं ऐसा जो हुआ होगा, वैसा जो हुआ होगा। हालाँकि इतिहास नाम की इन लोगों के पास कोई चीज थी नहीं। जिन्हें अपने बारे में खुद मालूम नहीं था। जो अपने बाप का नाम तक भूल जाते थे, उन्हें पधान का इतिहास कहाँ से मालूम होता, फिर भी कइयों ने सुनी-सुनाई बातों के बारे में कहा, 'पधान बूबू तो हमेशा ही भले आदमी ठहरे। बचपन से ही पधान बूबू ने जब भी की जिसकी भी की मदद ही की, पर जैसा ही अतागर्व (घमंड) पधान बूबू के लड़कों को आया उससे भी ज्यादा अतागर्व पधान बूबू के बाज्यू को था। पधान बूबू के बाज्यू ने तो जैसे जुल्म और अत्याचार किये वैसा संसार में किसी ने नहीं किया होगा। पधान बूबू के बाज्यू गाँव में जहाँ भी चले गये और जिसके घर पर जो भी चीज देखी उसे ही उठा लाते थे। किसी के लगीले पर नयी-नयी साग-सब्जी लगी हो तो उसे ही तोड़ लाते। किसी के घर पर मैर (मुर्गी) देखी तो उसे ही उठा लाते। किसी का हल ही उठा लिया। किसी की अच्छी भैंस ही खोल ली।

इन सारी बातों के अलावा पधान बूबू के बाज्यू ने जो अत्याचार किये उनमें सबसे बड़ा अत्याचार यह था कि पधान बूबू ने अपनी रियासत के भीतर किसी की भी नयी-नयी जवान होती लड़की और बहू को भी नहीं छोड़ा। जैसे ही कोई बढ़िया चीज खाने को मन करता है या खाने लायक होती है, वैसे ही किसी की बेटी के जवान होने पर या किसी की बहू के जवान होने पर पधान बूबू के

बाज्यू कहते, 'यार माँचो फलाने की ब्वारी क्या हलकात (कोमल) जैसी खाने लायक हो रही है।' बस क्या था उसकी खैर नहीं। वह सीधी-सादी निरपराध गाय की बछिया-जैसी उनसे बच नहीं सकती थी। हद तो यह थी कि किसी की मजाल कि कोई उनका विरोध करता। एक बार का किस्सा यह था कि पधान बूबू के बाज्यू अपनी रिसासत में नीचे की तरफ के गाँव धुणीघाट गये। वहाँ किसी की नयी-नयी जवान होती बहू पर उनका मन ललचा गया और रात को वहीं रुक गये। उनके लिए खाने-पीने का सारा बढ़िया इन्तजाम किया। मगर जब रात को उनको रोटी खाने के लिए मलभतेर बुलाया जहाँ उस घर की नयी-नयी जवान होती ब्वारी रोटी पका रही थी, पधान ने कहा कि मैं रोटी मलभतेर ही खाऊँगा। रोटी खाने के लिए मलभतेर गये तो उन्होंने रोटी तो खायी नहीं लेकिन सबको बाहर भेजकर ब्वारी को वहीं चूल्हे के ही बगल में 'लै मकोरा-मकोरा' खाने लगे। ब्वारी 'ओ इजा, ओ बाज्यू' चिल्लाती रही, मगर घरवाले सुन्न।

लोग उनके इस अन्याय को सहन तो चुपचाप कर रहे थे लेकिन जहाँ उनकी इस अत्याचारी के आगे एक नहीं चलती थी, वहीं वे भगवान के थानों (मन्दिरों) में घात (प्रार्थना) डालते कि इस अत्याचारी पधान की आगे अनस्त (वंशनाश) हो जाए। लोगों ने अपने ग्वेल देवता से लेकर नैथना, दूनागिरी माई के मन्दिरों में भी घात डाली। कईयों ने चमड़खान के ग्वेल देवता के मन्दिर में भी घात डाली। गाँव की किसी औरत का मायका चमड़खान ही था। उसने अपने मायके के ग्वेल को पुकारा था कि जिस दिन पधान की अनस्त हो जाएगी मैं तुम्हें अपने ससुराल में थानवासी करूँगी। ये लोग कहते हैं कि हमारे यहाँ चमड़खान का ग्वेल आया ही तब से जब से पधान की अनस्त हुई। जब पधान की अनस्त हो गयी तो चमड़खान का ग्वेल उस घर में अवतार हुआ और उसने उस औरत को कहा—आज मैंने तेरी मनोकामना पूरी कर दी है, अब तू मुझे यहाँ थानवासी कर। उस बेचारी ने गाँव में ही उसका थान बना दिया। हालाँकि पधान बूबू की भलाई से लोग अब ऐसी बातों पर पछता भी रहे थे। जैसे ये अत्याचार पधान बूबू के न होकर उनके पिता के थे, वैसे ही इन लोगों ने भी पधान बूबू के वंशनाश के लिए नहीं बल्कि उनके पिता के वंशनाश के लिए घात डाली थी। इसीलिए यहाँ यह उक्ति प्रचलित है—'बयी बाँव, पूत पिड़ाव।' यानी कि करे कोई और भुगते कोई और। लेकिन पधान बूबू का कुछ भी दोष न होने पर भी इस सबका भुगतान उन्हें ही करना पड़ा।

चनिया की इजा की व्यथा-कथा सुनकर पधान बूबू भीतर गये और एक टोकरी में आटा भरकर लाये, साथ में थोड़ी-सी चायपत्ती और गुड़ भी। चनिया की इजा की तरफ बढ़ाते हुए बोले, 'जा माँचो, कल से कुछ खाया-पिया नहीं होगा। घर जाकर पहले जरा उसको एक घूँट चहा पिला। कोई पैंच-वैंच नहीं है। और जरूरत

पड़ेगी तो और ले जाना। कल-परसों को उसे पहुँचा भी आना। चीज तो वो उनकी ही ठहरी। लड़की के दिन मैत घर में थोड़े कटते हैं। फिर तू कह रही है इस साल पेट से भी है। उनकी चीज है, जो होगा वहीं पर होगा। तू अकेली बेचारी यहाँ पर क्या करेगी। कह आना, मारेंगे-पीटेंगे तो मनख (मनुष्य) की हत्या लगेगी सालों को। नहीं मानेंगे तो फिर मैं जाऊँगा। फिर देखेंगे चिलना की ठाड़ी, तब आएँगे होश में।

चनिया की इजा ने धोती के चाल में ही एक कोने में आटा बाँधा और एक कोने में चाय-पत्ती। उसके पास न धन्यवाद के शब्द थे न ही कृतज्ञता जताने की ही गुंजाइश। बस अपने में ही लोप होती चल पड़ी घर की ओर।

चार

मधुली की इजा आटा-चाय-पत्ती-गुड़ लेकर घर पहुँची। तब तक मधुली अँगीठी के पास ही सो चुकी थी। माँ ने अँगीठी में ही चार खोड़-जैसी मडुवे की रोटी सेंकी। सोचा नमक के साथ गरम-गरम खा लेगी।

'उठ मधु-उठ इजू, लै, तूने कल से कुछ खाया-पिया नहीं होगा। गरम-गरम दो रोटी नमक के साथ खा ले, फिर सो जाएगी।' चार चमड़े के पट्टे जैसे मधुली के आगे रख दिये।

मधुली कराहते हुए उठी, 'ओ इजा-ओ बाज्यू' दोनों उरोजों को हाथों से दबाते हुए, अँगीठी के पास सिमट कर बैठ गयी। रोटी देखकर मन तो कर रहा था कि भूखे शेर की तरह झपट पड़े क्योंकि तीन दिन से एक ग्रास भी नहीं खाया था। ज्यों ही मधुली ने एक रोटी खायी थी, माँ ने सोचा—चलो अब पूछ लो कि दुष्टों ने क्यों मारा-पीटा होगा और इस तरह रात में क्यों निकाल दिया?

'मधु, क्या तेरी ननद ने भी कुछ नहीं कहा?' माँ ने पूछा।

मधुली की हाथ की रोटी हाथ में ही रह गयी। मुँह का ग्रास भी निगल नहीं पायी। फिर से अपने काने करमों की कहानी में डूब गयी।

'मुझे कौन बचाएगा इजा! इस संसार में मेरी जरूरत ही किसे है जो मुझे बचाएगा? कहाँ जाऊँ, किधर जाऊँ, मेरे भाग में इतने बड़े संसार में दो गज जमीन भी नसीब नहीं हुई, जहाँ पर मैं अपना पैर रख सकूँ, अपना सिर छुपा सकूँ। ससुराल में तो मेरे लिए कभी जगह थी ही नहीं, लेकिन जिस घर में मैंने जनम लिया उस घर में भी मेरे लिए जगह नहीं है। जाऊँ तो जाऊँ कहाँ? हरी जगदीस-हरी बिहाबना।'

मधुली बाँज के छिलके जैसे हाथों से मुँह ढककर बेतहाशा रोने लगी। अभी तक ऐसा लग रहा था कि शायद वह रोना ही भूल गयी है। माँ ने कितनी ही कोशिश की कि एक रोटी और खा ले लेकिन बेटी होश में ही नहीं थी।

सच ही उस अभागिन को किसी का सहारा नहीं था। एक भाई था उससे बड़ा जिसके नाम से ही उसकी माँ, चनिया की इजा के नाम से जानी जाती है। चनिया

की माँ का नाम तो पूरे गाँव में किसी को मालूम नहीं था। सत्रह बरस की उम्र में जब से चनिया हुआ तब से सभी चनिया की इजा के नाम से ही जानते हैं। जिन्हें मालूम था चनिया के होने के बाद वे भी भूल गये।

चनिया जिसने अपना बाप चार साल की ही उम्र में खो दिया था। बिना बाप का बेटा, हर चीज में इतना होशियार, जिसकी कोई मिसाल नहीं। बचपन से ही खिलन्दड़, गवैये गाँव का गायक। कैसा बजाता था अलगोजा और बीन। कैसे सुनाता था लोकगीत, खुद ही बना-बनाकर, मुरली की तान में। उसके गाये गीत आज भी लोगों की जुबान पर अनायास ही निकल पड़ते हैं। चाहे वह खेत में काम करती औरत हो या फिर कोई घसियारी या पनिहारी। बस दुख-सुख में चनिया के गीत। गाँव में नयी-नयी आयी बहुओं को तो यह किस्सा और ये गीत किसने बनाये मालूम तक नहीं था, लेकिन चनिया के गाये गीतों को गाती रहती हैं।

चनिया का खुद बनाया और गाया गीत जो हर औरत-बच्चे-बूढ़े की जबान पर आज भी रामचरितमानस की चौपाई की तरह रटा है-

पहाड़ा सैणियों येति दुख छैं अपारा।
जनम भरि तमुल मोवा डाल सारा॥

पहाड़ेकि खेती, जैसी बऊवा रेती।
कुटव नी बुड़न जब आँसूकि धारा।
पहाड़ा सैणियों येति दुख छैं अपारा॥

सबूँ हबै पैलि उठी ऑछ जब बिहाड़ी तारा।
चुल्मा चहा धरि फिर उठूँ परिवारा।
पहाड़ा सैणियों येति दुख छैं अपारा।

सही में पहाड़ी औरतों के जीवन में जो दुख-दर्द हैं, इससे और गहराई से क्या बखान हो सकता है। कैसी विडम्बना है पहाड़ों में। उनके दुख पहाड़ से भी बड़े होते हुए भी रात-दिन कोल्हू के बैल की तरह जुती रहती हैं। खटती रहती हैं। वे किसी सुख ऐशो-आराम की तो सपने में भी कल्पना नहीं करतीं। बारह महीने अपने खेतों में गोबर की डलियाँ ढोते हुए ही उनकी सुबह से शाम, शाम से सुबह हो जाती है। इसके बावजूद पहाड़ी खेत जिसमें सिर्फ बालू ही बालू, चाहे कितनी भी जीकस मेहनत कर लो, फसल वैसी ही होगी, जैसी उसे होना होता है, वह भी पूरी तरह बारिश पर निर्भर। अगर बारिश नहीं हुई तो उनका सपना कितने बड़े पहाड़ के नीचे धँस जाता है, उनके सिवा इसकी कल्पना और कोई कर नहीं सकता। उन्हें दुख नहीं होता। सारा परिवार, या कहें सारा संसार भी सोया रहे, वे अकेली ही सबसे पहले उठकर पानी के लिए

पनिहारी चली जाती हैं—जब रात बीतने का संकेत देने वाला बिहाड़ी तारा (ध्रुव तारा) पहाड़ी के ऊपर होता है। फिर चूल्हे में चाय रखकर सारे परिवार को उठाती हैं। लेकिन उन्हें अपने इस श्रम की न परवाह होती है और न किसी दूसरे से ईर्ष्या ही।

सच ही चनिया क्या दुख-दर्द समेट लेता था पहाड़ी औरतों के अपने गीतों में। शायद वह कुछ दिन और रहता तो बिहाड़ी तारे की तरह वह भी पहाड़ी औरतों और लोगों के बीच हमेशा अमर हो जाता। भोर-संध्या में स्मरणीय हो जाता। लेकिन भगवान को ऐसा मंजूर नहीं था। इसीलिए उसे बिहाड़ तारे के बगल में तो क्या उस गाँव में भी नहीं रहने दिया।

इन सारी चीजों के चलते चनिया मेहनत-मजदूरी करके पाँच जमात तक पढ़ भी गया था और हमेशा अव्वल आता रहा। नहीं तो कौन था उसे स्कूल भेजनेवाला। खुद अपनी ही जिद के मारे पढ़ता रहा। इसी वजह से जब धरमसिंह सूबेदार फौज से गर्मियों में दो महीने की छुट्टी लेकर घर आये तो उन्होंने चनिया को देखते ही चनिया की इजा से कहा, 'बोज्यू तुम्हारा बेटा होनहार और होशियार होने के साथ-साथ बहुत बहादुर भी। मैं इसे अपने साथ पलटन में भर्ती कर देता हूँ। ये हमारे गाँव का क्या, पूरे देश का नाम ऊँचा करेगा।'

पहाड़ी गाँवों में जहाँ एक तरफ न तो कोई अच्छी खेती है, वहीं दूसरी तरफ कोई सिंचाई का साधन भी नहीं। इसके अलावा अन्य कोई रोजगार के साधन भी नहीं। अगर कोई रोजगार है या किसी को मिलता है तो सिर्फ वह फौज में भर्ती होना। भर्ती होकर अपनी पूरी जवानी परदेस में स्वाहा कर देना ही इनकी नियति है। उसका घर, उसका परिवार अगर इन्तजार करता है तो सिर्फ उसके द्वारा भेजे जाने वाले मनीऑर्डर का, जिसके बलबूते पर पूरा घर-परिवार चलता है। कोई खुशकिस्मत होता है तो ठीक-ठाक वापस आ जाता है, नहीं तो देश की माटी की खातिर देश की माटी में ही समाहित हो जाता है। उसके परिजनों के पास कुछ रहता है तो हर आस की तरह एक आशा यह भी कि कभी तो वापस आएगा। हर गाँव में कितने ही पुत्रहीन वृद्ध माता-पिता, बाल-विधवा, पिता का इन्तजार करते मासूम बच्चे, हर राखी पर भाई के आने की उम्मीद लिये बहन।

चनिया अपनी माँ का इकलौता बेटा था। जब चार साल का था तब से चनिया की इजा उसे बगैर बाप के पालते हमेशा मन में एक आस लिये रही कि कभी तो मेरा बेटा भी बड़ा होगा, मेरे भी दिन फिरेंगे। पूरे जीवन में इस बेटे के सिवा उसे और सुख ही क्या मिला था। जब से पैदा हुई मायके में माँ मर गयी। सौतेली माँ की ठोकरें खाती रही। चलो जैसा भी था विवाह हो गया। विवाह होकर भी कौन सा बेहाल हुई। आदमी मिला तो चरसिया-अतरिया। जवानी की दहलीज पर पाँव रखते ही वह भी

चल बसा। फिर इस घर में हमेशा हाय-त्राहि ही रही। बस कहीं कोई आस-औलाद थी तो एक चनिया। लेकिन जब आज बेटा जवान हो गया, गरीबी-भुखमरी में पूरा जीवन व्यतीत कर लिया। अब तो एक आशा की किरण जगी है उसे कैसे खत्म कर सकती है। पहाड़ का तो किस्सा ही प्रचलित है 'बेटे को तो परदेस जाना ही होता है' तो इस परम सत्य को वह कैसे ठुकरा सकती थी। सूबेदार साहब की बात मानकर राजी को गयी—अपने कलेजे के टुकड़े को अपने से अलग करने के लिए। चनिया तो सुनते ही पता नहीं क्या-क्या अरमान सोचने लगा।

चनिया सूबेदार साहब के साथ जाने के लिए हो गया तैयार। लग गयी धुन फौज में भर्ती होने की। आधा गाँव तो था ही फौज में। कोई परिवार ऐसा नहीं था जिसका एक रणबाँकुरा नहीं था तैनात देश की सीमा पर। कई परिवार तो ऐसे भी थे जिनकी कई पीढ़ियाँ बीत गयीं फौज में देश की सेवा करते हुए। पहले दादा फिर बेटा फिर पोता। कइयों के ऐसे भी किस्से थे—तीन-तीन पीढ़ियाँ देश की सरहद से वापस लौटी ही नहीं। दादा ने चीन की जंग लड़ी तो बेटे ने पाकिस्तान की। कई परिवार ऐसे भी थे—बाप और बेटा एक ही पलटन में। सभी में देशभक्ति का जज्बा।

चनिया अगर अपने बाप का एक ही बेटा था तो क्या हुआ। उसके भीतर भी तो औरों से कोई कम उमंग थोड़े थी, अपने देश की सेवा करने की। यही गाथा थी उस पहाड़ी प्रदेश की। चनिया बार-बार अपनी इजा को कहता, 'इजा तू फिकर मत कर, देखना एक दिन मैं तेरा नाम कैसा चमकाता हूँ। बस एक बार धरम कक्का मुझे फौज में भर्ती तो कर दें!' आखिर वह घड़ी आ गयी चनिया सूबेदार धरमसिंह के साथ फौज में भर्ती होने के लिए तैयार हो गया। धरमसिंह सूबेदार कुमाऊँ रेजिमेंट में थे। उस समय कुमाऊँ में ही चौबटिया में तैनात भी। चनिया को भी अपने साथ वहीं ले जाने को कह रहे थे।

अब कल सुबह चनिया को धरमसिंह सूबेदार साहब के साथ फौज में भर्ती होने के लिए जाना था। माँ ने रात से ही एक टूटे हुए टीन के बक्से में चनिया के दो-चार फटे-पुराने कपड़े रख दिये। थोड़ा रास्ते के लिए गुड़पापड़ी (भूना हुआ आटा और गुड़) रख दी। भूख लगेगी तो खा लेगा, पानी पीने का आसरा तो होता है। दूसरे दिन सुबह बाहर घुप्प अँधेरा ही था क्योंकि जालीखान मोटर मार्ग तक चलने के लिए पहले आठ मील पैदल चलना होता था। सुबह सात बजे से पहले ही मोटर चली जाती थी। पूरे दिन में एक ही मोटर आती थी। अगर कोई रह गया तो फिर दूसरे दिन की बात गयी। यह सुविधा भी दो साल से ही उपलब्ध थी। नहीं तो पहले तो घर से कम से कम सत्रह किलोमीटर पैदल चलना पड़ता था।

सुबह तीन बजे उठकर चनिया ने हाथ-मुँह धोया। इजा ने थाली में अक्षत-

पिठया घोल रखा था। मधुली चनिया से भी पहले ही उठ गयी थी। लेकिन जब से चनिया ने दो दिन पहले ही सिलवाया कुर्ता-पायजामा पहना, अपना टीन का बक्सा चाख (बैठक)में रखा, बस क्या था मधुली ने सनसनाना शुरू कर दिया। उसके आँसुओं की झड़ी सावन-भादो को भी मात दे रही थी। रो तो माँ भी रही थी लेकिन अपने कलेजे के टुकड़े को आज अपने से अलग करते हुए उसने सीने पर पत्थर रख लिया था। चनिया की इजा बार-बार मधुली को समझा रही थी, 'मधु चेली (बेटी)! तू रो मत। तू ऐसा करेगी तो तेरा ददा कैसे जाएगा। देख अभी कुछ दिनों में तो आने वाला है।' मगर मधुली किसी की कहाँ सुननेवाली थी और भी जोर-जोर से ढ्याँ-ढ्याँ रोने लगी।

धरमसिंह सूबेदार ने नीचे से आवाज लगायी, 'ओ रे चनी, आ च्यला, नहीं तो मोटर छूट जाएगी।' माँ ने चनिया को पिठया अक्षत लगाया। चनिया ने माँ के पाँव छुये। फिर तीनों माँ-बेटे आँखों में बरसात की झड़ी लेकर नीचे धरमसिंह के घर की ओर उतरने लगे और पीछे से सनसनाती मधुली।

सिर पर टीन का बक्सा लिये मधुली को सही मायने में आज अहसास हो रहा था अपने भाई से बिछुड़ने का। कैसे लड़ती रहती थी अपने भाई से। कितना परेशान नहीं करती थी। रात को इजा के साथ चनिया को कभी नहीं सोने देती थी। चाहे अब बड़ी भी हो गयी तो भी माँ की बगल में खुद सोने की जिद करती थी। कई बार माँ कहती भी थी इतनी बड़ी ढाँट (खबीश) जैसी हो गयी है फिर भी तुझे शरम नहीं आती। कल को ससुराल में भी ऐसा ही करेगी। चनिया कहता था 'तू देख इजा, मेरी नौकरी लग जाती तो मैं एक रात में ही इसका ब्याह कर देता। फिर खूब कटेलेगी इसकी सास इसको।' मधुली कहती, 'आ-हा-हा बड़ा आ गया मेरी शादी करनेवाला। पहले घर में बोजी आएँगी। मेरी तो फिर होती रहेगी। क्या तू इजा को अकेला छोड़ देगा।'

सचमुच आज तो उन दोनों माँ-बेटियों का, माँ-बेटियों का ही क्या पूरे गाँव के दिल का टुकड़ा उनसे दूर हो रहा था। चनिया पहले दिन शाम को तल्ली बाखली-मल्ली बाखली सबसे भेंट कर आया था। सब बड़े-बूढ़ों ने उसे सीने से चिपका-चिपका कर गले लगाया। अपने आशीर्वाद दिये। लेकिन जहाँ सभी को उसके बिछुड़ने का दुख था, वहीं उसके जीवन-पथ पर अग्रसर होने का सुख भी। पहाड़ी जीवन में इस सुख-दुख के मेल में ही जीवन्तता है। नहीं तो वहाँ इसके सिवा जीने के लिए और है ही क्या?

नीचे उतर कर रास्ते में ही धरमसिंह भी मिल गये। उन्हें छोड़ने के लिए उनकी घरवाली आ रही थी। उसके सिर पर फौजी पक्के लोहे की चादर का काले रंग का बक्सा था। बक्से पर सफेद स्याही से कोई फौजी नम्बर लिखा हुआ था। धरमसिंह ने अपनी फौजी वर्दी और फौजी बूट पहना था, जिससे पहाड़ी कंकरीले पत्थरों पर

खड़खड़ की आवाज आ रही थी। हाथ में तीन स्यल वाला टार्च, जिसकी रोशनी रात के अँधेरे को चीर रही थी। घड़ी तो धरमसिंह के हाथ में भी नहीं थी। धरमसिंह की घरवाली ने चनिया की इजा से कहा, 'दीदी बिहाड़ी तारा धार के ठीक ऊपर चला गया है, अब रात बियाने ही वाली होगी।' 'हाँ भूलू (छोटी बहन) हाँ। पर जालीखान जाने तक तो उजाला हो ही जाएगा।'

अँधेरे में आठ किलोमीटर का पहाड़ी हुलार-उकाव (उतार-चढ़ाव) वाला रास्ता पार करते हुए जालीखान मोटर मार्ग पर पहुँचने में उन्हें तीन घंटे लग गये लेकिन अभी मोटर आने में करीब एक घंटे का समय बाकी था। सभी के हाथ पाँव ठंड से ठिठुर रहे थे। धरमसिंह ने कहा, 'रुको बोज्यू मैं अभी ठंड का इलाज करता हूँ।' वह इधर-उधर से सड़क में पड़ा पिरूल (चीड़ की पत्ती) इकट्ठा करने लगे। पिरूल इकट्ठा करके धरमसिंह ने आग जलायी और सभी आग सेंकने लगे।

करीब चालीस मिनट बाद सुरईखेत की धार से मोटर की घरघराहट सुनाई देने लगी। मोटर की घरघराहट सुनते ही मधुली चनिया से बन्दर के बच्चे की तरह चिपट गयी। जोर-जोर से 'हूँ-हूँ' कर रोने लगी। धरमसिंह ने छुड़ाने की कोशिश करते हुए कहा, 'तू पागल हो रही है, देख तेरा ददा अभी दो महीने बाद ही आ जाएगा। फिर कैसा साहब बनकर आता है तब तू देखेगी। बता तेरे लिए क्या-क्या लाना है?' चनिया उसके बालों पर हाथ फेरता रहा और सुबकता रहा, 'पगली तू रो क्यों रही है? मैं छह महीने बाद ही गर्मियों में घर आ जाऊँगा।'

चनिया की इजा धरमसिंह से कहने लगी, 'हाँ हो धरमसिंह ज्यू, बस इसके तो माई-बाप तुम ही हो। तुम्हारे ही भरोसे मैं इसको भेज रही हूँ। वैसे भी तुम्हारे सिवा हमारा है ही कौन। जैसे भी होगा बस तुम इसकी जान की हिफाजत करना। हफ्ते में तुम एक चिट्ठी जरूर डाल देना। चनिया से भी कहना कि ये चिट्ठी भेजे।' कहने के साथ-साथ सुबकती जा रही थी। धोती के चाल से आँसुओं को पोंछ रही थी।

अपने परिजनों से बिछुड़ने का दुख किसे नहीं होता है। आज धरमसिंह को पच्चीस बरस हो गये हैं फौज में भर्ती हुए। बस किसी साल दो महीने की छुट्टी मिल गयी। इसी तरह का जीवन पूरे पहाड़ का है। जवान औरतों की जवानी ढल जाती है। बूढ़ी माँ की आँख अपने लाल के दर्शन करने के लिए लालायित रहते-रहते बन्द हो जाती। कोई खुश किस्मत रहा तो आ भी गया। नहीं तो तीन युद्धों में ज्यादातर घरों में पोस्टमैन एक तार पकड़ा जाता था, जिसका आना ही वहाँ अशुभ माना जाता था क्योंकि खुशी में तो कभी कोई भेजता नहीं था। जब भी गाँव में किसी ने कह दिया—'किसी का तार आया है', बस समझ लो उस घर पर कहर बरस पड़ा है। विडम्बना तो यह थी वहाँ कोई भी उस अँग्रेजी भाषा को पढ़ना भी नहीं जानते थे

और उसे पढ़वाने के लिए भी कम से कम चार मील जाना पड़ता था। वहाँ भी कोई जानता भी था तो वह यह कहकर टाल जाता कि मेरी समझ में कुछ नहीं आ रहा है। उन तीन युद्धों में बस अगर गाँवों में आये तो सिर्फ तार। बस तार-तार होते गये बूढ़े जिस्म, किसी की जवानी तो किसी का बचपन। लेकिन फौज में जाने के लिए किसी के उत्साह में आज भी कोई कमी नहीं।

अब मोटर पिछले मोड़ को काटती हुई सामने ही आ गयी थी। देखा तो अन्दर तो खचाखच भरी हुई है। धरमसिंह ने अपना और चनिया का बक्सा जैसे-तैसे छत पर चढ़ाया। चनिया ने अपनी इजा और धरमसिंह की घरवाली के पाँव छुये। मधुली ने चनिया के। भीतर जगह न होने के कारण बस की छत पर चढ़ गये। छत पर भी पहले से ही बीस-पच्चीस लोग बैठे हुए थे। धरमसिंह और चनिया बस की छत से हाथ हिलाते रहे। तीन निरीह गाय की तरह नीचे से उन्हें देखते रहे, अगला मोड़ पार हो जाने तक। फिर पता नहीं तीनों को ही कितना समय बीत गया था, उसी दिशा में देखते, काफी देर बाद धरमसिंह की घरवाली ने कहा, 'दीदी, जानेवाले तो चले गये, हम यहाँ पर खड़े रहकर क्या करेंगे, चलो अब घर को चलें।' वह इस बात की पिछले पच्चीस सालों से अभ्यस्त थी लेकिन चनिया की इजा और मधुली के लिए यह घटना आज पहली ही थी। 'हाँ भूलू जानेवालों को जाना ही हुआ, पर हम कहाँ जाएँ।' चनिया की इजा ने कहा।

पाँच

चनिया की इजा, मधुली और धरमसिंह की घरवाली अब तीनों झंडीधार की ओर लौट रही हैं। तीनों ही धोती की चाल से अपने आँसुओं को पोंछते हुए आगे बढ़ रही हैं। चनिया की इजा को आज बेटे की विदाई ने जीवन में इतना पीछे धकेल दिया है कि उसे सारी घटनाएँ परत-दर-परत उसी तरह नजर आ रही हैं, जैसा उसने जीवन भर भोगा था। सारी घटनाएँ धरमसिंह की घरवाली को सिलसिले से बताती जा रही है, 'तीन तो कुल ही थे एक घर के भीतर, आज ये भी चला गया। अब घर के भीतर भी किसका मन लग रहा है। भूलू, मैंने अपने बचपन से क्या सुख देखा, रोज रोते-कलपते ही रही। मैत घर में नौ महीने की थी तो इजा मर गयी। बाज्यू ने दूसरी शादी की। रोज ठोकरें ही खायीं। ससुरालघर में आयी तो ब्या (शादी) कर भी बेहाल ही हुई।'

चनिया की इजा धरमसिंह की घरवाली से बात करते-करते पीछे भी मुड़कर देखती जा रही थी। हर दो-चार मिनट के बाद, 'भूलू, अब तो मोटर तुमड़ी नौह..., अब तो चन्थरिया..., अब भीड़ापानी पहुँच गयी होगी।' धरमसिंह की घरवाली उसकी हाँ में हाँ मिलाती जा रही थी। मधुली रस्सी से बँधी गाय की बछिया की तरह पीछे से सनसनाती हुई चली आ रही थी।

यह सब कहते-कहते चनिया की इजा अपनी पुरानी कहानी में डूब गयी। चनिया की इजा की मैत घर की हालत ठीक न होने से और सौतेली माँ होने से ग्यारह साल की उम्र में ही उसकी शादी चनिया के बाप पिरमा से कर दी गयी थी। पिरमा का भी आगे-पीछे कुछ नहीं था। बाप तब मर गया जब वह माँ के पेट में छः महीने का था। अधपगली-सी माँ को जिसे ताउम्र पड़ोसियों ने ही पाला। बाप के मरने के बाद पिरमा के हिस्से की खेतीबाड़ी भी उन्होंने ही देखी। पिरमा की माँ और पिरमा को भी उन्होंने ही पाला। जब पिरमा और मधुली की इजा की शादी हुई तब पिरमा सत्रह साल का और चनिया की माँ ग्यारह साल की थी। शादी में कोई खास धूमधड़ाका नहीं हुआ था। लोगों ने कहा, 'अरे दोनों परिवार गरीब हैं, बस लड़की को ऐसे ही डोली में डाल लाओ।'

चनिया की इजा तब से लेकर आज तक की अपने काने-करमों की कहानी बखान रही है—कब क्या हुआ। 'भूलू, एक धोती के चिथड़े पर मैं इस घर में आयी। घर में न सास, न ससुर, न भाँडे, न बर्तन, न अन्न, न धन। अगर था कुछ तो चार खेत। वे भी कई सालों से बंजर पड़े थे। बस उन्हीं को खोदा। खोदा, तो इतने जीवन भर उन्हीं को खोदकर खाया भी। चार साल बाद दड़माड़ से एक भैंस की थोरी लायी। बस उसी की मेहनत की। धीरे-धीरे उसी का परिवार बढ़ता गया। कभी एक भैंस बेच दी, कभी घी बेच दिया, कभी एक बकरी बेच दी। बस अपनी गुजर-बसर ऐसे ही की। चनिया के बाज्यू का किस्सा तो तुम्हें मालूम ही ठहरा। वैसे भी बिना माँ-बाप का बच्चा बिगड़ ही जाता है। कोई हाँकने-दागने वाला हुआ नहीं। जैसा मन में आया वैसा किया। शादी के बाद भी मेरी कहाँ सुनने वाले हुए। बस जनम भर यही चार नंगों का साथ ठहरा। एक ये तिलुवा हो गया मल्ली बाखली का। एक लिलुवा हो गया तल्ली बाखली का, एक पार बाखली का सरपुवा और एक सबसे निखिद्द टिकुवा।'

चनिया के बाप को शुरू से ही अतर और चरस की लत थी क्योंकि बाप पहले ही मर गया। सात साल तक माँ रही तो वह बेचारी खुद ही अधपगली थी, लोगों के टुकड़े पर पलती रही। अपना कुछ रूप-सीप तो था नहीं। पिरमा को बचपन से साथ भी वैसे ही लोगों का मिला—अतरिए चरसियों का। दिन भर घर में पड़े रहे, शाम को जालीखान हरिया की दुकान में चले गये, वहीं अपना अतर-चरस पीकर टुन्न-चित्त पड़े रहे। घर-परिवार का कोई होश नहीं। घर में पत्नी ने कुछ कहा तो रात को मार-पिटाई। खाना डरा-धमका कर मिल ही जाता था।

'भूलू, आदमी चलो जैसा भी था अतरिया-चरसिया, ये दो साँप के मुँह से छूटे जैसे बच्चे हो गये थे। बस मैंने इन्हीं पर ध्यान लगाया। लोगों के फटे-पुराने माँगकर इनको पहनाया। मेहनत-मजदूरी करके इनका पेट पाला। खुद कई-कई रातों तक भूखी रही। इन्हें छाती से चिपकाये रखा। चलो जैसा भी था घर में नाम को आदमी तो था, पर इस फूटी खोपड़ी में आधी उमर से वह भी नहीं रहा।' चनिया की इजा बोलते-बोलते पीछे को भी देखती जा रही है। कभी-कभी अपनी ही बात को काटते हुए, 'भूलू, अब तो खीमसिंह और चनिया की मोटर गगास से आगे चली गयी होगी।' उसके ये बोलने पर मधुली पीछे को मुड़कर और फफकने लगती थी।

पिरमा और गाँव के तीन आवारा आदमियों ने जालीखान हरिया की दुकान में ताश खेलने का और अतर-चरस पीने का अड्डा बनाया था। घर से निकल गये तो अब घर वापस कब आएँगे ये कहना मुश्किल होता था। कभी आधी रात को तो कभी पूरी रात ही घर से गायब। चनिया की इजा अकेली अपने बच्चों के साथ रहती थी। अकेली औरत उसे कब-कब कहाँ-कहाँ रात में ढूँढ़ने जाती। टिकुवा ने तो शादी भी नहीं की थी। औरों के घरवाले भी उनकी कोई खोज खबर नहीं लेते थे।

एक रात हरिया की दुकान से चरस के नशे में चारों टुन्न होकर एक-दूसरे से गाली-गलौज करते हुए, आधीरात में घर को लौट रहे थे। चारों में तू-तू मैं-मैं हो गयी। इतने में टिकुवा ने पिरमा से कहा, 'साले तू ऐसे ही रोज नशे में टुन्न रहता है, अब इस समय तेरी घरवाली किसके साथ क्या कर रही है तुझे पता है?' पिरमा को भी गुस्सा आया, उसने कहा, 'साले तू और जो कुछ कह ले, तूने मेरी घरवाली का नाम लिया जो, आज यहाँ से घर नहीं जाएगा।' टिकुवा ने कहा, 'अच्छा चल फिर अभी देखता हूँ।'

जैसे ही चारों झुलियागैर के गधेरे के ठीक ऊपर आये, रास्ता इतना संकीर्ण था कि एक आदमी भी ठीक ढंग से चल नहीं सकता था। तिलुवा और सरपुवा आगे से आ रहे थे, बीच में था पिरमा और उसके पीछे से टिकुवा। जैसे ही ठीक गधेरे के ऊपर आये टिकुवा ने पिरमा का पाँव उलझा दिया। पाँव क्या उलझाया सिर्फ इशारे भर की जरूरत थी, वैसे भी पिरमा नशे में बेहोश था। पिरमा एक ही झटके में अँधेरी रात में, कहाँ चला गया। यहाँ तक कि आवाज भी नहीं आयी। जब टिकुवा ने हत तेरे की, कहा तो सरपुवा और तिलुवा ने पीछे को बगैर मुड़े हुए पूछा, 'अरे पिरमा क्या हुआ?' पिरमा कहाँ बोलनेवाला था लेकिन टिकुवा ने कहा, 'अरे गया साला, कहानी खत्म।'

बस तीनों की सिट्टी-पिट्टी गोल। नशा एक मिनट में काफूर। चट्टान को पकड़ते हुए तीनों वहीं पर बैठ गये। 'यार ये तो गजब हो गया। अब क्या होगा। कल सुबह पटवारी आएगा और हथकड़ी लगाकर हमको ले जाएगा। सारे गाँव में हमारी बदनामी होगी कि पिरमा की हत्या हमने की।' तीनों एक-दूसरे को पकड़ने लगे और कि यार बताओ अब क्या होगा। थरथर काँपने लगे। तीनों पूरी रात भर वहीं पर बैठे-बैठे सोचते रहे कि कल सुबह हम अपने को निर्दोष कैसे साबित कर पाएँगे।

रात बीतने को थी। तीनों डर के मारे थरथर काँप रहे थे। बाद में टिकुवा ने ही एक सुझाव दिया, 'यार ऐसा करते हैं अपने-अपने घर जाकर ये बोल दो कि भइया हम सब आज गेवाड़ धानों की खोज में जा रहे हैं, कल परसों तक आएँगे। हम चले जाएँगे सीधे पटवारी के यहाँ। पटवारी को घूसपात देकर और हाथपात जोड़कर कहेंगे कि भइया पिरमा चरस पीकर धुत्त था, हम पकड़-पकड़ कर ला रहे थे, मगर उसने झुलियागैर के गधेरे में जिद कर दी कि मुझे तो यहाँ का भूत बुला रहा है, मैं तो उसी के साथ जाऊँगा और सीधे नीचे को छलाँग लगा दी। अब महाराज इसमें हमारा क्या दोष है?' तिलुवा ने कहा, 'पर भइया गाँववाले तो हमको ही दोषी मानेंगे।' टिकुवा ने आगे कहा, 'पटवारी को समझा-बुझा कर हम तीनों गेवाड़ की तरफ निकल जाएँगे। पटवारी को ये भी कह देंगे पिरमा के साथ चनिया की माँ की रत्तीभर भी नहीं बनती है, अगर तुम उस पर भी आरोप लगा दोगे कि उसी ने पिरमा

को मारकर वहाँ से गधेरे में गिराया तो गाँववालों को भी विश्वास हो ही जाएगा।'

सरपुवा और तिलुवा थरथर काँपते हुए बोले, भइया टिकुवा जैसा कहता है हम तो उसके लिए राजी हैं, मगर यार इस मुसीबत से तो बचना ही है।' तीनों अपने-अपने घर गये। घरवालों को यह बोल गये कि हम गेवाड़ की तरफ धान लेने जा रहे हैं। तीनों घुप्प अँधेरे में ही टटियाखाल पटवारी के वहाँ के लिए रवाना हो गये। पटवारी अभी सोया ही था। तीनों ने अनुनय-विनय की। पहले पटवारी ने खूब डराया-धमकाया। फाँसी की सजा सुनायी। पैसा तो किसी के पास होता नहीं था, जब उन्होंने अपने चार-चार खेत पटवारी के नाम करने और अपनी गाय-भैंस पटवारी के घर पहुँचाने की बात कही तो पटवारी थोड़ा बहुत शान्त हुआ और पूरी कहानी बताने को कहने लगा, साथ ही इन्हें कैसे बचना है यह भी बताने लगा। इसके बाद पटवारी बोला, 'मैं सब सँभाल तो लूँगा लेकिन एक-एक आदमी से चार-चार सौ रुपये नकद भी लूँगा।' उन्होंने कहा, महाराज हम गरीब आदमी ठहरे। आपको तो पता ही है हमारे पास कुछ काम-धाम ठहरा नहीं, चार-चार सौ रुपये हम कहाँ से लाएँगे।' पटवारी ने कहा, 'चलो ठीक है अगर नकद रुपये नहीं हैं तो अपने-अपने घर से जेवर लाकर गिरवी रख दो, जब तुम्हारे पास पैसे हो जाएँगे अपना जेवर छुड़ा लेना।' जेवर भी इनके पास नाममात्र के ही थे। किसी के पास पुश्तैनी हबेल की माला थी तो किसी के पास खाली मूँग की माला। लेकिन इस समय इन्होंने 'हाँ' कहने में ही अपनी भलाई समझी जेवर के नाम पर तो गिदारी आमा ही बताती थी कि एक नथ से पूरे गाँव की शादी हुई है। ये भला खाक जेवर पटवारी को देते। तीनों ने हामी भरी, 'हाँ महाराज, हम ऐसा ही करेंगे, मगर इस समय तो हमारी जान बचाओ।' पटवारी ने कहा, 'चलो ठीक है इस समय तुम गेवाड़ की तरफ चले जाओ और एक हफ्ते से पहले गाँव में मत आना।' अपने-अपने घरों का जेवर देने का वादा करके वहीं से लामरौ गजार के जंगल के रास्ते गेवाड़ की तरफ निकल गये।

गाँव में लोग रोज की तरह अपने जीवन के ढर्रे के अनुसार कोई खेतों में चला गया तो कोई जंगल। औरतें नौले से पानी की गगरियाँ लाकर अपने बच्चों को कलेवा कराकर खेतों में जाने लगीं। तब तक चटक धूप भी खिल चुकी थी। पल्ली बाखली का उमेश हरिया की दुकान में चाय-पत्ती लेने गया तो झुलियागैर के गधेरे से जाते हुए उसने देखा कि नीचे कुछ चमक-सा रहा है। उसने काफी देर तक देखा मगर समझ में कुछ नहीं आया कि पत्थर है, कोई जानवर है, या आदमी। उसने चाय-पत्ती लाकर घर में कहा कि भइया झुलियागैर के गधेरे में देखने में तो आदमी जैसा लग रहा है, पर आदमी तो कौन होगा। हो सकता है किसी के वहाँ कोई पौंण (मेहमान) आ रहा होगा और बेचारा रात के अँधेरे में गिर गया हो।

बस क्या था पूरे गाँव में हो-हल्ला मच गया, कल रात घर कौन नहीं आया।

शाम को हरिया की दुकान में कौन-कौन गये थे? सरपुवा, तिलुवा और टिकुवा के घरवालों ने कह दिया हमारे तो कल जल्दी ही घर आ गये थे और आज गेवाड़ धानों की खोज में चले गये हैं। जब यह आवाज चनिया की इजा के कानों में भी गयी तो उसे समझने में देर नहीं लगी और सुनते ही जैसे उसे एक काली छाया ने घेर लिया। जहाँ जिस हालत में थी, वहीं उसी तरह बेजान लाश की तरह खड़ी रह गयी। गिरते-पड़ते घर आयी और चाख में लम्बी पसर गयी। उसके शरीर ने काम करना बन्द कर दिया था।

इतने में तल्ली बाखली के जोगिया ने कहा, 'अरे कोई जाकर देख तो आओ आखिर क्या चीज है? कहीं कोई आदमी ही न हो। अब बचा तो क्या होगा। कहीं कोई बाहर का होगा तो पूरा गाँव बँध जाएगा। इस झुलियागैर के गधेरे में आज तक जो भी गिरा वह बचा तो नहीं। अब बाहर गाँव का भी है तो मरा तो हमारी सरहद में ठहरा। कहीं ऐसा तो नहीं कि किसी ने कोई कपड़ा-वपड़ा ही फेंक दिया हो।' इतने में पदम सिंह ने कहा, 'यार मैं तो बूढ़ा आदमी ठहरा अब मैं जाऊँगा भी तो मेरी तो नजर ही नहीं लगने वाली हुई। तुम जो जवान लोग हो, जाकर देख आओ! जिन्दा होगा तो फिर वैसा इन्तजाम करेंगे, मरा होगा तो वैसा।'

मल्ली बाखली का देविया, हेमुवा, तल्ली बाखली का जोगिया और डिकरसिंह चार आदमी गये। ऊपर रास्ते से नीचे गधेरे के बीच करीब दस-बारह बाँस की गहराई थी। नीचे उतर पाना किसी के बस की बात थी नहीं। एकदम सीधी खाई। यहाँ तक कि जब भी कोई गाय-भैंस वहाँ से नीचे गिरती उसे खाने के लिए चील-कौवों के लिए भी नीचे उतरना या उसे देखना मुश्किल होता था। गाय-भैंसों के मरने के तीन-चार दिन बाद चील-गिद्धों को पता चलता।

स्थानीय भाषा के अनुसार इस पहाड़ी का नाम ही झुलियागैर इसलिए रख दिया गया हो कि वह झूले की तरह नीचे को लटकती नजर आती थी। वहाँ अगर कोई जाए भी तो वह झूले से ही जा सकता था। चारों ने अपनी नजर नीचे घुमायी और आँखों पर जोर देकर देखा। लेकिन फिर भी सही पता नहीं चल पा रहा था कि नीचे गिरी हुई चीज क्या है? कोई आदमी-औरत है या फिर कोई और चीज? लेकिन देबिया ने कुछ पहचानने की कोशिश करते हुए कहा, 'अरे ये जो कपड़ा दिख रहा है, इस रंग का कुर्ता कल मल्ली बाखली के पिरमा'का ने पहन रखा था। जिस समय शाम को वे जालीखान को जा रहे थे मैंने उन्हें रास्ते में देखा।' फिर उसने कुछ शंका जताते हुए कहा, 'कल रात वे दुकान से आये या नहीं किसी को पता है क्या? अब एक झना पहले पिरमा'का के घर जाकर पूछ आओ। अगर वे घर में ही हैं तो ठीक है, नहीं तो काखी (चाची) को बुला लाना वो अच्छी तरह पहचानेंगी।'

अब तक गधेरे में धूप भी पूरी तरह आ चुकी थी। हालाँकि उसकी पूरी गहराई तक तो धूप कभी भी दोपहर से पहले पहुँचती नहीं थी। लेकिन इस बीच एक-एक करके करीब आधा गाँव ही वहाँ पहुँच चुका था और सभी अपनी-अपनी अटकलें लगा रहे थे। 'कौन होगा' 'कौन होगा' का हल्ला। 'अब क्या होगा, अब क्या होगा?' 'नीचे कौन जाएगा? ...किसी के बस की बात नहीं।'

गधेरे में जहाँ पिरमा गिरा हुआ था उस जगह किसी भी तरह जा सकना बिल्कुल नामुमकिन था। अगर कोई जाने को राजी हो भी जाता तो पहले यही पता नहीं था कि ये है कौन। इसी बीच चनिया की इजा को भी दो आदमी पकड़कर वहाँ ले आये। सभी उसकी तरफ को देखने लगे, अरे इसे क्या हो गया। क्या पिरमाका कल रात घर नहीं आये। चनिया की इजा के पाँव जमीन पर नहीं थे। दोनों तरफ से दो लड़कों ने पकड़ रखा था। गर्दन लटकी हुई। जैसे कि उसके पति की लाश उसके सामने रख दी हो। कुछ औरतें उसे ढाँढस बँधा रही थी, 'अरे तुझे क्या हो गया है, अभी तो यही पता नहीं है कि गाँव का है भी या नहीं। तू तो पहले ही अपना नाश कर रही है।' लेकिन चनिया की इजा कुछ भी नहीं बोल रही थी। वह लगभग बेहोशी में चली गयी थी। जैसे-तैसे उसे वहाँ पर लिटाया। सभी के देखने के बाद यह आशंका मजबूत होती जा रही थी कि यह पिरमा ही होगा। मगर उसके साथ वाले भी सारे नदारद थे। इसी हो-हल्लाबाजी में समय बीतता जा रहा था। इसी बीच किसी ने कहा, 'अरे चनिया की इजा ने तो दाँत सिल दिए हैं।' फिर दो लोगों ने बड़ी मुश्किल से उसका मुँह खोला। एक लड़के को घर पानी लाने के लिए भेजा।

बड़ी उठापटक के बाद फिर तय किया गया कि बाँज के पेड़ पर रस्सी बाँध कर दो-तीन जवान लड़के नीचे उतरो। गधेरे में जो भी गिरा है उसे फिर रस्सी से बाँधकर ऊपर लाओ। दो लड़के तैयार हुए। उनकी कमर में रस्सी बाँधकर उन्हें नीचे गधेरे में उतारा गया। उन्होंने नीचे उतरकर वहाँ से धात (आवाज) मारी, 'भइया होने को तो ये पिरमा ही हैं पर हमारी समझ में कुछ नहीं आ रहा है। ये तो कुछ बोलचाल भी नहीं रहे हैं और न हिलडुल रहे हैं।' ऊपर से लोगों ने कहा, 'तुम इनको रस्सी से बाँध दो हम ऊपर से खींचेंगे।' हाथ और पाँव बाँधकर गठरी की तरह और दूसरी रस्सी पर एक लड़के ने खुद लटककर अपने कन्धे पर पिरमा को रखा। करीब आधे घंटे की जद्दोजहद के बाद पिरमा को ऊपर लाया गया। अब लोगों ने पिरमा को हिलाया-डुलाया और उसकी नाड़ी देखी। कोई भी खास जानकार नहीं था। इतने में ऊपर से कूदते हुए गोपी पाणे आ पहुँचे—जै जिया, जै गुरु, जै मामू।

गोपी पाणे पर गाँव का ग्वेल देवता नाचता था। पाणे ने पिरमा के ऊपर एक हाथ से मिट्टी मारते हुए कहा, 'पिरमा पर इस गधेरे का भूत लग गया है। मैं साले

को अभी देखता हूँ ये पिरमा पर कैसे लग गया। देखता हूँ छोड़ता है कि नहीं। मेरे मामू की धूनी रमाओ। मेरे मामू की खैरवान की झोली और तुमुर का सोटा लाओ फिर देखता हूँ ये भूत साला पिरमा को कैसे नहीं छोड़ता है। जै जिया-जै मामू, मामू को आदेश।' गोपी पाणे की देखा-देखी उनका लँगोटिया यार कल्‌वा भी नाचने लगा—'ओ हो हो आदेश। मेरा भड़जिया बिल्कुल सही कह रहा है। लाओ, निकालो मेरा गुर्जा और फावड़ा। ये चांडाल साला हर साल इस गाँव की एक-दो की बलि तो लेता ही है। आज तक तो ये जानवरों की बलि लेता था और अब तो ये आदमियों की ही बलि लेने लग गया। आज मैं इस भूत साले को इस गाँव से ही निकालकर बाहर करूँगा। आदेश-आदेश मेरो गुरु को आदेश।'

गोपी पाणे ने नाचते हुए तब तक वहीं धूनी रमा ली थी। थोड़ी बहुत घास-पत्ते इकट्‌ठा करके वहीं पर जलाया और नाचते हुए कहने लगा, 'लगता है साला बड़ा जबर्दस्त है, अब देखता हूँ कैसे नहीं जाएगा।' कलुवा और गोपी पाणे एक दूसरे के कन्धे में दोनों बाँहें डालकर और आपस में बाँहें भेड़कर नाचने लगे, 'ओ हो हो जै मामू, जै गुरु, आदेश आदेश।' गाँव की दो-चार बूढ़ी औरतें हाथ जोड़कर अनुनय विनय करने लगी, 'परमेश्वरो! हम तो नर-बानर ठहरे, हमारे तो कुलंकारी देवता आप ही ठहरे, दुख में-सुख में, गोठ-भितेर सब में आपकी ही छाया रहने वाली हुई। ये पिरमा जैसे ठीक होता है, जैसे बच सकता है, भगवान आप इसे ठीक कर दो। दो छोटे-छोटे बच्चे हैं। ये निरा गऊ बेचारी क्या करेगी। परमेश्वरो! जैसे होता है आप पिरमा को ठीक कर दो।' कलुवा ने हाथ उठाते हुए कहा, 'सौनायी (सेविका)! तू मेरी शक्ति को नहीं जानती है, मैं अभी इस भूत को आज इस गाँव से बाहर करता हूँ। इसी साले ने पिरमा को पहले गधेरे में गिराया और अब साला उसे खाने की सोच रहा है।' ऐसा कहते-कहते कलुवा ने जमीन से मिट्‌टी उठायी पिरमा के अधखुले मुँह में ठूँस दी। 'बोल...बोल...साले, बोलता है कि नहीं। क्या तू अब भी नहीं बोलेगा। जल्दी बोलता है तो बोल नहीं तो मैं अपना चिमटा गरम करके तेरी खबर लेता हूँ।'

गोपी पाणे बोल रहा था, 'हाँ मामू आप ठीक कह रहे हो, इस साले ने हमारी शक्ति अभी देखी ही नहीं, जब मैं इसको गरम फावड़ा चटवाऊँगा, ये तब होश में आएगा। अगर इसमें शक्ति है तो मेरे साथ गरम फावड़ा चाटेगा।' ये कहते-कहते उसने पिरमा के मुँह में एक जलती लकड़ी ठूँस दी। 'बोल साले बोल!' इसी बीच किसी ने कहा, 'अरे पाणे ज्यू, जरा भभूत मन्तर कर देखो तो।' अब पाणे ने हाथ में थोड़ी-सी राख ले ली और जो पाणे और समय कहता था कि ये मन्तर तो मुँह के ही भीतर बोले जाते हैं, जैसे ही गायत्री मन्त्र कान में कहा जाता है, वैसे भभूत के मन्तर, साँप काटे के मन्तर, हाक के मन्तर ये भी सब मुँह के भीतर कहे जाते हैं, लेकिन इस समय पाणे को इतना ताव था कि वह बायें हाथ में रखी राख को दायें हाथ की अंगुलियों

से तेजी से हिलाते हुए कहने लगे—

ओउम नमो बभूत, माता बभूत, पिता बभूत
तीन लोक तारणी सकल दोष निवारणी
चढ़े बभूत तीन लोक को, चार बेद को, पंचदेव को
कांको छै, कतीको छै, तुझे महादेवजी की आन
गाड़को छै, धारको छै, तुझे गोरखनाथ की आन
गैलागजार का छै, सेला सिमार को छै, सवासेर खिचड़ी द्यूला
समसाणको छै, लाल कपड़ा को टांको द्यूला
तेरो राणों द्यूला, तुझे अपने गुरु की आन
भलिका जांछै, पुजि पठ्यौंला भलिका नि जाने सादी पठ्यौंला
गुरुमुखी हलै, भलिका जालै, सवासेर खीचड़ी खालै
निगुरो हलै, निजालै मार खालै
जांबे आछै उती जा, तुझे गुरु महादेवजी की आण
गुरु गयलिनाथ जी की आण, गुरु गोरखनाथजी की आण
इस पिंड की अमर काया, सदगुरु-सदगुरु...
मेरी भक्ति, गुरु की शक्ति, फूल मन्तरो, श्रीरोवासिया...

अब पाणे ने अँगुलियों के बीच चुटकी भर बभूत लिया और पहले पिरमा के सिर के ऊपर तीन बारी घुमाया और फिर चार दिशाओं को बभूत की चार फूँक मारी और अन्त में अँगूठे पर बभूत लगाकर पिरमा के माथे पर पाँच मिनट तक अँगूठा टिकाये रखा और मन ही मन मणमणाता रहा। और अन्त में जोर से 'ह...त...त तेरे...की' कहा और हाथ में बची बभूत को पिरमा के मुँह में ठूँस दिया, 'जा साले, जा सीधे चले जा, नहीं तो अब तेरी खैर नहीं।' पाणे ने अपने दोनों हाथों की बभूत झाड़ी और थोड़ा-सा उधर सरक गया। अब सारे ही पिरमा को देखने लगे कि एक क्षण में ही उसके शरीर में प्राण आ जाएँगे और पिरमा उठकर पाणे ज्यू को पैलागा बोल देगा। मगर काफी देर हो गयी, कुछ नहीं हुआ। फिर लोगों ने कहा पाणे ज्यू कुछ भी नहीं हुआ, अब तो काफी देर हो गयी।

गिदारी आमा ने कहा, 'पाणे ज्यू अब तो बहुत देर हो गयी, जरा रौंखाई करके तो देखते।' पाणे ज्यू ने अपनी धोती दोनों घुटनों के ऊपर, दोनों हाथों से समेटते हुए और टपकती हुई नाक को बाजू से पोंछते हुए कहा, 'हाँ अब तो ये साले की रौंखाई ही करनी पड़ेगी लेकिन इसके लिए जरा एक सिसौण का ढाँक (बिच्छू घास का डंडा) लाना पड़ेगा।' कोई तुरन्त पास ही से लकड़ी से तोड़कर एक अच्छा सिसौण का ढाँक ले आया और पाणे के हाथ में पकड़ा दिया। पकड़ते हुए एक झप्पाक पाणे के हाथ पर लगा लेकिन उस समय पाणे ने अपनी शक्ति का इजहार करते हुए यह प्रदर्शित

किया कि उसके हाथ में जैसे लगा ही नहीं है। जबकि सिसौण घास की एक झप्पाक लगने पर कम से कम चौबीस घंटे से पहले ठीक नहीं होता है। लेकिन इस समय तो पाणे का अहंकार उस पर सवार हो रहा था और उसे तपाक से पकड़ा और जोर-जोर से पिरमा के सिर और पीठ पर दनादन मारते हुए बोलने लगे—

'ओउम नमो आदेश, गुरु को आदेश
प्रथम सुमिरो बटुकनाथ भैरों, ब्रह्मा भैरों
मछेन्द्रनाथ भैरों, चोड़िया नृसिंह, चौरंगी नृसिंह
पिंगला देवी, गुरु गोरख राई, चंडिका माई
इस पिंड को छल करी, छिद्र करी, भूत प्रेत हर ले स्वामी
प्रचंड बाण मारिले स्वामी, इस पिंड को दग्ध बांण दूर करो
बार ब्यथा, छत्तीस बलाई दुख दूर करो
बोलती ब्यथा, की जीवभार हानणी ब्यथा की हाथमार
बाटा और अबटा को बाण, धार की मांटी को बाण
धरती और अकास की ब्यथा टाल
मेरी भक्ति, गुरु की शक्ति
सब सांचा पिंड कांचा, चलो मन्त्र ईश्वरो बाच।'

पाणे जितने ही जोर से मन्त्र बोल रहे थे उससे भी कहीं अधिक जोर से सिसौंण के ढाक से पिरमा के सिर में मार रहे थे और मन्त्र खत्म होने से पहले ही सिसौंण के ढाक के टूटकर टुकड़े-टुकड़े हो गये, पत्ते चारों दिशाओं में बिखर गये। पाणे के मुँह के थूक के छींटे आदमियों को क्या सामने के पत्थरों को भी गीला कर चुके थे और नाक कई बारी टपककर आधी धोती खराब कर चुकी थी। धोती का एक पल्लू एक तरफ होकर नीचे का हिस्सा पूरा खुल चुका था। जब सिसौंण का एक पत्ता उनकी टाँगों के बीच के डंडे पर पड़ा तो पाणे ने झस्स की और बिदकते हुए घुटने टेक लिये। जो भी हो लेकिन वही ढाक के तीन पात। इस सारे माजरे के चलते अब तक दोपहर हो चुकी थी। पूरे गाँव ही क्या बाहर गाँव के लोग भी इकट्ठा होने लगे थे।

जब पाणे की यह युक्ति भी नहीं चली तो फिर किसी ने कहा, 'अरे एक पैसा घर के देवताओं के नाम से भी उचा लेते। क्या पता ग्वेल देवता ही नाराज हों।' इस पर किसी दूसरे ने कहा, 'यार तुम तो हद करते हो, हमारे ग्वेल के डंगरिया पाणे ज्यू ठहरे और पाणे ज्यू खुद ही यहाँ पर मौजूद हैं। तब से ग्वेल देवता ने भी अपनी इतनी ताकत लगा दी है और तुम कह रहे हो ग्वेल देवता के नाम का पैसा उचा लो। अगर देवता नाराज होता तो इस समय यहाँ पर औंतरता

ही क्यों? जब कभी देवता नाराज होता है तो पाणे ज्यू के तो घर में ही आसन लग जाते हैं, यहाँ आने की तो बात ही अलग। जब देवता पिरमा से खुश होगा तभी तो पाणे ज्यू एक ही झटके में ऊपर ही ऊपर उड़ते हुए यहाँ पहुँच गये।' फिर किसी दूसरे ने कहा, 'यार हमारा तो दुख-सुख का साथी हमारा ग्वेल देवता ही ठहरा। एक पैसा उचा लो और कह दो कि यार इस सौंकार को आराम लग जाएगा तो तेरी पूछ करेंगे। तेरी जागर लगाएँगे और एक साल का करार रख दो। पिरमा चलने-फिरने वाला हो जाएगा तो एक बकरे की पाठी अगले साल देवता के थान में चढ़ा देगा।'

इस पर पाणे ने कहा, 'हाँ-हाँ ठीक कह रहे हैं, ये साले पिरमा ने कितने सालों से न तो देवता की जागर लगायी और न ही थान में किसी प्रकार की भेंट-पखौव ही चढ़ायी। अब देवता भी इस साले का कब तक भला करेगा। अब देवता ने दिखा दिया है, अब आएगी साले को अकल। लाओ मैं तो अपना काम पूरा कर देता हूँ फिर अगर देवता के थान में तीन महीने के भीतर बकरा लेकर नहीं गया तो इसकी तरफ से भरी (साक्षी) कौन होगा यह भी बता दो, अगर इसने नहीं दिया तो फिर कल को पूजा उसको पड़ जाएगी।' अब एक नये पैसे की खोज हुई कि किसी की जेब में पैसा है। पहले तो किसी की जेब में होगा ही नहीं, अगर किसी ने बरसों से छिपाकर रखा भी होगा तो वह पिरमा के उच्याड़ी के लिए अपना डबल क्यों दे देता। फिर पाणे ने ही समाधन ढूँढ़ा, 'अरे इस समय डबल नहीं है, तो पिरमा की घरवाली के हाथ पर ये कहकर एक पत्थर ही पकड़ा दो कि इस समय तो तू हमारी बिपत को देख ही रहा है, तुझे ये पत्थर ही चढ़ा देती हूँ, जिस दिन सौंकर भला हो जाएगा तो वह तेरा ये एक डबल और बकरे की पाठी तेरे थान में सिर टेककर, हाथ जोड़कर हाजिर होगा।'

पिरमा की ही तरह लाश बनी मधुली की इजा के मुरदार हाथों पर एक पत्थर का टुकड़ा पकड़ाया और गिदारी आमा ने कहा, 'लै इस पत्थर पर हाथ छुआ दे!' आमा ने ही उस पत्थर पर उसका हाथ छुआया और पाणे के हाथ पर पकड़ाया। पाणे ने मधुली की इजा की ही धोती पर से एक टुकड़ा फाड़कर पत्थर का टुकड़ा उस पर बाँध दिया और पिरमा के ऊपर घुमाते हुए कहने लगा—

परमेश्वर भगवान, कुलंकारी देवता, तुमरि लम्बी बांहाछ
जतनि तकनी उतनि निमारन, गाय में कसाई निहन
हम नर बानर छौं, बोलि टोलि की माफी देणि चैंछ
योक पिंड छोड़ि देला तो तुमारी पूजा करूंलो थाई-अगनाई चड़ोंलो,
धूप बाती करूंलो, परमेश्वर भगवान तुमारो आधार छ।

'लै यार परमेश्वर भगवान किहिं करछै, हम सात हाथ लाचार छौं, गिच बा

घा भेल बा गू लाग रौ। यौ सौंकार कैं आराम दे तेरी खबर करी जाली। यार यस नि करन, गाय में कसाई किहैं हैंछै। यौं सौंकारै लाज धरी दे।'

पहाड़ में सदा से ही एक युक्ति प्रचलित है कि 'इस देवता ने पहले अपना भला कर लिया फिर तेरा करेगा।' सही में ये नाचनेवाले लोग, जिन पर देवता अवतरित हो रहा था, गाँव के सबसे भ्रष्ट लोग थे। पहाड़ों में ये प्रथा अनादि काल से चली आ रही है और आज भी लोगों का विश्वास इस प्रथा में पूरी तरह है। इसी प्रथा से एक चीज और भी जुड़ी है जिसमें पशु बलि दी जाती है—भैंस, बकरी, मुर्गी आदि की। जागर में सारी बिरादरी पंचायत के लोग होते हैं। ढोल या हुड़के (स्थानीय वाद्य) की थाप पर नाचते हैं। जागर लगाने वाले को जगरिया बोला जाता है। जिस पर देवता अवतरित होता है उसे डंगरिया कहा जाता है और जो व्यक्ति जागर का आयोजन करता है उसे सौंकार कहा जाता है।

ऐसी मान्यता है कि जिस व्यक्ति पर जिस समय देवता अवतरित होता है उसके आगे अपनी विपदा कष्ट रखने से जो भी माँगो वह दे देता है। लोगों का कहना है कि कई लोगों का अच्छे से अच्छे अस्पताल में भी इलाज करवाने पर भी फायदा नहीं हुआ। जब उन्होंने अपने कुल देवता की जागर लगायी, तो दस साल का बीमार देखते ही देखते एक क्षण में ठीक हो गया। पहाड़ी प्रदेशों में पलायन की प्रवृत्ति के बावजूद अभी भी हजारों लोग वहाँ दूर-दूर से अपने कुल देवता की पूजा और जागर लगाने आते हैं। जागर लगाकर अपने सारे दुखों से मुक्त होकर फिर से चले जाते हैं। जहाँ भी जाते हैं अपने कुल देवता का नाम हमेशा ही याद करते हैं। बहुतों का कहना है कि आधुनिक युग में लोगों की आस्था कम होने से देवताओं की शक्ति भी कमजोर हो गयी है। जैसे पहले तुरन्त फायदा हो जाता था वैसा अब नहीं होता है। लेकिन फिर भी एक अलौकिक शक्ति व्याप्त है।

गाँवों में नाचनेवाले ये देवता कहीं भी किसी भी स्थान पर संकट के समय जिस व्यक्ति पर अवतरित होते हैं अपने आप ही अवतरित हो जाते हैं। आज उसी तरह का संकट फिर से इस गाँव पर टूट पड़ा है। तो उनके कुल देवता गोपी पाणे और कलुवा पर अवतरित हो गये हैं। जो प्रसिद्ध देवताओं के डंगरिए हैं—ग्वेल और नरसिंह के। परन्तु कई बार देखा गया है कि बहुत सारे लोग इलाज के बजाय देवताओं के आह्वान में ही लगे रहते हैं और बीमारी बढ़ती जाती है, एक दिन उनकी जीवन लीला समाप्त हो जाती है मगर मजाल कि फिर भी कोई देवता को दोष दे। जैसा कि पहले ही कह चुका हूँ, यह कहकर सब मुक्ति पा लेते हैं कि अरे जब रोटी ही नहीं बची होगी तो फिर देवता भी क्या करता!

इस सारे माजरे के चलते शाम होने को आयी थी। पाणे और कलुवा दोनों ही चनिया के बौज्यू के कभी बाल खींचते तो कभी छाती में हाथ से मारते। 'तू बोलता है कि नहीं, इसको छोड़ता है कि नहीं।' कोई नहीं बोल रहा था। चनिया की इजा

बीच-बीच में कभी आँखें खोलती फिर बेहोश हो जाती। अब अँधेरा छाने लगा था। नाचनेवाले थक चुके थे। लेकिन पिरमा ने टस से मस नहीं की। इस बीच किसी ने कहा, 'भई अब तो रात भी होने लग गयी है। पिरमा को घर ले जाना पड़ेगा, जरा कोई जाकर पधान बूबू को बुला लाओ, सयाने आदमी ठहरे, जैसा वे कहेंगे वैसा ही करेंगे!'

दो लड़के थोड़ी देर में पधान बूबू को बुलाकर ला गये। पधान बूबू ने पिरमा की नाड़ी देखी और चुप हो गये। सभी की निगाहें पधान बूबू की तरफ थी। उनसे किसी की ज्यादा बोलने की हिम्मत भी नहीं होती थी। किसी ने बीच में से कहा, 'बूबू अब तो अँधेरा भी होने लग गया है, ये जाड़ों की रात की बात ठहरी, आप बताओ, नहीं तो हम पिरमा को घर ले जाते हैं!' पधान ज्यू ने थोड़ा-सा सिर हिलाया और कहा, 'पिरमा को जो होना था वो कल रात को ही हो गया, अब जहाँ ले जाना हो वहाँ ले जाओ। अरे माँचो कल रात से बताते, अभी तक कफन कातर लेकर बेचारे की रीथ की तीथ कर देते। अब ये जाड़ों की रात में इस समय कहाँ ले जाओगे?' फिर पधान बूबू ने कुछ सोचते हुए कहा, 'भइया अब ये पटवारी का केस हो गया है, कल को कोई शिकायत कर देगा तो सारा गाँव बँध जाएगा इसलिए दो लड़के जाओ और टटियाखाल से पटवारी ज्यू को बुला लाओ, फिर वो जैसा कहेंगे उस हिसाब से करेंगे! मुझे तो भइया ठंड लग रही है, मैं तब तक घर चला जाता हूँ, पटवारी ज्यू आ जाएँगे तो मुझे बुला लेना। चनिया की इजा को भी चार लड़के घर छोड़ आओ। सुबह से दो छोटे-छोटे बच्चों को छोड़ रखा है, उन्होंने खाया भी या नहीं। अब जो होना था सो तो हो गया, ये बेचारी को भी कब तक सताओगे!'

सभी ने पधान बूबू की हाँ में हाँ मिलायी। पधान बूबू ने चनिया की इजा को भी सान्त्वना दी, 'जा माँचो घर को चले जा, अपने बच्चों को देख। अब जो होना था सो तो हो गया। ये तेरे भाग का जंजाल है, अब जैसे निभाएगी तू ही निभाएगी। आज तक भी इसने तेरे को कौन सा बेहाल कर रखे थे। अब मरा भी तो माँचो ऐसे मरा। घर में मरता तो चलो चुपचाप फूँक आते। अब ये तो कोट-कचहरी का मामला हो जाएगा। पटवारी ज्यू जो कहेंगे, मैं देख लूँगा। चल तू घर चल माँचो। चलो रे खुस्याली हरूवा हाथ पकड़कर इसे घर छोड़ आओ!'

चनिया की इजा को कुछ भी पता नहीं था, क्या पधान बूबू कह रहे हैं, क्या यह भीड़ कह रही है और अब हो क्या रहा है? वह जब वहाँ पर लायी गयी थी, तब भी वैसी ही थी और अब भी वैसी ही है। वह थी भी या नहीं? वह इस समय यहीं थी या और कहीं? वह बहुत पीछे चली गयी थी। या फिर आगे के बारे में सोच रही थी? लेकिन जिसका वर्तमान ही ठीक नहीं हो वह भविष्य के बारे में क्या सोचेगा। वह अगर सोच सकता है तो सिर्फ बीते हुए समय की—चाहे वह अच्छा हो या बुरा।

दोनों घटनाओं का वह वर्तमान से साम्य करता है। वैसे वह किस्मत की इतनी धनी थी कि वर्तमान को भूतकाल से भी साम्य नहीं कर सकती थी। हाँ दोनों को मिलाकर उस पर रो जरूर सकती थी, लेकिन इस समय तो वह रोना भी भूल गयी थी।

चनिया की इजा को दो-चार औरतें पकड़कर घर को ले गयीं और दो लड़के पटवारी को बुलाने चले गये। पटवारी के पास जाने पर पहले उसने भी लाखों आनाकानी की। इसके लिए तो पहले पेशकार साहब को बुलाना होगा। ये तो हत्या का केस बनता है। क्या पता किसने मार दिया? हो सकता है उसी की घरवाली ने मार दिया हो? कल को कोट कचहरी का मामला हो जाएगा। लेकिन जब लड़कों ने कहा, 'आपको पधान बूबू ने बुलाया है। वो कह रहे थे कि जैसे भी हो आ जरूर जाना!' फिर पटवारी ने अपने चपरासी को साथ लिया और चल पड़ा।

पटवारी ने आकर पंचनामा किया। सारे गाँववालों का अँगूठा लगवाया कि किसने मारा-हमें पता नहीं है। चनिया की इजा का अँगूठा लगवाया। चार-पाँच सादे कागजों पर भी अँगूठा लगवा ले गया। उसमें बाद में क्या लिखा वह सिर्फ पटवारी ही जानता था। बाद में पधान बूबू ने कहा, भइया इसी समय रफा-दफा कर दो, सुबह तक बात बढ़ जाएगी। मुफ्त में कोट-कचहरी के चक्कर काटने पड़ेंगे। ये बेचारी सीधी-सादी गरीब है। इसका भी खर्चा हो जाएगा। पटवारी ज्यू भले आदमी हैं, उनकी ही देख-रेख में अन्तिम संस्कार कर दो!' खैर, पटवारी पंचनामा करके पधान बूबू के साथ उनके घर चला गया। रात को पधान बूबू के ही घर खाया-पिया और वहीं सो गया। पिरमा का दाह-संस्कार करनेवाले भी रात को बारह बजे तक लौट आये।

छः

बस क्या था दूसरे ही दिन से पटवारी ने चनिया की इजा के घर के चक्कर काटने शुरू कर दिये। उसने पिरमा का पीपलपानी भी नहीं होने दिया। होने को तो उसका क्या पीपलपानी होना था। घर में दाने-दाने को वैसे ही मोहताज थे। लेकिन बिरादरी में सूतक तो मिटाना ही था। पधान बूबू ने ही पीपलपानी के लिए एक पाग के बर्तन, एक गाय की बछिया और एक पिड़ाई चावल दे दिये कि बेचारी पिरमा का सूतक मिटा सकेगी। चनिया चार साल का था। मुंडन भी गोपी पाणे ने चनिया की इजा से ही करवाया और सारी बिरादरीवालों ने कह दिया, 'हम तो भईया इसके एक दिन के ही बिरादर हैं, और मुंडन तो हम कई पीढ़ियों पहले ही छोड़ चुके हैं, अब तो हम इसे अपना बिदादर भी नहीं मानते हैं। खैर, जैसा भी हुआ पिरमा के पीपलपानी पर बूबू की मेहरबानी से चनिया की इजा ने चार बिरादरों और गोपी पाणे को बुलाकर अपने घर पर उनके हाथ धुलवा दिये। हालाँकि गोपी पाणे दाम-दक्षिणा न मिलने पर काफी नाराज था। लेकिन उसे बूबू ने समझा था—भईया इस समय तो बेचारी को सूतक से बाहर कर दो। कल को इसका लड़का बड़ा हो जायेगा और अपने बाप का श्राद्ध करने लायक हो जाएगा तब पाणे ज्यू, तुम्हारी भी दाम-दक्षिणा हो जाएगी।'

पटवारी का रोज पूछताछ का सिलसिला शुरू हो चुका था, 'क्या हुआ, कैसे हुआ? तुझे तो सब पता होगा! नहीं बताएगी तो देख तेरा भी जीना हराम कर दूँगा!' पटवारी को आते देख लोगों की भीड़ इकट्ठी हो जाती। बच्चे डर के मारे घरों में घुस जाते, 'पटवारी आ गया, पटवारी आ गया।' पटवारी के सामने किसी की हिम्मत पटवारी कहने की भी नहीं होती थी। सारे लोग निरीह भाव से देखते रहते। एक दिन पटवारी ने अपना चपरासी भेजकर चनिया की इजा को टटियाखाल अपने डेरे में ही बुला लिया, यह कहकर कि वहाँ गाँववालों के सामने वह कुछ नहीं बताती है इसलिए उससे पूछताछ यहीं की जाएगी।

शाम का समय था, वह पटवारी के चपरासी से अनुनय-विनय करने लगी, 'देखो मैं घर में अकेली औरत जात। दो छोटे-छोटे बच्चे हैं। मैं इनको अकेले घर

में कैसे छोड़ सकती हूँ। फिर इस रात में मैं अकेली औरत जात आपके साथ कैसे आ सकती हूँ!' लेकिन पटवारी के चपरासी ने एक न सुनी और कहने लगा, 'अगर चिलना की ठाड़ी नहीं देखनी है, कोर्ट-कचहरी के चक्कर नहीं काटने हैं तो अभी मेरे साथ चल, आज ही तुझसे जरूरी पूछताछ करनी है। कल को केस आगे बढ़ जाएगा तो फिर हम जिम्मेदार नहीं रहे!' लाचार बेचारी कितना ही गिड़गिड़ाती रही, लेकिन उस बेहृदय ने एक न सुनी और आखिरकार दो छोटे-छोटे बच्चों को मलभतेर बन्द करके पटवारी के चपरासी के साथ खूँटे से बँधी निरीह गाय की बछिया की तरह चल दी। टटियाखाल पहुँचने तक शाम हो चुकी थी। लेकिन पटवारी ने जब तक बाहर घुप्प अँधेरा नहीं हुआ, उसे रोके रखा। वहाँ भी मधुली की इजा बार-बार वही मिन्नत करती रही, 'पटवारी ज्यू, मैं कल दिन में आ जाऊँगी, घर में मेरे दो छोटे-छोटे बच्चे हैं। रात का समय है। जंगल की जगह है, वे डरेंगे।' लेकिन पटवारी बार-बार यही कहता रहा, 'अभी पूरी बात नहीं हुई है। तू जल्दी से बता दे कि तूने पिरमा को कैसे मारा तो तुझे छोड़ दूँगा।' वह लाख अनुनय-विनय करती रही, 'भला मैं क्यों मारूँगी। जैसा भी था, मेरा तो आदमी ही था। मैं उसे क्यों मारूँगी!' पटवारी बोला, 'तो ठीक है तू ऐसे नहीं बताएगी, अब तेरे से बन्द कमरे में पूछताछ करनी पड़ेगी।'

पटवारी अँधेरे का इन्तजार कर रहा था। जैसे ही अँधेरा घिरा, उसने दरवाजे पर साँकल लगा दी। फिर हाथ में डंडा लेकर उसके शरीर का मुआयना करने लगा। भद्दी-भद्दी गालियों के साथ शरीर के गोपनीय अंगों पर अपना डंडा गड़ाता जा रहा था, 'चल जल्दी से बता दे, तुझे छोड़ दूँगा!' वह आँसुओं की धारा लिये गिड़गिड़ाती जा रही थी। इसके बाद पटवारी बोला, 'चल फिर अपना ब्लाउज उतार, देखता हूँ जब तूने पिरमा को मारा होगा, तो तेरे शरीर में भी कहीं कोई नाखून वगैरह का निशान जरूर होगा!' वह गिड़गिड़ाती जा रही थी लेकिन पटवारी ने अपने डंडे के ही बल पर उसके ब्लाउज के बटन खोलकर उसके शरीर से अलग कर दिया। मधुली की इजा अब अपने दोनों हाथों से उरोजों को ढके हुए। आँखों से बरसती सावन-भादों की झड़ी दोनों उरोजों के बीच से गंगा की तरह बहती जा रही थी।

पटवारी फिर बोला, 'हरामजादी ने कितनी सफाई से काम कर रखा है, कहीं कोई ऐसी निशानी छोड़ी ही नहीं कि जिससे पता चल सके।' आगे पीछे घूमते हुए पूरे शरीर का मुआयना करता रहा, 'चल फिर नीचे का हिस्सा दिखा, वहाँ कोई निशान हो। वहाँ तो निशान ठहरा ही जिसके लिए तूने पिरमा की हत्या करा दी!' अब वह कुछ नहीं कह रही थी सिर्फ गिड़गिड़ाते हुए काँप रही थी। पटवारी ने पेटीकोट के इजारबन्द के नीचे अपना डंडा टिकाते हुए कहा, 'चल जल्दी से दिखा, नहीं तो

मुझे ये भी खोलना पड़ेगा!' मधुली की इजा अब शायद लाश में ही बदल चुकी थी। किसी भी स्त्री के लिए इससे ज्यादा और क्या हो सकता है, जब कोई गैर मर्द उसे इस तरह से निर्वस्त्र करे। पटवारी ने उसके इजारबन्द के भीतर अपना डंडा गड़ाते हुए एक झटके में इजारबन्द तोड़ दिया और झीन-सा घाघरी का चाल एक ही झटके में नीचे आ गिरा। पटवारी का दुर्भाग्य रहा कि इससे पहले कि कमरे की बत्ती गुल हो गयी। इसके बाद अँधेरे में ही पटवारी उसके शरीर के हर निशान को देखता गया। हर निशान में एक इंसान मिटता चला गया।

घंटों बाद पटवारी ने उसे यह कहते हुए जाने का आदेश दिया कि रोज शाम को उससे इसी तरह पूछताछ की जाएगी। उसे हर शाम पटवारी के डेरे में आना होगा। नहीं आएगी तो वह सब को बता देगा कि उसी ने पिरमा को मारा है। उससे फिर उसकी क्या बदनामी होगी। वह खुद ही समझ जाए। रात के अँधेरे में उसे कोई देख न ले—वह बेतहाशा भागती चली जा रही थी। कई जगह ठोकरें लगकर पाँव लहूलुहान हो चुके थे। वह एक लाश में तबदील हो चुकी थी, मानो रात के अँधेरे में कोई नरपिशाच श्मशान की ओर भाग रहा हो। यदि दिमाग में अभी भी कुछ बचा था तो वह सिर्फ यही कि वह अपने दो मासूमों को छोड़कर आयी है। अब उसे अपने शरीर के वस्त्रों को समेटने की भी आवश्यकता महसूस नहीं हो रही थी। उसे नहीं पता था कि उसके शरीर में कुछ है भी या नहीं। वह तीन मील के इस जंगल के रास्ते को किसी खूँखार जंगली शेर की तरह फाँदते हुए दूर बिल में छोड़े अपने बच्चों की तरफ को भागती चली जा रही थी। उसे आज न जंगल का डर था, न जंगली जानवरों का और न इंसानी शक्लों में पटवारी जैसे जानवरों का। बस कुछ डर था तो यही कि मेरे बच्चों को कुछ न हो गया हो।

उसे खुद नहीं पता कि वह कैसे पहुँच गयी। जिस मसाणी गधेरे में दिन में भी कोई अकेले जाने की हिम्मत नहीं कर पाता था, उसे भी पार करके वह कब घर पहुँच गयी। घर पहुँचने का होश ही कहाँ था लेकिन अगर होश था तो सिर्फ इस बात का कि उसके पीछे दो मासूमों की जिन्दगी है। नहीं तो घर पहुँचकर अब करना ही क्या था। क्या अब भी जीने के लिए कुछ रह गया था। मर जाएगी तो उन दोनों को भी तो इसी दुनिया में जीना है जिस दुनिया में निर्दोष होते हुए भी दोषी करार दिया जा रहा है और अपने को निर्दोष साबित करने के लिए उसे ये कीमत चुकानी पड़ रही है। ऐसे राक्षस तो जनम-दर-जनम पैदा होते ही रहेंगे।

बस यह सिलसिला चलता रहा। अगर वह एक दिन भी नहीं जाती तो पटवारी अपने चपरासी को वहीं भेज देता। जाओ, उसे अभी बुलाकर लाओ औ बोलना कि ऊपर से बड़े साहब का आदेश है कि उससे सही-सही पुछवाओ। वह दो मासूमों

को बन्द कर चली जाती। यह कानाफूसी तो सभी ने की कि यह रोज कहाँ जाती है पर इसका विरोध किसी ने भी नहीं किया कि पटवारी उसे रोज-रोज क्यों बुला रहा है। उसका क्या अपराध है। लोग तब पटवारी के भय से इतने भयभीत रहते थे कि पटवारी की हर बात में हाँ में हाँ मिलाने के अलावा और कोई चारा भी नहीं था।

हालाँकि यहाँ न तो कभी कोई अपराध होते थे और न ही पटवारी इस तरह सक्रिय रहता था। पटवारी सिर्फ राजस्व सम्बन्धी कागजातों की देखरेख के लिए होता था और कभी-कभार कोई इस तरह की घटना हो जाने पर उसका पंचनामा तैयार करने भर की भूमिका रहती थी। यहाँ भी सब कुछ स्पष्ट था। इसमें कुछ भी छिपा नहीं था अगर कुछ था तो बस उस लम्पट पटवारी को चनिया की इजा का रूप भा गया और वह यह भी जानता था कि वह उसे कितना भी सताए वह मुँह खोलने वाली नहीं है। वह अपनी भूख मिटाने के सिवा कुछ चाहता भी नहीं था, बस उसी की खातिर वह खूँखार भेड़िया बन चुका था।

मधुली की इजा इस रोज-रोज के झंझट से तंग आ चुकी थी और अब उसका शरीर जवाब देने लगा था। दिमाग तो उसका पहले से ही काम नहीं कर रहा था। जब उसने हिम्मत करके दो-तीन बार बुलावा आने पर भी पटवारी के चपरासी के साथ जाने से साफ इंकार कर दिया तो एक दिन शाम को अचानक पटवारी ही मधुली की इजा के घर आ धमका, कहने लगा, 'तूने क्या हमें बेवकूफ समझ रखा है। इतने बार मैंने तुझे बुलाने के लिए अपना चपरासी भेजा मगर तू एक बार भी नहीं आयी। अब तो तुझे कोट-कचहरी में ही घसीटना पड़ेगा। दिन में तो तू कुछ बताएगी नहीं, आज रात तुझसे यहीं पूछताछ की जाएगी!' वह अच्छी तरह समझती थी कि किस तरह की पूछताछ की जानी है। लेकिन लोक लज्जा के कारण वह लोगों के बीच कुछ कह भी नहीं पायी कि पटवारी उससे किस तरह की पूछताछ करता है।

पटवारी के वहीं रुकने के आदेश पर वह कहीं से आटा माँगकर लायी तो कहीं से सब्जी और कहीं से दही तो कहीं से चायपत्ती और चीनी। पटवारी को खाना खिलाया। खाना खाने के बाद पटवारी ने कहा—'अपने बच्चों को मलभतेर बन्द कर दे, तुझसे अकेले में पूछताछ की जाएगी।' निरीह बच्चे अन्दर से चीख-चिल्ला रहे थे लेकिन वह बेरहम दानव सुनने वाला कहाँ था। मधुली की इजा से बोला, 'मेरे लिए बिस्तरा लगा दे, वहीं पर सब पूछताछ हो जाएगी।' पटवारी ने अपने सारे कपड़े उतारकर एक तरफ रख दिये और बेढाल बिस्तरे पर पसर गया। प्रतिशोध की आग जो मधुली की इजा के मन में कब से धधक रही थी, उसे कैसे कारगर करे वह समझ नहीं पा रही थी।

बस क्या था, लैम्प की मद्धम रोशनी में पटवारी ने वही मुआयना किया, उसके एक-एक करके सारे कपड़े उतारता गया। एक निर्जीव की तरह उसे निर्वस्त्र करता चला गया। मुआयने का वही सिलसिला था। पता नहीं मधुली की इजा के शरीर में प्राण थे भी या नहीं। वह एक लाश की तरह बेजान पड़ी रही, वह छटपटा तक नहीं रही थी। इसी बीच मधुली की इजा के मुँह से एक जबरदस्त चीख निकली जिससे मलभतेर बन्द बच्चे चिल्लाने लगे, 'इजा-इजा क्या हुआ? इजा, तू रो क्यों रही है?' उसने इसका भी कुछ जवाब नहीं दिया। वह क्या कहती उन मासूमों को 'बेटे चुप हो जा, इस तरह बिकता है एक स्त्री का स्त्रीत्व, एक माता का मातृत्व, एक इनसान की इनसानियत?' वह पीता रहा उसकी लाचारी को। स्त्रीत्व को तो कब से पी रहा था।

मधुली की इजा को कहाँ नींद आने वाली थी। वह रात भर सोचती रही—कहाँ जाए, क्या करे। बाहर घुप्प अँधेरा ही था। पटवारी निढाल पसरा हुआ था बेसुध। सामने ही रखी दराती उठायी और सोचा एक जोर का वार करके दुनिया के नहीं तो कम से कम इस एक अत्याचारी को तो मार ही दे। दराती उठाकर पास तक आयी। जैसे ही वार करने को हाथ उठाया, भीतर से बच्चे की आवाज आयी— 'इजा हमें बाहर निकाल।' उसका हाथ अपने आप ही रुक गया। वह उसकी गर्दन तो एक झटके में काट सकती है। लेकिन उसकी गर्दन काट देने के बाद उसके पीछे भी तो ये दो मासूम हैं उनकी जिन्दगी का क्या होगा। इस घर में अगर इस हैवान की लाश मिली तो इन बच्चों को पूरी जिन्दगी कौन जीने देगा। उसका कुछ भी अपराध न होने पर उसके साथ ऐसा अपराध हो रहा है। इन्हें तो आज से ही अपराधी घोषित कर दिया जाएगा। क्या उसकी तरह उसकी बेटी भी हमेशा किसी पटवारी के वहाँ रोज हाजरी देने जाएगी? क्या वह उसे जिन्दगी भर किसी पटवारी से शरीर के हर अंग का मुआयना करवाने के लिए छोड़ जाएगी? नहीं-नहीं, वह ऐसा नहीं कर सकती। हाथ की दराती नीचे फेंक, वह एक झटके में बाहर की तरफ निकल गयी। सोचा—कुछ भी नहीं तो रोज-रोज इस पापी के हाथों मरने से तो अच्छा खुद मर सकती हूँ। उसने चुपके से दरवाजा खोला और अँधेरे में बेतहाशा पागलों का रूप लिये भागने लगी।

मधुली की इजा का घर भी गाँव से थोड़ी दूरी पर है। वैसे भी उतनी सुबह कोई उठनेवाला नहीं था। वह पहाड़ी कंकरीले पत्थरों वाले ऊबड़-खाबड़ रास्ते पर बेतहाशा भागती जा रही है। उसके शरीर पर सिर्फ एक फटी धोती है वह भी सिर्फ कमर पर बँधी। ऊपर का हिस्सा पूरी तरह खुला हुआ है, नीचे थोड़ी-बहुत धोती लिपटी। सिर के बाल भी धोती के साथ ही खुले आकाश में उड़ रहे हैं। वह नीचे की तरफ जाते पहाड़ी रास्ते पर भागती जा रही है। यह रास्ता पधान बूबू के घर से

थोड़ी दूरी से होता हुआ, नीचे भोरगाड़ गधेरे की तरफ जाता है। पधान बूबू अपने नियमानुसार प्रातः चार बजे उठकर शौच क्रिया के लिए रास्ते के पास बैठे ही थे—उसी मद्धम रोशनी में उन्हें अपनी तरफ बहुत तेजी से आती हुई एक आकृति नजर आयी। थोड़ा-बहुत पधान बूबू डरे भी लेकिन ज्यों-ज्यों वह आकृति पास आती गयी, पधान बूबू ने उसे पहचानने की कोशिश की। वह कौन है यह तो पधान बूबू नहीं पहचान पाये लेकिन यह जरूर समझ गये कि इतनी सुबह इस नग्नावस्था में भोरगाड़ की तरफ भागती निश्चय ही कोई विपत्ति की मारी है। भोरगाड़ गधेरे में इसी गाँव की दो जवान बहुएँ डूबकर पहले ही मर चुकी थीं।

यह आकृति पधान बूबू से बहुत आगे बढ़ चुकी थी। बूबू ने अपने चूड़ीदार पायजामे का नाड़ा बाँधा और आठ फुट की लाठी उठायी, जो बचपन-जवानी से लेकर बुढ़ापे तक हमेशा उनके हाथ में ही रहती है। सोते समय बूबू लाठी को अपने सिरहाने रख देते हैं। बूबू की इस लाठी के भी अनेक किस्से हैं। पागल कुत्ते, सियार, लोमड़ी जैसे जानवरों को तो बूबू ने अपनी लाठी से कई बार भाँजा ही था लेकिन जो किस्सा बूबू का पूरे इलाके में प्रसिद्ध है वह ये कि एक बार बूबू सौल की खोज में एक उड्यार (गुफा) के भीतर गये, उड्यार के भीतर सौल-वौल तो बूबू को कुछ मिला नहीं, अन्दर से गुर्राता हुआ बाघ बाहर आ गया। उड्यार के बाहर नीचे को चिल्लर पहाड़। उसी पहाड़ पर बूबू का बाघ से तीन घंटे का मल्ल युद्ध चलता रहा। अन्त में जब बूबू ने अपनी लाठी भाँजनी शुरू की तो, दो ही वार में बाघ की कमर तोड़ दी और अधमरे बाघ को कन्धे पर उठाकर घर ले आये।

बूबू माँसाहारी होने के कारण गाँव के आसपास एक भी सौल, खरगोश तीतर, घवेड़, काकड़ किसी को फटकने ही नहीं देते थे। जैसे ही बूबू को भनक लग जाए कि कल रात फलाने के खेत में सौल आलू खोद गया। या फिर फलानी जगह जंगली सुअर फसल चौपट कर गया तो बूबू कई-कई पूरी रात जंगल के किनारे अकेले बैठे गुजार देते थे। जैसे ही बूबू को शिकार दिखा—फिर चाहे वह कहीं भी चला जाए, कहीं छिप जाए—बस बूबू की लाठी से बच नहीं सकता था। बूबू उसे चित्त करके ही घर लौटते थे और जो भी शिकार करके लाते थे, गाँव में धात (आवाज) मारकर उसे लकड़ियों में भूनकर गाँववालों को बाँट देते थे। पधान बूबू तो पहाड़ी ठाकुर थे लेकिन अकसर पहाड़ी पंडितों के बारे में भी कहावत प्रचलित है—करम-कांड जैसा-तैसा, बिना शिकार का बामण कैसा। ज्यादातर लोग इसका मुख्य कारण वहाँ की कड़कती ठंड को मानते हैं, क्योंकि इसके अलावा तो और कुछ भी ऐसा नहीं है जिससे ठंड से बचा जा सके।

तो पधान बूबू उस आकृति के पीछे-पीछे भागते हुए कहते जा रहे थे, 'अरी तू कौन है माँचो? बताती क्यों नहीं है? रुक जा-रुक जा...नहीं तो मैं पीछे से लाठी

मारूँगा तो तेरा सिर फूट जाएगा। रुक...रुक... अरी बाबड़ी कौन है तू?' लेकिन वह इस कदर भाग रही थी कि पधान बूबू की पहुँच से दूर होती जा रही थी। फिर बूबू ने अपनी लाठी भी फेंकी लेकिन जब तक बूबू लाठी का निशाना साधते वह निशाने से आगे सरक जाती। कहाँ वह जवान औरत और कहाँ पधान बूबू। वो तो प्रभु कृपा से अभी भी पधान बूबू की सभी इन्द्रियाँ ठीक-ठाक काम कर रही थीं लेकिन अब बूबू की नजरें कुछ कमजोर हो ही गयी थीं। दूसरी बात यह भी थी कि वह तो मरने जा रही थी, कहीं भी गिर कर मर जाए क्या बुरा है? लेकिन पधान बूबू तो उसे बचाने जा रहे थे तो इसलिए भी बचते-बचाते जा रहे थे।

रास्ते के सामने की पहाड़ी पर घनघोर बाँज का जंगल। चाँदनी की रोशनी भी सिर्फ बाँज के पत्तों के बीच से छनकर आ रही थी। आकाश में हल्के बादल। चन्द्रमा कभी बादलों की ओट हो जाता तो कभी एकदम से चमकता। ज्यों ही चन्द्रमा बादलों के घेरे से बाहर आता मधुली की इजा की धोती हवा में लहराती नजर आती। हवा के कारण बाँज के पेड़ भी हिल रहे थे, पेड़ों के हिलने से भी चन्द्रमा की रोशनी स्थिर नहीं थी। उस पगडंडीनुमा रास्ते पर यह रोशनी का नजारा—शायद ही कोई कल्पना कर सकता है। लेकिन यहाँ इस रोशनी की कल्पना नहीं, मधुली की इजा का दुख कल्पना से बाहर था—जो एक भोर में, एक जीवन, साँझ की तरफ जा रहा था। दुनिया के लिए भोर हो रही थी, वह जीवन की काली रात तलाश रही थी। एक भोर और एक सन्ध्या। एक जीवन के पीछे मृत्यु, एक मृत्यु के पीछे जीवन। बादलों का चन्द्रमा को ढँकना-उघाड़ना। भोरगाड़ से गिरते पानी का कल-कल छल-छल निनाद। एक घर में दो मासूम बच्चों का आर्तनाद। एक नराधम का प्रलय हाहाकार। एक मनुष्य एक मनुष्य को लीलता। एक मनुष्य एक मनुष्य को बचाता। एक अपने लिए भी जीवन की घोर निराशा में। एक के दिल में औरों के लिए भी आशा। किसी का मन क्रूर निष्ठुर, किसी का मन मोम की तरह पिघलता। कहीं सरसता, कहीं विरलता। अविरल में विरल। सुबह की पहाड़ी पक्षी छितरिया और मुर्गे का बाँगना। ध्रुव तारे का पहाड़ी से सरकना। सब अविरल। एक जीवन दूर जाता।

अब भोरगाड़ का गधेरा एकदम पास ही आ गया था, गाड़ के किनारे-किनारे जहाँ पर रौ (अधिक पानी का जमावड़ा) था मधुली की इजा उसी ओर भाग रही थी। रौ में डूबने के बाद किसी को न दिखाई दे ताकि सनद न रहे।

ज्यों किनारे से मधुली की इजा ने छलाँग भरने की कोशिश की, पधान बूबू ने उससे पहले ही ठीक उसके मुँह के आगे अपनी लाठी फेंकी। वह एक क्षण के लिए ठिठकी। इतने में ही पधान बूबू के हाथ में उसका धोती का चिथड़ा आ गया।

पधान बूबू ने मोर्चा सँभाल लिया और मधुली की इजा को कसकर पकड़ लिया। काफी देर तक वह छटपटाती रही। उसे अपने कपड़ों की तो क्या, उसे किसने पकड़ रखा है—यही होश नहीं। यही जद्दोजहद काफी देर तक चली। पधान बूबू ने फिर कड़कते हुए, 'अरी बावड़ी तुझे क्या हो गया है, होश में आ माँचो।' इस समय उसके लिए पधान बूबू का कोई महत्त्व नहीं था। जबकि आज तक पधान बूबू के सामने अपने सिर का धोती का चाल नीचे नहीं गिरने दिया था। उसके बारे में पधान बूबू ही गाँववालों को कहते थे, 'पिरमा की घरवाली जैसी खानदानी औरत मैंने आज तक कोई देखी ही नहीं। बेचारी की गरीबी की हालत ठहरी, एक दिन नहाकर धोती धो दी होगी, अब दूसरी धोती बेचारी के पास होगी नहीं। मैं उसी के घर के रास्ते से पार तिलुवा के आफर जा रहा था, बेचारी की नजर जैसे ही मुझ पर पड़ी तो सिर में पापड़ का पत्ता रख लिया। तब भी बेचारी ने सिर नंगा नहीं किया।' मगर उसे यह भी होश नहीं था कि उसके पूरे शरीर में एक भी वस्त्र है या नहीं। उसकी लाज इतने बूढ़े पधान बूबू के सामने बची भी है या नहीं।

अब उस लाज को बचाकर करना भी क्या था, जिसका तार-तार तो बिक चुका था। ऐसा नहीं होता तो फिर मरने ही क्यों जाती। फिर पधान बूबू ने दीवार के सहारे उसे दबाकर उसके गाल पर दो थप्पड़ मारे—'क्या गाँव में कोई आदमी नहीं रहता, जो इस तरह से मरने जा रही है। अरी तू तो मर जाएगी, जिनको तू इस समय घर में छोड़ आयी तुझे उनकी भी सुध नहीं। तू कैसी माँ है!' उसका वही विकराल रूप। सिर के बालों को फैलाती—'हाँ-हाँ मुझे किसी की जरूरत नहीं है। अब मेरे लिए रह की क्या गया है। मैं जी करके क्या करूँगी! जब मैं जीने के लायक रह ही नहीं गयी, तो जिन्दा लाश को ढोकर क्या करूँगी?'

पधान बूबू ने उसे धीरे-धीरे शान्त किया, फिर आराम से समझाया, 'पगली जरा सोच, पिरमा मर गया, तू भी मर जाएगी। अरे जरा ये तो सोच भगवान ने मुँहमाँगे जैसे तुझे दो बच्चे दे रखे हैं, उनको ऐसे छोड़ जाएगी तो कल को उनकी क्या गत होगी। तूने अपनी गत तो देख ही ली है। क्या उनकी भी ऐसी ही गत करना चाहती है। जीवन में दुख-सुख तो लगा ही रहता है। मुझे देख रही है, मैं सातों को गाड़ (श्मशान) पहुँचाकर, इतने साल से पधानी (उनकी पत्नी) की सेवा कर रहा हूँ। मैं तो सेवा ही कर रहा हूँ, वो तो जीते ही नरक भोग रही है। इतने साल से बिस्तरे में ही टट्टी-पेशाब कर रही है। कौन क्या कर सकता है। ये दुख तो अपने-अपने भाग का होता है। जिसके भाग में जो लिखा हो, उसे ही भोगना होता है!'

पधान बूबू समझाते जा रहे थे। वह जिन्दा लाश की तरह नीचे बैठ गयी और दोनों हाथों से अपने उरोजों को ढककर, सिर भी घुटनों के बीच कर लिया। सिसकती

जा रही थी। पधान बूबू—'चल अब घर चल' कहते हुए उसका हाथ पकड़ रहे थे। शायद अब उसे अपनी नग्नता का आभास होने लग गया था। पार गाँव से मुर्गे की बाँग, छितरिए का बोलना। सामने ही पेड़ से एक पक्षी 'जूहो-जूहो' की उदास धुन लगा रहा था। पता नहीं इतनी सुबह भी वह कोई और राग क्यों नहीं आलाप रहा। पहाड़ी किस्सों के अनुसार उसकी भी इसी तरह अल्प मृत्यु हुई थी। पक्षी योनि में आने पर भी उसके दिल में वही दुख दर्द रहा। इस तरह के पहाड़ी पक्षियों के अनेक किस्से ही किस्से हैं। कोई एक पक्षी 'काफों पाको मिल नि चाखो' तो कोई 'तिसमोली तीस तीस', कोई 'होट-होट' कोई 'पुर पुतई पुरै-एर, कोई 'के करूँ पुता उतुकै उतुक', कोई 'मैं सितै भै भूखै', कोई 'को देलो, के खालो', कोई 'मोतिया रौ-रौ', कोई 'तुम को को छा, कोई 'उठ किरती दे सुरती', तो कोई 'गोपुली ठाण उठ', कोई 'होर-होर'। यह सब तो कोई खगभाषी ही जान सकता है लेकिन इससे इनके लोक विश्वासों के अतिरिक्त पारिवारिक सम्बन्धों पर भी पर्याप्त प्रकाश पड़ता है। पक्षी सम्बन्धी करुण कथाएँ अपनी पृष्ठभूमि के अनुरूप कल्पित की गयी हैं। दुखी लोगों को लगता है कि ये पक्षी भी हमारे दुख-दर्द में शामिल हैं। हमारे दुख इतने बड़े हैं कि मरने के बाद पक्षी योनि मिलने पर भी उन दुखों से हमारा छुटकारा नहीं होता है।

अब पधान ज्यू ने कहा, 'आ बाबू आ-आ। चल, मैं आगे से चलता हूँ, तू मेरे पीछे से आ।' वे समझ गये थे कि अब मधुली की इजा होश में है और वह अपनी नग्नता के भय से उठ नहीं रही है। टूटे कदमों से मधुली की इजा पधान बूबू के पीछे-पीछे आते हुए जमाने भर को लानत भेजने लगी—'आज लानत भेजती हूँ उस सरकार-दरबार को, लानत भेजती हूँ पटवारी पेशकार को। लानत भेजती हूँ गाँव के तिलुवा लोहार, दनुवा सुनार को, लानत भेजती हूँ झुलसैन डकार को। लानत भेजती हूँ झंडीधार से लेकर बिरखाम की धार को। लानत भेजती हूँ तिमिल, बेडू, हस्यालू-किल्मोड़, आडू, घिघारू को। लानत भेजती हूँ काफल, करौंज, सिसौड़, भिल्मौड़ को। आज लानत भेजती हूँ तमैन, पितवैन, किहड़ैन, मडमड़ैन, लोहरैन, हनतरैन को। आज लानत भेजती हूँ पिरैन, गोबरैन, चमड़ैन, गगैन, सुनैन, गुहैन, चुरैन, फुसैन, पिरपिरैन को। आज लानत भेजती हूँ गहत के डूबकों, भट्ट के राजड़, मांस के चैस, लोकी, मूली, मास, रैस गहत की बड़ियों को। लानत भेजती हूँ, बुड़ा-बाड़ी, नाना-तिना, चेली-ब्यारी, ज्वान मैस को। लानत भेजती हूँ गाँव की रधुली, सदुली, पदुली, मधुली, बिमुली, हिमुली की दराती को। लानत भेजती हूँ टिकुवा, रिकुवा, कमुवा, दनुवा, पनुवा की कुल्हाड़ी को। आज लानत भेजती हूँ, भोरगाड़ की गाड़ को, बिखराम की धार को। आज लानत भेजती हूँ डुमनौल, चुपडौल को। लानत भेजती हूँ गाड़, गधेरी के सुसाट-भुभाट

को। आज लानत भेजती हूँ फरफरानी पौन को। आज लानत भेजती हूँ जेठ-बैसाख के उमाव को। आज लानत भेजती हूँ गोपी पाणे के पंचांग को। लानत भेजती हूँ मैती-सरासी, नरसिंह, भूमिया, कत्यूर, ग्वेल देवता को। आज लानत भेजती हूँ उच्याणी-परखड़ी, नर-नारायण, जगरिया डंगरिया, पुछारियों को। आज लानत भेजती हूँ दराती, कुदाली, पन्यारी, घस्यारी गाँव की देवी, उजाली अन्यारी को। आज लानत भेजती हूँ, पॉठ, बाकर, लॉख, बोकिया, बहौड़ बल्द रमुवा कॉटो को। आज लानत भेजती हूँ शौंश, शौल, स्याव, बिराऊ ललुवा कुकुर को। आज लानत भेजती हूँ घिनौड़ी, घुघुती, सिटौली, कटकोरी, तितिरी छितरी को। आज लानत भेजती हूँ, तल गोठ, मलगोठ, तल भतेर, मलभतेर, भैंस बादड़ी छानी को। आज लानत भेजती हूँ, दीदी, भूली, कका-काखी, जेठी-जिरबाबू, दादि-बोजी, भाई, बैणी, गौं की पधानी को। आज लानत भेजती हूँ दर्जी रूपुवा और बाव काटणी धनुवा नाई को।'

पधान बूबू चनिया की इजा को लेकर घर आये। अँगीठी में आग जलायी—'चल माँचो मर गयी है, जरा हाथ-पैर सेंक।' कहते हुए बूबू ने वहीं अँगीठी में आग जलायी और एक केतली में चाय का पानी भी चढ़ा दिया। बूबू और मधुली की इजा आग सेंकते रहे। मधुली की इजा ने पधान बूबू को यह तो बताया कि उसे पटवारी रोज-रोज तंग कर रहा है। लेकिन जो असली तंगी का कारण था, इतना सब होने पर भी वह अपने पिता समान पधान बूबू को कैसे बता पाती? अब बाहर उजाला अच्छी तरह हो गया था। बूबू ने कहा, 'चल माँचो, आज मैं जाता हूँ, वो साले पटवारी को कहता हूँ, तू इस बेचारी को क्यों डरा-धमका रहा है।' इतना-सा आश्वासन लेकर मधुली की इजा पधान बूबू के घर से अपने घर की ओर टूटे कदमों से चल पड़ी। पधान बूबू के घर से मधुली की इजा का घर करीब आधे मील की दूरी पर ऊपर की ओर है।

घर पहुँचने पर देखा कि पटवारी तब तक गायब था। मलभतेर के कमरे से दोनों बच्चों के रोने चिल्लाने की आवाज आ रही थी, जिन्हें रात में बन्द किया गया था और जो रात को रोते-रोते सो गये थे। अब फिर जागकर अन्दर से दरवाजा भड़भड़ा रहे हैं—'इजा-इजा-ओ इजा तू कहाँ है? हमें बाहर आने दे। हम आज से कुछ नहीं करेंगे।'

वह क्या जवाब दे? कौन क्या करके चला गया है... तुम्हारी माँ का सब बिक गया है।

सात

दूसरे दिन पधान बूबू टटियाखाल पटवारी के डेरे में गये। उन्होंने पटवारी से कहा, 'यार पटवारी ज्यू, तुम उस औरत पर ऐसा अत्याचार कर रहे हो!' अब पिरमा तो शुरू से ऐसा ही ठहरा अतरिया-चरसिया। वैसे भी मर नहीं गया, तर गया। वो बेचारी तो निरा गऊ ठहरी यार। शादी के दिन से लेकर आज तक बेचारी के किसी ने मुँह के दाँत नहीं देखे। खुद मरखप के, लोगों का बौलबुत (मेहनत-मजदूरी) करके अपने दो बच्चों को पाल रही है। पिरमा ने तो कभी एक धेला नहीं कमाया। साला मरा भी ऐसा कि मरने के बाद भी बेचारी के लिए जंजाल छोड़ गया। पर महाराज, तुम तो उस बेचारी पर दया करो। वो ऐसी औरत होती तो मैं तुमसे खुद ही कहता!'

पटवारी ने नजाकत को समझते हुए अपना पासा पलट दिया। कहने लगा, 'महाराज अब मैं आपसे क्या कहूँ..., उस औरत के क्या लक्षण हैं, तुम्हें क्या बताऊँ। महाबदजात औरत है। आप ठहरे सीधे-सादे खानदानी आदमी। उसकी बात कहाँ कर रहे हैं। पहले मैंने भी समझा कि बेचारी गरीब है। चलो कोट-कचहरी जाने से यहीं मामला सुलटा लेते हैं। मैंने बाद में उससे पूछा कि यार पिरमा कैसे गिरा? अब महाराज आपको क्या बताऊँ, उसने क्या-क्या कहा। वह तो गाँव के सीधे-सादे बेचारे तिलासिंह-टिकासिंह और सरपसिंह को फँसा रही ठहरी कि इन्होंने मार दिया। अब जरा सोचो भी क्या पिरमा को आप मारेंगे? आपने तो जब भी की ठहरी मदद ही की ठहरी। अभी, कर रहे हैं। अब कैसे कहूँ, वह तो आप पर भी क्या क्या आरोप लगा रही ठहरी। महाराज वह तो आपको भी चिलना की ठाड़ी (चढ़ाई) दिखाने में लगी हुई है।

अब पधान ज्यू हमारा हुआ पुलिसिया महकमा। मैंने तो उसके घर पानी भी नहीं पिया। जब लोगों ने बताया कि वो पधान ज्यू को फँसा रही है। मैं शरम के मारे आपके पास भी नहीं आया। उससे पूछा तो दिन में सबके सामने शेर बन जाने वाली हुई। इसलिए कल मैंने सोचा कि चलो शाम को पूछ लूँगा। अब रात तक कितना ही

पूछा कि भइया बता दे, मुझे भी टटियाखाल जाना है। कल तो मेरे साथ चपरासी भी नहीं ठहरा। अब हो महाराज, कुछ नहीं बताया। तब मैंने फिर रात में अकेले में पूछताछ की। उसके बाद जो बताया ऐसा अँधेर बोल रही ठहरी, अब आपको क्या बताऊँ। आपने क्या बुरा किया उसके लिए। उसके लिए ही क्या, सारे गाँव के लिए तो भगवान ठहरे आप। अब हम भी आपकी इज्जत करनेवाले ठहरे। पर अब तो पधान ज्यू, मेरे बस का भी नहीं रह गया। हम तो ठहरे नौकरीपेशा वाले आदमी, कल को हमारी ही नौकरी चली जाएगी।'

पधान ज्यू भी असमंजस में पड़ गये। लेकिन, उनका भीतरी मन गवाही नहीं दे रहा था। अब पधानचारी तो रही नहीं। पटवारी सरकारी आदमी ठहरा। फिर कानून भी उसके हाथ में ही। इतना ही पधान ज्यू कर सकते थे। पटवारी ने पासा उलटा उनके ही पाले में डाल दिया तो फिर कुछ कहने को शेष रह नहीं गया। पधान ज्यू को भी पटवारी की हाँ में हाँ मिलानी पड़ी। आते समय पटवारी से बोल आये, 'अब महाराज जैसा भी है, मैं क्या कह सकता हूँ, पर इसमें हमारी सबकी ही बदनामी ठहरी। मेरी इतनी उमर बीत गयी, कभी ऐसे कामों के लिए कोट-कचहरी नहीं गया। कोट-कचहरी का चक्कर तो नहीं ही करना। मैं घर जाकर उसको भी समझाऊँगा और आपसे भी प्रार्थना है, अब ये उसकी लाज नहीं हमारे गाँव की लाज है। खाली-मुली गाँव में सिसौड़-पाणी[1] लग जाएगा।

यह सिलसिला चलता रहा। पधान ज्यू ने घर आकर मधुली की इजा को भी कुछ नहीं कहा और न इसके बाद कभी मधुली की इजा ने ही पधान ज्यू से शिकायत की लेकिन पटवारी अब मुजरिम की तरह नहीं बल्कि ऐसे आने लगा जैसे कोई अपनी ही घरवाली के पास जा रहा हो। हर दूसरे-तीसरे दिन गाँव का चक्कर लगाकर रात के अँधेरे में वहीं घुस जाता। कभी जाने का मन नहीं हुआ तो चपरासी को भेजकर वहीं अपने डेरे टटियाखाल में ही बुला लेता। समय बीतता गया। पूरे गाँव में इसकी खुसर-पुसर शुरू हो गयी थी। पिरमा को मरे हुए महीनों बीत गये थे फिर पटवारी रोज-रोज यहाँ क्या करनेवाला ठहरा। क्या जो हुआ कैसा जो हुआ, क्या जो करनेवाला ठहरा। एक कान से दूसरे कान। पनहारी-घस्यारी जो भी हो एक दूसरे को आगे को बताती जा रही थी। लेकिन इस बात का खुलासा करने की किसी के भीतर हिम्मत नहीं थी कि पूछे कि आखिर माजरा क्या है।

इसी बीच नया-नया बना पत्रकार देवसिंह, जिसका इस गाँव में मुकोट (ननिहाल) है, अपने नाना-नानी को मिलने आया। वैसे तो इस गाँव में पत्रकार

---

1. पहाड़ी बिच्छू नामक घास को भिगोकर बनायी गयी झाड़ू।

कौन–से जानवर का नाम होता है किसी को भी मालूम नहीं था लेकिन इसी गाँव की एक चेली बैसपाणी में थोकदारों के वहाँ ब्याही गयी थी, उसका लड़का जो शुरू से लखनऊ में पढ़ता था और वहीं से ही उसने पत्रकारिता शुरू की और जब भी अपने घर आता तो अपने मुकोट अपने आमा–बूबू से मिलने अवश्य आता। पत्रकार क्या चीज होती है, यह समझना आम लोगों के लिए ही नहीं, पधान बूबू और पटवारी जैसे लोगों के लिए भी मुश्किल ही था। पटवारी ने भी शायद ही जीवन में कभी अखबार का पन्ना फड़फड़ाया हो। देवसिंह भी यहाँ जब भी आता वह किसी पत्रकार की हैसियत से न आकर बल्कि सिर्फ अपने आमा–बूबू से ही मिलने आता था। इससे पहले देविया ने भी कभी, चाहे किसी भी प्रकार की घटना हो अमल नहीं किया। इस बार पिरमा की मौत की सनसनी एक आम बात थी। वह घर भी नहीं पहुँचा था उससे पहले ही जालीखान मोटररोड में उसे जब टिकुवा मिला तो उसने सबसे पहली यही सूचना दी 'यार इस साल तो बेचारा पिरमा भी नहीं रहा।' देविया के सामने दो–चार घड़ियाली आँसू भी बहाये और इशारों–इशारों में मधुली की इजा की भी कुछ कहानी सुना दी कि कितनी बदचलन औरत है—कुछ इस तरह से, पटवारी के साथ फँस गयी है और अब कल को कोई बवाल उठ गया तो पता नहीं गाँव में किसका नाम लेगी।

हालाँकि देविया ने न ही पिरमा की मौत पर बहुत दुख जताया और न ही टिकुवा की बातों पर ज्यादा गौर किया। घर आकर रात का खाना खाने के बाद जब उसने अपनी आमा से गाँव के एक–एक परिवार के एक–एक आदमी की खबर पूछनी शुरू की तो उसकी आमा ने भी सबसे पहले पिरमा का ही हाल बताया। पिरमा की कहानी बताने में ही पूरी रात बीत गयी। बाकी गाँववालों की खबर कल के लिए शेष रख दी। देविया की आमा ने फुसफुसाते हुए उसको बताया, 'नाती, किसी को कहना मत, (जैसे कि उसके सिवा और किसी को कुछ मालूम ही नहीं है) ये पटवारी तो बेचारी पिरमा की घरवाली पर जुल्म कर रहा है। अब मैस तो मधुली की इजा पर लांछन लगा रहे हैं। पर वो बेचारी तो ऐसी कभी ठहरी ही नहीं। मर जाए ये पटवारी का, उसे रोज तंग कर रहा है।' देविया की आमा ने उसे पूरा घटनाचक्र विस्तार से बताया।

खैर, रात को तो देविया क्या करता लेकिन दूसरे दिन वह अपनी आमा को यह कहकर गया कि जरा टटियाखाल तक घूम आता हूँ। देविया के साथ टटियाखाल जाते हुए गाँव के दो तीन हमउम्र लड़के भी साथ हो लिये कि चलो आज देविया की ही चहा पीएँगे। उन लड़कों से देविया ने पिरमा की मौत की बात छेड़ी तो उन्होंने पूरा घटनाचक्र खुले शब्दों में बताते हुए पटवारी के अत्याचारों के बारे में भी बताया कि ये साला गाँव में किस तरह से लोगों को तंग कर रहा है। देविया ने टटियाखाल

जाकर दुकान में लोगों को चहा-पाणी पिलाया। इसी बीच पटवारी भी वहीं पर आ धमका। देविया ने पटवारी से दुआ-सलाम की और पटवारी को भी चहा पिलायी। उसके बाद देविया ने पटवारी से धीरे से कहा, 'यार बाबसैप, जरा आपसे अकेले में बात करनी थी।' पटवारी ने 'हाँ-हाँ चलो-चलो' कहकर अपने कमरे में ले गया।

देविया ने जब इस सम्बन्ध में पटवारी से पूछा तो उसने वही पधान ज्यू वाला फार्मूला अपनाया। इस पर देविया ने पटवारी को थोड़ा कसना शुरू किया। अगर जब ऐसा हुआ तो आपको सबसे पहले पिरमा का पोस्टमार्टम करवाना चाहिए था। इस पर पटवारी ने तर्क दिया, अब महाराज बात तो आपकी सही ठहरी पर मैंने सोचा कि खालीमुली पूरा गाँव परेशान हो जाएगा और कौन इतनी दूर उसे ले जाएगा। रानीखेत ले जाने तक तो लाश भी सड़ जाती।'

पटवारी से काफी तर्क-वितर्क करने के बावजूद, पटवारी देविया को भी एक आम आदमी की तरह, जैसे वह आज तक पूरे इलाके को डराता आया था डराने लगा। फिर देविया ने अपना परिचय दिया तो पटवारी ने कहा, हम पत्रकार-हत्रकार किसी को नहीं जानते। तुम्हारे बस का जो है सो करो!' खैर, देविया ने इससे ज्यादा पटवारी से कुछ कहना ठीक नहीं समझा। वह घर को लौट आया। दूसरे दिन पधान बूबू के पास गया और इस बारे में उनसे भी बातचीत की तो बूबू ने वही बात कही, 'यार गया तो एक दिन मैं भी पटवारी के पास, पर साला उल्टा-पुल्टा कह रहा ठहरा। अब मैं इस बुढ़ापे में कहीं ज्यादा आ-जा सकता हूँ नहीं। मैंने कहा साला खाली कोट-कचहरी के चक्कर लगवा देगा। अब वो बेचारी खुद ही खाने को मर रही है, ये सब खर्चा कहाँ से उठाएगी करके चुप हो गया।' देविया ने बूबू से कहा, 'बूबू मैं परसों वापस जा रहा हूँ और जाते समय मैं रानीखेत एस.डी.एम. के पास जाऊँगा, उससे कहूँगा। वो जब वहाँ से इन्क्वायरी करवाएगा तो इस पटवारी के होश अपने आप ठिकाने लग जाएँगे। पर बूबू, मैं तो रोज-रोज आ सकने वाला नहीं हुआ, कोई गवाही-ववाही की जरूरत पड़ेगी तो आप जरूर करवा देना।' बूबू ने कहा, 'ऐसा तो मैं कर ही दूँगा, पर ऐसा भी मत करना कि पूरे गाँव को सिसौड़-पाणी लग जाए और सारा गाँव बँध जाए।'

खैर, देविया लखनऊ को जाते समय एक दिन रानीखेत में ही रुका और एस.डी.एम. से समय माँगा। एस.डी.एम. भी उधर ही गोरखपुर की तरफ का था। जहाँ कभी अखबार की चर्चा ही नहीं हो वहाँ एस.डी.एम. को भी एक पत्रकार को मिलते हुए काफी खुशी हुई। उसने देविया को अपने घर पर ही बुलाया। दोनों में परिचय हुआ। एस.डी.एम. भी आई.ए.एस. था और साहित्य की अच्छी समझ रखता था काफी बातचीत हुई। रात का खाना भी उसी के घर में हुआ। उसके बाद देविया

ने इस घटना की खबर एस.डी.एम. को दी तो एस.डी.एम. ने दूसरे दिन ही एक तहसीलदार, एक पेशकार और दो पटवारी सीधे टटियाखाल के लिए रवाना कर दिये। बगैर पूछे ही सीधे पटवारी को गिरफ्तार कर रानीखेत लाने को कहा और दो पेशकारों से इस बात की पूरी छानबीन करने को कहा।

छानबीन के बाद गाँव के डरपोक लोग तो कोई सामने नहीं आये। लेकिन सिर्फ पधान बूबू ने जरूर कहा, 'भइया मेरे, ये लोक तो बिगड़ ही गया है... अब मैं अपना परलोक भी नहीं बिगाड़ना चाहता। ये पटवारी मधुली की इजा पर जो लांछन लगा रहा है वो बिल्कुल निराधार है। मैंने तो पहले ही कहा पर मेरी एक नहीं सुनी।' फिर कोट में पेशगी हुई। पेशगी के लिए कोट में सिर्फ मधुली की इजा और पधान बूबू ही गये। कोट में जब धोती के चाल से ढका हुआ अधखुला मधुली की इजा का चेहरा एस.डी.एम. ने देखा तो वह कुछ पूछ ही नहीं पाया। अगर कुछ पूछता तो भी मधुली की इजा कहाँ बता पाती। एस.डी.एम. ने पटवारी के ऊपर कई धाराएँ लगाकर उसे आजीवन कारावास दिया और मधुली की इजा को पचास रुपये मुआवजा भी दिलवाया। साथ ही पिरमा को धोखाधड़ी से मारने के जुर्म में सरपुवा, टिकुवा और तिलुवा को सात-सात साल की जेल की सजा सुनायी।

पूरे जीवन में अगर मधुली की इजा को कहीं इन्साफ मिला तो सिर्फ इतना ही, बाकी पूरी जिन्दगी नाइन्साफी में ही गुजारी। अगर कोई एक और इन्साफ उसके साथ परमात्मा ने किया तो तोहफे में सिर्फ एक साल में दो बच्चे, जिनकी खातिर वह यह सब करने को बेबस थी।

आठ

आज मधुली की इजा को एक बार फिर भगवान के इस इन्साफ से भी भयंकर डर लग रहा है क्योंकि हर इन्साफ उसके लिए आखिरकार श्राप ही साबित होता है। अपने हृदय के टुकड़े को जिसे कभी एक क्षण के लिए भी अपने से अलग नहीं करती थी उसको अपने से अलग किया है। भेज तो दिया पर मन में अभी से लाखों आशंकाएँ। इससे पहले चनिया कभी मोटर में भी नहीं बैठा था। और मधुली की इजा ने तो मोटर ही तब देखी जब वह कोर्ट की तारीख में रानीखेत गयी थी। उसने सुना जरूर था मोटर भी गिर जाती है बल, और कोई नहीं बचता है। बात है सही, पहाड़ों में जब भी कभी ऐसा हादसा होता है तो शायद ही कोई बचता है। खैर, जहाँ बिछुड़ने का गम था वहीं उसके जीवन-पथ पर अग्रसर होने की खुशी भी। शायद अब उसके दिन भी पलट जाएँ। चनिया भर्ती हो जाए। हर महीने मनीऑर्डर पर मनीऑर्डर। देख तो रही है धरमसिंह की घरवाली के क्या ठाठ हो रहे हैं। चनिया भर्ती हो गया तो उनका भी कौन-सा बड़ा परिवार है। दो माँ-बेटी तो कुल। बेटी की शादी हो जाएगी तो बहू आ जाएगी। फिर भी दो सास-बहू। पता नहीं क्या-क्या सपने पिरोते-बुनते चली आ रही है। जालीखान से घर की ओर। लेकिन बीच-बीच में से पीछे मुड़कर देखना भी नहीं भूल रही है। जैसे चनिया पीछे से 'ओ इजा-ओ इजा' करके बस अभी उसका धोती का ठोक (पल्ला)पकड़ ले।

चनिया की इजा ने पीछे मुड़ते हुए कहा, 'भूलू, अब तो मोटर घिंघारीखाल चली गयी होगी!' धरमसिंह की घरवाली ने कहा, 'हाँ दीदी हाँ।' 'भूलू, मैं भी अपने काने करमों को लेकर कहाँ बैठ गयी। मेरा तो रोज का ऐसा ही रोना ठहरा। 'नहीं दीदी नहीं! इतने लम्बे आठ मील के रास्ते का पता ही नहीं चला। चलो जैसे भी हुआ आज आपकी मेहनत का फल आपको मिल ही गया। बस चनिया भर्ती हो जाए फिर अगली गर्मियों में चनिया और मधुली की शादी एक साथ कर दो। मधुली की करोगी तो फिर एक घूँट तुम्हें भी तो पानी देने वाला कोई चाहिए ही।' धरमसिंह की घरवाली ने मधुली की इजा का प्रसंग बदलने की कोशिश की।

अब तक धूप भी छा चुकी थी। यहाँ से चनिया की इजा के और धरम सिंह की घरवाली के घर को अलग-अलग रास्ते जाते हैं। चनिया की इजा ने धरमसिंह की घरवाली से कहा, 'भूलू, धरमसिंह ज्यू की चिट्ठी आएगी तो मुझे भी सुना जाना, चनिया की क्या खबर भेजते हैं।' धरमसिंह की घरवाली दर्जा पाँच तक पढ़ी थी। उसका मायका नीचे गेवाड़ की तरफ था। उसके मायकेवाले गेवाड़ की चार पट्टियों के थोकदार थे। उन्होंने लड़कों के साथ-साथ चार जमात इस लड़की को भी स्कूल भेजा था, इसी कारण शादी भी पलटन में सूबेदार धरमसिंह से हुई। इससे पहले तो मधुली की इजा का ऐसा मौका कभी आया नहीं कि कोई उसके लिए भी चिट्ठी-पत्री भेजता, मगर आज उसे भी यह आशा होने लगी है कि अब सबकी तरह उसकी भी चिट्ठी आएगी। धरमसिंह की घरवाली को उसी समय कह दिया, भूलू, पोस्टमैन को देखेगी तो पूछ लेना कोई चिट्ठी मेरी भी आयी है? आयेगी, तो तू पढ़ भी देगी और जरा चार आँखर चनिया को लिख भी देगी।' धरमसिंह की घरवाली ने हामी भरते हुए अपने घर की ओर रुख किया और चनिया की इजा, पीछे से धोती का छोर पकड़े मधुली ऊपर अपने घर की तरफ दोनों एक भीनी-भीनी उदासी लिए चल दिये।

घर पहुँचकर दोनों माँ-बेटी निढाल पसर गयीं। घर में कोई रौनक-उत्साह नहीं। मधुली तो जैसे बिना जान की जी रही हो। रात-दिन चनिया की ही बातें। दोनों माँ-बेटी उसकी यादों में ही उसके साथ रह रही हैं। कभी संस्मरणों का पुलिन्दा माँ बाँधती तो कभी बेटी। कभी यादों में खोयी माँ को बेटी जगाती तो कभी बेटी को माँ। कभी बेटी को माँ कहती, 'मधु इजू, कुछ तो खा ले' तो कभी बेटी कहती, 'इजा, अगर तूने ऐसा ही करना था तो फिर ददा को भेजा ही क्यों? क्या वो कहीं गया है। एक दिन तो घर से बाहर जाता ही। लड़की को एक दिन ससुराल और लड़के को एक दिन घर से बाहर जाना ही होता है!'

'तू ऐसे सलोक सास्तर अपने ही पास रख, बुढ़ियों की तरह पता नहीं कहाँ से सीख लेती है।' माँ बेटी को टोकती है। कभी-कभी माँ-बेटी के बीच एक हल्का-सा तनाव भी फिर उभर जाता, वह माँ-बेटी के कोई आपसी द्वन्द्व के कारण नहीं, चनिया के चले जाने का द्वन्द्व। माँ अपना गुस्सा बेटी पर उतारती है तो बेटी अपना गुस्सा माँ पर। कभी माँ कल्पनाओं की हजारों तस्वीरें खींचने लगती है तो बेटी उससे भी सौ गुना आगे चली जाती। रील की रील तैयार हो जाती, जैसे इस जीवन और दुनिया के खेवैया वही दो माँ-बेटी हैं। जैसा वे चाहेंगी सब वैसा ही होगा। फिर कभी माँ अपने पुराने सपनों में डूब जाती, आज तक भी बेड़ा पार ही हो रखा ठहरा, अब आज ये एक कल का चनिया घर से बाहर चला गया तो मेरा बेड़ा ही पार कर देगा।' माँ की उदासी को बेटी एक क्षण में पोंछ देती, 'तू तो इजा हद्द करती है, आज तक

तो ददा था ही छोटा, अब जैसे ही बड़ा हुआ कैसे चला गया फौज में भर्ती होने। बस गर्मी में घर आएगा तो फिर देखना।' बेटी पूरे नये घर का खाका खींच लेती है, चनिया के घर आने पर घर किस तरह सामान से भर जाएगा।

कभी दोनों माँ-बेटी में एक नया द्वन्द्व छिड़ जाता। माँ कहती, 'अगर चनिया भर्ती हो जाता है तो गर्मी की छुट्टी में जब घर आएगा तो तेरी शादी कर देंगे।' बेटी कहती, 'अच्छा बस यही रह गया ना, पहले ददा की शादी होगी घर में बोजी आएगी, तब मेरी होगी।' माँ कहती, 'उसकी तो जब होगी तब होगी, लड़का है। फौज में भर्ती हो जाएगा तो उसके लिए क्या कमी है, परेशानी तो तेरी है।' बेटी कहती, 'अच्छा जब तुझे मेरी इतना ही असज (परेशानी) थी तो मुझे पाला ही क्यों?' फिर माँ-बेटी उन्हीं सपनों में खो जातीं। दोनों सपनों ही सपनों में घर में शादी की धूमधाम, ढोल नगाड़े-तुरही की तू-तू महसूसतीं। माँ-बेटी एक-दूसरे का हाथ पकड़कर आज बेतहाशा नाच रही हैं। सबकी नजर उन्हीं पर है। चनिया घोड़ी में बैठा दूर देश का नहीं अपने घर का राजा लग रहा था। क्या पागल हो रही हैं दोनों माँ-बेटी। घर में बहू आ गयी है, दोनों माँ-बेटी उससे लिपट रहे हैं। मधुली तो एक पल को भी अपनी भाभी से दूर नहीं हटती। माँ नहीं डाँटती तो रात को भी भाभी के साथ ही सो जाती।

दोनों ही माँ-बेटी हल्की-हल्की मुस्कान में हँस रहे हैं। फिर एक दूसरे से पूछते हैं, 'इजा क्यों हँस रही है?' बेटी पूछती है। 'त्यर ख्वर' माँ बेटी को जवाब में कुछ नहीं कहती है। बेटी फिर कहती है, 'तू क्यों हँस रही है, मुझे सब पता है।' फिर माँ जैसे उसी विस्मृति में चली जाती है। हल्की-सी सिहरन-भीतर से काँप उठती है कि क्या सोच रही हूँ। उसके लिए ऐसा सोचना भी क्या पाप है? जो हकीकत में नहीं हुआ, उसके लिए क्या उसे सपने देखने का भी अधिकार नहीं? लेकिन हर सपना आज तक सच की बजाय झूठ ही साबित हुआ है इसीलिए शायद ये सारे सपने भी एक पल को उसे झूठा मानने को बाध्य कर रहे हैं।

सपनों में भोर, सपनों में साँझ ढली। कभी माँ तो कभी बेटी बोली। बस दोनों ही हमजोली। दूर परदेस से किसी की भीनी-भीनी गन्ध की लगाती रोली। किसी की याद में कभी पलकें बन्द तो कभी खोली। आएगा सन्देश जिसकी याद में दोनों बैठी। एक मन तरसे, एक मन बरसे। कभी आँख चमकी तो कभी सावन-भादों-सी बरसी। बिन तेरी याद सब सूना-सूना। एक मन आधा एक मन दूना। आँखों का तारा, जिससे है जीवन सारा।

पता नहीं क्या-क्या सोचती चली जाती हैं। फिर बेटी कहती है, 'इजा जैसी नराई (याद) हमको लग रही ठहरी क्या वैसे ही वहाँ दादा को भी लग रही होगी?' माँ कहती है, 'एक पागल तू भी ठहरी। इजू मेरा भौ (बच्चा) रो रहा होगा। तू तो यहाँ घर में बैठी है, तेरे साथ मैं हूँ। मेरे बिना एक रात को भी कहीं नहीं जाता था।

एक दिन मैंने ही उसे जबरदस्ती बारात में जाने को कह दिया, वहाँ भी रात भर रोता रहा। मैसों ने पूछा तो कहने लगा—'मुझे इजा की नराई लग रही है। जैसे कितने महीने हो गये होंगे। घर आया तो बस दो दिन तक रोता ही रहा, इजा, मैं आज से कहीं नहीं जाऊँगा। बस तू चाहे कुछ भी कर। मैं तेरे बिना एक मिनट भी नहीं रह सकता। और तू कह रही है क्या ददा को भी नराई लग रही होगी।'

ऐसे ही पाँच दिन बीत गये लेकिन छठे दिन सुबह नौ बजे ही मधुली की इजा को पोस्टमैन आता दिखाई दिया। मधुली की इजा उसकी तरफ भागी। उसने रास्ते में यह भी ध्यान नहीं दिया कि ठोकर लगकर उसके अँगूठे का नाखून ही उतर गया है। पोस्टमैन के पास पहुँच गयी। आज तक चिट्ठी तो आयी नहीं थी, लेकिन मधुली की इजा को अच्छी तरह से जानता जरूर था। मधुली की इजा के पोस्टमैन के पास पहुँचते ही वह खुद ही बोल उठा, 'ओ हो हो मैं आ ही रहा था तुम्हारे घर, तुम्हारी चिट्ठी देने, चलो अच्छा हुआ तुम ही आ गयी। तुम्हारी चिट्ठी इससे पहले तो कभी आयी नहीं। आज ये चौबटिया से किसने भेज दी? एक चिट्ठी वहीं से धरमसिंह सूबेदार साहब ने भी भेजी है। खैर, उनकी तो रोज ही चिट्ठी भी, मनीऑर्डर भी आने ही वाले ठहरे।'

पोस्टमैन ने जैसे ही मधुली की इजा को चिट्ठी पकड़ायी, चिट्ठी देखते ही वह पगलायी। पगलायी हुई बेतहाशा भागती नीचे अपने घर आयी। घर जाकर बेटी से लिपट गयी। तेरे भाई की चिट्ठी आयी। ऐसी बहार पहले कभी नहीं आयी। बाहर से दो फूल तोड़कर लायी। एक नये पैसे के साथ मन्दिर में भेंट चढ़ायी। बेटी बार-बार 'ओ इजा, ओ मेरी माई' कहती गयी। चिट्ठी को ऐसे हवा में उड़ाने लगी जैसे स्वर्ग से कोई परी आयी। उनकी ही नहीं सारी दुनिया की चिट्ठी आयी। जैसे चिट्ठी के ही भीतर हो उसका भाई। चिट्ठी पर चुम्बनों की झड़ी लगायी। घंटों तक दोनों माँ-बेटी पगलायी। फिर जब सुध आयी, बेटी ने कहा, 'इजा क्या चिट्ठी पोस्टमैन से पढ़वायी? क्या उसने तुझे खोल के दिखाई? तूने पूछा उनसे, कैसा है मेरा भाई? अब माँ को भी थोड़ी अकल आयी। चिट्ठी कहाँ पढ़वायी, उन्होंने मेरे हाथ में रखी तो मैं पागलों की तरह घर को भाग आयी। फिर माँ ने चिट्ठी हाथ में लेकर उसके ऊपर आँसुओं की झड़ी लगायी।

मधुली स्कूल गयी तो थी दूसरी जमात तक पर चिट्ठी पढ़ना नहीं सीख पायी। माँ ने बाहर खड़ी होकर नीचे को धात (आवाज) लगायी। 'ओ भूलू-ओ भूलू चनिया की और धरमसिंह ज्यू की चिट्ठी आयी।' नहीं सुनने पर फिर बेटी ने आवाज लगायी। काखी ओ काखी, कका की चिट्ठी आयी। आज तो तुम्हारे साथ हमारी भी आयी। काखी ने भी नीचे से 'हो...ओ...' कहते हुई आवाज लगायी, 'अच्छा-अच्छा मैं अभी आयी।' काखी के चेहरे पर भी मुस्कान छायी। चिट्ठियों के सहारे ही तो उसने भी

अपनी पूरी जवानी बितायी। हवा में उड़ती एक क्षण में उनके घर आयी। धरमसिंह की बाद में पहले चनिया की चिट्ठी दिखाई।

धरमसिंह की घरवाली चिट्ठी खोलने लगी तो माँ-बेटी सिकुड़कर अपने दोनों हाथों से अपने उरोजों को दबाये इस तरह बैठ गयीं जैसे कि 'जिमी पावे पारसमणी रंका।' गोंद से चिपकी चिट्ठी जल्दी नहीं खुल पाने के कारण धरमसिंह की घरवाली जब उसे एक कोने से फाड़ने लगी तो चनिया की इजा बोलने लगी, 'ओ भूलू, जरा माठू-माठू फाड़, कहीं चिट्ठी भी न फट जाए।' चिट्ठी खोलने पर दोनों माँ-बेटी धरमसिंह की घरवाली के दोनों कन्धों पर इस तरह झुक गये कि चिट्ठी नहीं उसके ब्लाउज के भीतर कुछ देख रही हों। 'पढ़-पढ़ भूलू पढ़, जल्दी-जल्दी सुना।'

धरमसिंह की घरवाली ने चिट्ठी पढ़नी शुरू की—'पूज्यनीय इजा के पाँव छूकर चनिया की पायलागी! छोटी बैणी मधुली को भूकी (चुम्बन) लेकर बहुत-बहुत प्यार! इजा, मैं कका के साथ बहुत दूर पहुँच गया हूँ। जैसा ही हमारा गाँव है वैसा ही यहाँ भी है बल्कि हमारे गाँव से भी यहाँ ज्यादा ठंड हो रही है। यहाँ सारे सिपाही ही सिपाही रहते हैं। कका कह रहे हैं—परसों को भर्ती खुल रही है, मैंने बड़े साहब से बात कर ली है। परसों को तू भी भर्ती हो जाएगा। इजा, मुझे तुम्हारी भौत नराई लग रही है। कल तो मैंने खाना भी नहीं खाया। चाय, दूध, अंडा खाना सब कका को मुफ्त में मिलता है। इजा, तुम अपना ध्यान रखना। नीचे की काखी से चिट्ठी लिखवाकर जरूर भेजना। काखी तो कका के लिए चिट्ठी भेजेगी ही, उसी में तुम भी लिखवा माँगना। अभी तो मेरा अलग से पता भी नहीं ठहरा। कका को सब जाननेवाले भी ठहरे। इजा मैं रोज एक चिट्ठी भेजूँगा। वैसे कका कह रहे थे—हमारे घर की तरह यहाँ भी पोस्ट ऑफिस बहुत दूर है। तेरा चनिया एक बार फिर इजा और बैणी को बहुत-बहुत प्यार। तुम्हारा चनिया।

दोनों माँ-बेटी इतनी पगला गयी थी कि चिट्ठी सुनकर भी उनके कानों से पार चली गयी। चनिया की इजा ने कहा, 'ओ भूलू जरा एक बार फिर से तो सुना मैंने तो कुछ सुना ही नहीं।' धरमसिंह की घरवाली ने एक बार फिर सुनाई। लेकिन दोनों माँ-बेटियों को फिर तसल्ली नहीं हुई। अगर धरमसिंह की घरवाली की भी चिट्ठी नहीं आयी होती तो शायद वे एक बार फिर सुनाने को बोलतीं। इस पर मधुली ने दुख जताया, 'इजा तूने उस समय मुझे स्कूल भेज दिया होता तो आज मैं ददा की चिट्ठी तुझे कई बार सुना देती।' इस पर माँ ने भी दुख जताया। फिर धरमसिंह की घरवाली अपनी चिट्ठी पढ़ने लगी। वे दो, माँ-बेटी, उस पत्र को उलट-पलटकर इस तरह देख रहीं थीं कि जैसे कोई खुफिया पुलिसवाला उस पत्र में कुछ ढूँढ़ रहा हो साफ-साफ न दिखाई दे रहा हो।

फिर मधुली की इजा ने कहा, 'भूलू चनिया ने तो कुछ लिखा ही नहीं, क्या धरमसिंह ज्यू ने चनिया के बारे में कुछ लिखा है?' 'हाँ दीदी हाँ, उन्होंने भी चनिया के बारे में लिखा है। अभी तो वे वहाँ पहुँचे ही ठहरे। लिखा है—कल पहुँचते ही कम्पनी कमांडर से बात हो गयी है। परसों को भर्ती है, उस दिन चनिया को भर्ती कर देंगे। और चनिया को वहाँ भौत अच्छा लग रहा है। वहाँ भी तो हमारा गाँव जैसा ही ठहरा। बल्कि परसों जब वो घर आये थे, कह रहे थे—बब्बा हो वहाँ तो ठंड से मर जाने वाले हुए।' चनिया की इजा बोली, 'ओ भूलू, तू भी कहेगी ये दीदी भी हद्द कर रही है पर यार एक बार जरा और सुना दे।' मधुली भी फिर काखी के ऊपर झुक गयी, 'हाँ काखी हाँ, एक बार और सुना दो।' फिर अगली बार ददा की चिट्ठी आने तक मैं खुद ही पढ़ूँगी।' माँ ने कहा, 'बस अब जैसे भो (कल) से ये फस्ट पास हो जाएगी।' 'हाँ-हाँ तू क्या कह रही है, मैं कल से रोज सुबे काखी के पास पढ़ने जाऊँगी, कुछ भी नहीं तो काखी मुझे ददा की चिट्ठी तो पढ़ना ही सिखा देगी। यही चिट्ठी पढ़ लूँगी।'

खैर, धरमसिंह की घरवाली ने कुछ खीझते-कुछ झेंपते एक बार फिर पढ़ी। उन दो माँ-बेटी की समझ में आया या नहीं लेकिन धरमसिंह की घरवाली को अब चार लाइन की चिट्ठी पूरी ही मौखिक याद हो चुकी थी। उसने धड़ाधड़ पूरी चिट्ठी मौखिक ही सुना दी। 'ओ भूलू, तू मैकैं टोकली (तेरी बलैया लूँगी)' कहते हुए मधुली की इजा ने चनिया की चिट्ठी अपने हाथ में ले ली। एक नजर फिर मारकर उसकी तह इस प्रकार की कि इससे बड़ी विरासत उनके पास कुछ और हो ही नहीं। वैसे सच भी था मधुली की इजा के जीवन में यह पहला पत्र था। उसके लिए यह एक विरासत, एक धरोहर से कहीं कम नहीं था।

धरमसिंह की घरवाली नीचे की तरफ अपने घर को चली गयी। दोनों माँ-बेटी उस धरोहर, उस विरासत को लेकर अन्दर की तरफ इस तरह बढ़ी कि जैसे वह कोई बहुत भारी बोझ हो जिसे दोनों माँ-बेटी उठा नहीं पा रही हों। गर्व से उनके पाँव उठ नहीं रहे थे। मन के भीतर इतना गर्व, इतनी खुशी इससे पहले कभी नहीं पैदा हुई। अन्दर चाख में फिर से दोनों माँ-बेटी बैठ गयीं चिट्ठी उलट-पलट कर देखने लगीं। फिर मधुली की इजा ने मधुली से कहा, 'मधुली जा वो अन्दर से पिटार ले आ!' मधुली भागते हुए अन्दर गयी और पिटार ले आयी। फिर पिटार को पिटार से भी ज्यादा गन्दे कपड़े से साफ किया। दो-तीन बिल्कुल गन्दे कपड़ों की तह लगायी और उसके बीच में पत्र को चार बार मोड़कर बीचो-बीच रखा। फिर बाहर से चार कपड़े लपेटे और एक डोरी बाँध दी। दोनों माँ-बेटियों ने उस छोटे पिटार को भकार (अनाज रखनेवाला लकड़ी का बड़ा पिटार) में रख दिया। माँ ने बेटी को हिदायत दी, देख

मधु, तू आज से इस भकार को बिल्कुल मत खोलना!' बेटी ने इजा की हाँ में हाँ मिलायी, 'इजा क्या मुझे खबर नहीं है इसमें ददा की चिट्ठी है।'

चिट्ठी भकार में रख देने के बाद जब मधुली बाहर आयी, तब भी माँ-बेटी का मन बार-बार यही करता रहा कि एक बार फिर भकार खोलकर चिट्ठी देख लें लेकिन फिर दोनों कसक जातीं कि उस नाजुक चीज के साथ ऐसी नादानी करना ठीक नहीं। दोनों निढाल पसर गयीं। बस जैसे सब कुछ पा लिया है। अब किसी चीज की कमी नहीं रह गयी हो। दोनों माँ-बेटी एक दूसरे से बोल भी नहीं रही हैं। घर की छत को देखते हुए आँखों में ऐसी चमक है कि बस अब ऐसी ही पड़ी रहेंगी। दोनों के चेहरे में ऐसी मुस्कान जैसे कि मधुली को उसका दूल्हा अभी-अभी पसन्द करके गया हो।

अब इस पत्र के बाद दूसरे पत्र का इन्तजार। उसे भी आने में बहुत देर नहीं लगी। अगले ही दिन वह भी मिल गया। इस बार दोनों माँ-बेटी ने काखी को धात नहीं लगायी बल्कि भागती हुई दोनों काखी के ही घर चली गयीं। सब वैसा ही जैसा पहले पत्र के आने में था। लेकिन इस पत्र को खोलते ही धरमसिंह की घरवाली ने वह खबर सुनाई, जिसे सुन पाना ही उनके लिए मुश्किल हो गया। 'चनिया फौज में भर्ती हो गया, कहते ही, दोनों ने एक घंटे तक आगे चिट्ठी सुनी ही नहीं। दोनों—माँ-बेटी—गले मिल रही हैं। दोनों की आँखों में आँसुओं की गंगा। दोनों सनसनाती, आँखों में खुशी की चमक लिये। मधुली की इजा कई बार 'ओ भूलू-ओ भूलू' कह तो चुकी थी लेकिन इससे आगे उसके गले से कुछ निकल ही नहीं रहा था। धरमसिंह की घरवाली कई बार पत्र को आगे पढ़ने की नाकाम कोशिश कर रही थी और मधुली बार-बार 'ओइ-ओइ' कहती जा रही थी।

आखिर घंटे भर बाद दोनों थोड़ा होश में आयीं। उनका दौरा हल्का हुआ। मधुली बीच-बीच में से, 'ओ इ-ओ इ' बोल रही थी। सब कुछ ऐसा हो रहा था जैसे कोई अनहोनी हो गयी हो। शुभ नहीं अशुभ घट गया हो। दोनों इतना पगला चुकी थीं। खैर, धरमसिंह की घरवाली ने पत्र पढ़कर सुनाया। उसी पत्र में नीचे धरमसिंह ने भी लिखा था, 'बोज्यू! आप चनिया की बिल्कुल चिन्ता मत करना अगर मैं उसे अपने साथ ले गया हूँ तो उसकी पूरी देखभाल भी करूँगा। चनिया भर्ती हो गया। सब चीज में फर्स्ट आया। अब परसों से ट्रेनिंग पर चला जाएगा। वह भी आपको चिट्ठी भेजता रहेगा और मैं भी उसकी खबर आपको देता रहूँगा। ट्रेनिंग सेंटर भी हमारे यहीं है इसलिए उसे कोई परेशानी नहीं होगी। बस, नौ महीने की ट्रेनिंग है उसके बाद दो महीने की छुट्टियों में घर आ जाएगा।'

आज दोनों माँ-बेटियों ने धरमसिंह की घरवाली से ज्यादा बात भी नहीं की।

और चिट्ठी को दूसरी बार तीसरी बार भी पढ़ने को नहीं कहा। हाँ चनिया की इजा धरमसिंह की घरवाली को और धरमसिंह को धन्यवाद देना नहीं भूली, 'ओ भूलू तुम जी रया, तुमरी झालोमालो है जो। हमारा नर लै भगवान लै तुमै छा। नहीं तो हमारा आगे-पीछे कौन है। धरमसिंह ज्यू जी (बचे) रैं। बेचारों का भगवान भला करेगा!' शायद वह कुछ और भी कहती लेकिन मधुली बार-बार 'इजा हिट (चला) ना घर को, इजा चल ना' कहती रही। एक-दो बार माँ ने झिड़का भी कि तुझे तो बस उकूताकू (बहुत जल्दबाजी) ही लगी रहती है। अभी चलती हूँ।' धरमसिंह की घरवाली ने कहा, 'दीदी, चहा पी जाओ।' 'नहीं भूलू नहीं बाद में पीऊँगी, देख रही है इसको कैसा उड़भाड़ हो रहा है।' मधुली बार-बार तीन साल के बच्चे की तरह माँ की फटी धोती के चाल को और-और फाड़ती जा रही थी।

दोनों माँ-बेटी नीचे से ऊपर को अपने घर की ओर आने लगीं। इस बार मधुली ने अपनी माँ की धोती का चाल नहीं पकड़ रखा था बल्कि वह माँ से आगे किसी गाय की बछिया की तरह चौकुड़ी भरती जा रही थी, 'ओ इजा, जल्दी-जल्दी आ' 'आ तो रही हूँ, कैसा हो रहा है तुझे। वहाँ पर भी नहीं बैठने दिया, धरमसिंह की घरवाली चहा पी जाओ कह रही थी। तुझे सब जगह पर बांकि (बेचैनी)जैसा होता है।' कहते हुए माँ ने मधुली को झिड़का।

बस समय गुजरता गया। चिट्ठियों पर चिट्ठियाँ। हालाँकि अभी तक चनिया का वहाँ से कोई मनीऑर्डर तो नहीं आया था लेकिन उसके फौज में भर्ती हो जाने की खबर सुनने के बाद दोनों ही माँ-बेटी मन ही मन बहुत अमीर बन चुकी थीं। आजकल मधुली का भी दिमाग चढ़ गया है। शरीर पर भले ही कपड़े फटे ही थे मगर नौले (पानी का स्रोत) पर जाकर रोज नहा आती और बिना साबुन के ही उन्हें पानी में निचोड़ लाती। जबकि आज तक महीनों हो जाते कभी धोने का नाम ही नहीं लेती थी। सिर में जुओं का ढेर-घिघारू की झाड़ी की तरह बाल फैले रहते थे। जब से चनिया फौज में भर्ती हुआ तब से जो घर में बरसों पुराना निगल का कंघा था उससे दिन में छह बार सिर के बाल अपने आप ही बना लेती और इजा की फटी धोती के लम्बे-लम्बे रीबन बाँधने लगी थी। उसकी चाल-ढाल में भी अन्तर था—ऐसे चलती थी मानो दुनियावालों से कह रही हो, 'सालो तुम अपने को बड़ा अमीर समझते थे, अब तुमसे हम भी कौन से गरीब रह गये हैं, तुम्हारे बाप-भाई अगर फौज में हैं, तो क्या मेरा भाई नहीं है। हम तुमसे कहाँ किस चीज में कम हैं?'

बेटी की ही तरह माँ के भी बोलचाल-चालढाल में थोड़ा परिवर्तन आ गया था। चनिया के फौज में भर्ती होने की खबर गाँव में पहाड़ी जंगलों की आग की तरह फैल गयी। जलने वाले जले, खुश होने वाले खुश हुए लेकिन जो जहाँ पर भी मिलता

चनिया की इजा से कहता, (हालाँकि यहाँ बधाई देने का रिवाज बहुत कम लोगों में था, या जानते ही नहीं थे या कोई 'बधाई हो' कहना भी चाहे तो उसके कहने का अन्दाज बिल्कुल अलग होता था—परन्तु भाव बधाई का ही होता था।) 'ओ चनिया इजा भईया भल हौय हो (बहुत अच्छा हुआ), हमने सुना तुम्हारा चनिया फौज में भर्ती हो गया है।' चनिया की इजा प्रत्युत्तर में इतना ही कह पाती, 'ओ दीदी-ओ भूलू, अब देखा तो हमने भी नहीं हुआ, परसों ही धरमसिंह ज्यू जबरदस्ती अपने साथ ले गये अब उनकी ही घरवाली ने चिट्ठी पढ़ी, वह कह रही है कि चिट्ठी में लिखा है चनिया फौज में भर्ती हो गया है बल। अब भूलू हमारे लिए तो चिट्ठी पढ़ना भी महाभारत हुआ। हमारे लिए तो काला आँखर भैंस बराबर।' लोग कहते, 'अब दीदी धरमसिंह ज्यू ने लिखा है तो सच्ची ही होगी, वो तो खुद ही इतने बड़े साहब हुए। आज तक जो भी उनके साथ गया उन्होंने सभी को फौज में भर्ती कराया।' 'अब भूलू जो होगा, हमारी तो किस्मत रोज ही एक जैसी ठहरी। हमें तो विश्वास ही नहीं हो रहा है, हमारे भाग में भी कुछ अच्छा होगा।' चनिया की इजा अपने पूरे जीवनवृत्त को याद करने लगती है, अपनी बात में पूरे जीवन के दुखों का भाव प्रकट करते हुए सभी की बधाई स्वीकार करती और उसका जवाब देती।

समय बीतता तो गया लेकिन काफी बोझिल। चनिया इधर जो भी चिट्ठी लिखता उसमें अक्सर यही चर्चा करता कि नौ महीने की ट्रेनिंग पूरी होने पर उसे दो महीने की छुट्टी मिल जाएगी और उसकी ट्रेनिंग के दौरान का जितना भी पैसा बनेगा उसे भी ले आएगा, अभी धरमसिंह कका ने वहीं जमा करवा दिया है। बस अब इन्तजार था उसके आने का। लेकिन मधुली की इजा की जो छोटी खुशी अब बड़ी खुशी में बदलने वाली थी, वह उसने चनिया के विवाह का सिलसिला चला दिया। उसने धरमसिंह की घरवाली से धरमसिंह को भी और चनिया को भी इस बात की चिट्ठी लिखवायी कि अब हम चनिया के लिए लड़की देख रहे हैं। जब दो महीने की छुट्टी में घर आएगा तो उस समय उसकी शादी भी कर देंगे। चनिया तो बार-बार मना ही करता रहा कि इजा अभी कौन-सी जल्दी है। एक दो साल रुक जा परन्तु धरमसिंह जी ने हामी भर दी कि बोज्यू ठीक है आप बात तय कर लेना, मैं भी गर्मियों में दो महीने की छुट्टी ले आऊँगा। आप किसी बात की चिन्ता मत करना। घर आकर मैं सब देख लूँगा, आप सिर्फ लड़कीवालों से बात पक्की कर लेना। लड़की थोड़ी-बहुत पढ़ी-लिखी हो तो अच्छा ही होगा। क्योंकि कुछ नहीं तो चार आँखर चिट्ठी तो लिख सकेगी।

इस बीच धरमसिंह ने चनिया की एक फोटो भी भेज दी—फौजी वर्दी में—सिर पर टोप, पाँवों में बूट, कन्धे पर रायफल। पीछे की पृष्ठभूमि में घना-चीड़ का

जंगल। अगल-बगल भी कई फौजी आ-जा रहे हैं। सभी के कन्धों पर रायफल। यह परेड के बाद लौटते समय का चित्र था। इस फोटो को देखकर दोनों माँ-बेटियों का क्या हाल हुआ उसकी कोई कल्पना, कोई तुलना नहीं की जा सकती। सिर्फ दोनों बारी-बारी से फोटो को छाती से चिपकातीं और लोटपोट हो जातीं। माँ के आँसुओं की झड़ी से पूरी फोटो गीली हो गयी, उसे होश ही नहीं। देखा तो फिर फोटो पोंछने से पहले अपनी आँखें कई बार पोंछी। मगर इस बार फोटो को भकार में नहीं, दोनों माँ-बेटी ने अपने सिरहाने के बीच में रख लिया। रात में सोकर भी कभी माँ देखती तो कभी बेटी। शायद कई रात तो नींद ही नहीं आयी। यह फोटो धरमसिंह ने इसलिए भिजवा दिया था कि कहीं शादी की बात चले तो लड़कीवालों को लड़के की फोटो दिखा सकें। हालाँकि यह वह गाँव था जहाँ के भुस्स गँवारों के लिए फोटो खिंचवाना तो दूर, कभी शीशे में भी अपना मुँह नहीं देखा था लेकिन फिर भी थोड़े लोग धरमसिंह के साथ बाहर चले गये थे और ज्यादातर लोगों को धरमसिंह ने ही फौज में भर्ती करवाया था, उनका जब झंडीधार के लोगों के अलावा बाहर की दुनिया से वास्ता हुआ तो वे धीरे-धीरे ये सब सीखने लगे थे। लड़की का किसी लड़के का फोटो देखना तो दूर, अगर कोई लड़की यह सुन ले कि उसे देखने कोई आया है, तो वह इस तरह बेतहाशा घर से भाग खड़ी होती कि जैसे कोई शेर उसके पीछे पड़ा है और अब झपट्टा मारा कि तब।

ये दोनों माँ-बेटी चनिया का फोटो किसी लड़कीवाले को तब दिखातीं जब इनका जी भर जाता। मधुली गाँव में घूम-घूमकर अपने सिपहिया भइया की फोटो लोगों को दिखाती फिर रही थी। सच अपने सिपहिया का फोटो देखकर दोनों ही पगला गयी थीं और उसे चूम-चूम कर अपनी ही तरह मैला-कुचैला कर दिया था।

ये तो सब ठीक था लेकिन आखिर शादी की बात चलाएगा कौन? यह प्रश्न सिर्फ मधुली की इजा का चनिया की शादी तय करने का ही नहीं था बल्कि यहाँ के रीति-रिवाजों के अनुसार चाहे कोई अमीर हो गरीब हो शादी-ब्याह के मामले में हमेशा पुरुष ही बात करते थे और अगर अपने घर में आदमी न भी हो तो फिर चाहे कितनी ही मिन्नत करनी पड़े पहल करने जाता पुरुष ही था। यहाँ एक और मजेदार बात यह है कि भले ही शादी की बात पुरुष करे लेकिन महत्व लड़की को ही दिया जाता है। अन्य समाजों की तरह कभी भी लड़की का बाप अपनी लड़की का रिश्ता लेकर किसी भी लड़केवाले के घर नहीं जाता है, वह चाहे कितना ही गरीब क्यों न हो। शादी के मामले में पहल लड़केवालों के तरफ से ही की जाती है। इससे एक बात तो यह सिद्ध होती ही है कि भले ही पुरुष प्रधान समाज हो, सारे निर्णय पुरुषों के द्वारा लिये जाते हों लेकिन जहाँ स्त्री-पुरुषों के सम्बन्ध की बात है तो वहाँ महत्व

स्त्री को ही दिया जाता है।

लेकिन अगर रिश्ता तय करने की बात आती है तो इस सम्बन्ध में दोनों ही पक्षों के पुरुष ही सारी बातें तय करते हैं। स्त्री को इन निर्णयों से दूर ही रखा जाता है, भले ही स्त्री इन मामलों में कितनी ही होशियार क्यों न हो। यहाँ तक कि बारात में भी स्त्रियों का जाना इनके लिए अपशकुन से कम नहीं था। इस मामले में पुरुष समाज का ही पूरा अधिकार था। वह चाहे लड़की गलत लाये या अच्छी। अपनी लड़की चाहे गलत आदमी को दे या अच्छे को। इस मामले में स्त्री को हमेशा चुप ही रहना होता था। पुरुषप्रधान समाज होने के कारण उसके निर्णय को ही अन्तिम माना जाता था। लड़की को गाय की बछिया की तरह जिसके भी खूँटे से बाँध दिया आजीवन उसी से बँधी रहती, उस जहर के घूँट को पीते रहती, यह मानकर कि यही नियति है। इसी प्रकार किसी भी जवान बेटे के गले चाहे वह जैसी भी हो अन्धी-लँगड़ी, बाप ने हाँ कह दिया तो जिन्दगी का बन्धन हो गया। लेकिन यहाँ परिस्थिति बिल्कुल भिन्न थी, जहाँ बाप हो ही नहीं तो वहाँ क्या किया जाए। और एक बार फिर से मधुली की इजा को अपने भाग्य को कोसने के लिए विवश होना पड़ा।

अब मधुली की इजा इसी उधेड़बुन में डूबी रही कि अब किससे कहा जाए। अपना कोई स्वर-बिरादर भी नहीं। ठाकुरों की शादी में पड़ने को गोपी पाणे भी राजी नहीं होता। नाता-रिश्ता कहीं था नहीं—न ससुराल में न मायके में। थोड़ी बहुत मदद धरमसिंह सूबेदार कर देते थे तो वे बेचारे फौज में और कह रहे हैं आप लड़की की बात कर लेना बाकी मैं सब खुद ही देख लूँगा। उसी उधेड़बुन में बड़बड़ा रही थी तो अचानक मधुली ने कहा, 'इजा एक बार पधान बूबू को तो पूछ ले, उनकी तो वैसे ही इतनी जान-पहचान ठहरी। और इतने बड़े नामी-गिरामी आदमी ठहरे। वो जिसको भी कहेंगे तो वह उनकी बात को मना नहीं करेगा।' मधुली की इजा के दिमाग में यह बात बैठ गयी। वह उसी समय पधान बूबू के पास गयी। हालाँकि अब पधान बूबू भी बहुत ज्यादा भागदौड़ कर पाने की स्थिति में रह नहीं गये थे। लेकिन जब वह पधान बूबू के पास गयी और अनुनय-विनय की तो बूबू ने कहा, 'अब जा तो मैं भी कहीं सकने वाला नहीं हुआ, पर अब तेरा कोई आदमी ठहरा नहीं। चल फिर कल मैं इधर गिवाड़ की फाट हो आऊँगा। अभी दो महीने पहले ही जुकापाणी के दुलपसिंह के वहाँ से मैं बछड़ा लाया था तो वह कह रहे थे—महाराज कहीं जरा लड़की की बात छेड़ना अपने कठमाव की तरफ। अब ये बैसाख में लड़की को सोलह साल पूरे हो जाएँगे। लड़की को भी मैं देख आया उस समय तो मैंने अच्छी ही देखी। बेचारे ने दर्जा चार तक पढ़ा भी रखा है। वैसे तो आदमी गरीब जैसा ही ठहरा पर जमीन जायदाद का पूरा हुआ। वैसे भी गेवाड़ की जगह ठहरी चार बोरी धान तो होने

ही वाले हुए। दो-चार भैंस भी रखी ही हैं। और तूने भी ज्यादा क्या करना है, चार बारातियों को धान का भात खिला ही देगा।'

हालाँकि थोड़ा-बहुत तो चनिया की इजा का भी अब दिमाग चढ़ ही गया था पर पधान बूबू के सामने कुछ कहे, क्या मजाल। बूबू की हाँ में हाँ मिलायी। बूबू ने कहा—भइया पैसा तो खाएगा नहीं। इतना तो मैं उसको कह दूँगा कि वो बेचारी भी गरीब ही ठहरी। अब ये जरा बेटा फौज में भर्ती हो गया तब बेचारी के दिन पलटे हैं। बाकी लेना-देना कुछ करेगा नहीं। बस इतना है, खानदानी आदमी ठहरा। मधुली की इजा पधान बूबू को चनिया की फोटो और कुंडली दोनों चीजें दे आयी और यह भी कह आयी, 'अब बूबू आप तो बार-बार जा नहीं पाओगे। आपके अलावा और कोई जानेवाला भी नहीं ठहरा। अगर वो राजी हो जाएगा तो एक लगन जैसा भी निकाल ही लेना कोई बामण मिल जाएगा तो। तब चनिया और धरमसिंह ज्यू को भी चिट्ठी लिखेंगे।' बूबू ने कहा, 'अब मैं जा ही रहा हूँ तो कुछ करके ही आऊँगा। बार-बार जाना तो मेरे बस का भी नहीं है। फिर वहाँ ठहरे गेवाड़ के धाम और उल्टा ये रास्ता ठहरा पूरा पिरूल का, नजर मेरी वैसे ही अब कमजोर हो गयी है, कहीं पर रड़ (फिसल) गया तो दरकोट के जंगल में लाश भी नहीं मिलेगी। मैं उनको कह आऊँगा कि भइया मैं बार-बार आ नहीं सकता। बाकी और कोई आनेवाला उस बेचारी का हैं नहीं। अब तुम ही आना। और सैत-पिठया भी उसी दिन हो जाएगा। हमारा चनिया घर आ जाएगा तो फिर लगन सुनाने वो खुद आ जाएगा।'

दूसरे ही दिन बूबू सुबह ही धूप निकलने से पहले ही घर से रवाना हो गये। जुकापाणी जाकर बूबू ने जब शादी का प्रस्ताव रखा तो वे धन्य हो गये और पंडित बुलाकर जेठ 20 गते का लगन भी तय हो गया। बूबू चनिया की फोटो भी दे आये। बूबू के सामने न तो लड़की ही आयी और न ही फोटो-वोटो का ही रिवाज था। लड़की शायद बूबू के शादी की बात शुरू करते ही कहीं खेतों में भाग गयी होगी या फिर मलभतेर किसी कोने में दुबककर बैठ गयी होगी, मगर कानों को चौकन्ना करके। बूबू एक ही दिन में सारी बातें तय कर आये क्योंकि उनका तजुर्बा बहुत ही पुराना था। पूरे जीवन में कुल मिलाकर नहीं भी की होंगी तो पूरे इलाके में सैकड़ों शादियाँ तय की होंगी।

बूबू दोपहर से पहले जुकापाणी पहुँच गये और जल्दी ही सारी बातें करके उसी समय दरकोट के जंगल के रास्ते भरी दुपहरी में वापस रास्ता लग गये। बूबू ने चनिया की इजा को घर पर ही बता दिया था कि उनके बस का गेवाड़ की गर्मी सहना करना नहीं है। उन्होंने लड़कीवालों के घर भी एक-दो बार बाहर दिशा-जंगल जाने की बात कही तो बूबू को लोटे में पानी दे दिया। लेकिन बूबू को लगा कि कुछ अधिक ही

गड़बड़ हो रही है तो वे वहाँ से रवाना हो गये। लेकिन जैसे ही दरकोट के बीच जंगल में आये बूबू की हालत बहुत अधिक बिगड़ने लगी और उन्हें उल्टी और दस्त दोनों ही लगातार होने लगे। पानी वहाँ सिर्फ तुमड़ी नौला में ही था। बूबू पस्त होते जा रहे थे लेकिन मन ही मन सोच रहे थे कि किसी भी तरह प्राण घर पहुँच जाएँ तो फिर देखी जाएगी। गिरते-गिराते किसी तरह बूबू घर पहुँच गये। बार-बार उल्टी और बार-बार दस्त। बूबू के घर पहुँचने तक अँधेरा छा चुका था। किसी वैद्य हकीम को उस समय बुला पाना सम्भव नहीं था। दस मील की दूरी से पहले कहीं भी कोई वैद्य-हकीम नहीं। आने-जाने का साधन नहीं। पैदल रास्ता।

घर आकर पधान बूबू बीमार क्या पड़े, अब स्वयं भी पधानी आमा की ही बगल में लेटने वाले हो गये। खैर पधान बूबू की भलाई उनके अन्तिम क्षण तक काम आयी। भले ही पधान बूबू बिस्तरे में लेट गये थे लेकिन बूबू की तीमारदारी करनेवालों की कोई कमी नहीं थी। कोई दही लेकर आ रहा है तो कोई दूध लेकर, कोई सब्जी लेकर आ रहा है तो कोई घी लेकर। पधान बूबू को कभी यह भी अहसास नहीं हुआ कि उनकी अपनी कोई आस-औलाद नहीं है। ऐसी सेवा तो अपनी औलाद भी कहाँ करती है। यहाँ चनिया की इजा को पधान बूबू के बीमार या बिस्तर में पड़ने का उतना दुख नहीं था जितना यह कि अब उनकी मदद कौन करेगा। अब पधान बूबू की जगह चनिया और मधुली की शादी तय करने कौन जाएगा।

नौ

मधुली की इजा के एकमात्र सहारा पधान बूबू भी अब खाट पकड़ चुके हैं। कालचक्र अपनी गति से घूमता गया। धरमसिंह सूबेदार और चनिया को भी पधान बूबू के बीमार होने और खाट पकड़ लेने की खबर मिली। बस दुखी होने के सिवा किसके पास क्या चारा था। लोगों ने बूबू की बीमारी के लिए चनिया की इजा को जिम्मेदार ठहराया, अगर वही उतने बूढ़े आदमी को इतनी सड़ी गर्मी में गेवाड़ नहीं भेजती तो पधान बूबू बीमार ही क्यों होते। जितने मुँह उतनी बात। चनिया की इजा यहाँ भी बस चुप कर गयी। यों पधान बूबू की तबीयत पूरी तरह से ठीक न होने पर भी कुछ महीनों बाद बाहर-भीतर जाने लगे और अपनी दिनचर्या पूर्व की भाँति चलाने लगे।

भले मन से नहीं तो मरे मन से ही चनिया की इजा ने धरमसिंह की घरवाली से धरमसिंह और चनिया को चिट्ठी लिखवायी, 'बूबू भले ही अब बीमार पड़ गये, लेकिन चनिया की शादी तो पक्की कर ही आये। बूबू दूसरी बार तो जा नहीं पाये लेकिन वे अपनी समझ के अनुसार एक ही बार में सारी बातें पक्की कर आये। जेठ 20 गते का लगन तय कर आये हैं। अब तुम लोग जल्दी से चिट्ठी में ये बताओ कि कितने पैट (गते) तक घर पहुँच जाओगे और वहाँ से क्या-क्या सामान लाओगे और क्या-क्या इन्तजाम घर पर मुझे करना है।'

जल्दी ही धरमसिंह और चनिया की चिट्ठी का जवाब आ गया। हम लोग कम से कम बीस-बाईस दिन पहले आ जाएँगे। यहाँ से तो ज्यादा सामान लाना मुश्किल ही होगा। हाँ हम ब्यौल और बियोली (दूल्हा-दुल्हन) के कपड़े जरूर ले आएँगे। बाकी तुम बाजार से बनिये के वहाँ से तब तक उधार कर लेना बाकी घर आकर हम सब अपने आप करते हैं।

लेकिन इसी बीच जम्मू में दुश्मन देश पाकिस्तान के साथ लड़ाई शुरू हो गयी। चनिया की बटालियन पूरी की पूरी जम्मू चली गयी। वहाँ जाकर चनिया तुरन्त चिट्ठी भी नहीं भेज सका। खैर, धरमसिंह ने घर को ये खबर दे दी थी कि चनिया की बदली अभी दूर जम्मू-कश्मीर की तरफ हो गयी है। अब उसे

इस समय ज्यादा छुट्टियाँ नहीं मिलेंगी। वह शादी से सिर्फ दो-तीन दिन ही पहले आ पाएगा। लेकिन मैं पहले आ जाऊँगा जो भी काम-धन्धा होगा उसकी फिकर मत करना। धरमसिंह ने बदली होने की चर्चा तो चिट्ठी में की लेकिन जम्मू में लड़ाई शुरू होने की चर्चा नहीं की। वह इसलिए कि चनिया की इजा अँधेर फिकर करने लगेगी।

इस बीच अकस्मात ही लड़ाई भयंकर रूप ले चुकी थी। धरमसिंह बटालियन भी वहीं जम्मू में ही चली गयी। अब उनकी दूसरी चिट्ठी आ गयी कि मैं भी दो-दिन पहले ही आऊँगा। आप लोग घर का सारा इन्तजाम कर लेना। हालाँकि चनिया की इजा का उत्साह पहले जैसा नहीं रहा। लेकिन फिर भी वह तैयारियों में जोर-शोर से जुटी हुई थी। वह सोच रही है कि पूरे जीवन भर तो वह लोगों का ही दिया खाती रही। आज सबका पैंचा तार लूँगी। पूरे गाँव और पड़ोस रिश्तेदारी को निमन्त्रण दे रही है। जो जहाँ जाने वाला मिलता उससे वहीं के लिए निमन्त्रण कहलवा दे रही है, 'भइया मेरा फलानी जगह फलाना रहता है, जेठ 19 पैट सुआल पथायी, 20 पैट को बरात जाने का और 21 पैट को भात खाने का निमन्त्रण कह देना।'

जेठ के बीस पैट नजदीक आते जा रहे हैं। 22 मील दूर बाजार। सारी तैयारियाँ जोरों से चल रही हैं। चीड़ के दो पेड़ कटवाकर लकड़ियाँ काटकर घर के ही सामने ढेर लगा दिया है। दो-दो बोरी आटा-चावल, दाल, सब्जी मिर्च-मसाला, घी-तेल, पंडित ने शादी के सामान की लिस्ट लिखकर दे दी है, 'कोई भी सामान छूटना नहीं चाहिए, खाना-पीना तो जैसा भी हो पर कर्मकांड का सामान तो पूरा चाहिए। इसलिए लिस्ट के हिसाब से सारा सामान आ जाना चाहिए। कोई इतना नजदीक का बाजार भी नहीं ठहरा कि चलो जो छूट गया तो फिर ले आएँगे। लगन के बीच में खालीमुली का फड़फड़ाट होता है। चनिया की इजा तुम तो उस दिन अपने पौड़-पछियों (मेहमानों) में ही रहोगी। ये सामान तुम कलिका को सौंप देना। वैसे तो आज तक सभी के काम-काजों में सब कुछ पधान ज्यू ही करने वाले ठहरे। उन बेचारे को सब चीज का अन्दाजा भी था। पर क्या करें, ऐसा तो भगवान को मंजूर रहा ही नहीं। पर पार के कलिका को अच्छा अन्दाजा है। रसोई में दाल-चावल तो वही देने वाले हुए इसलिए अन्दर का भी उन्हीं को सौंप देना।'

इस बीच चनिया की इजा को यह खबर लग चुकी थी कि जहाँ चनिया गया है वहाँ लड़ाई लगी है क्योंकि लोगों की खुसुर-पुसुर तो उनके कानों में भी जा ही रही थी। उल्टा मधुली ने बता दिया, 'इजा, ददा तो लड़ाई में गया ठहरा, अब वह शादी में कैसे आएगा?' पहले से ही माँ को घड़ी-घड़ी का इन्तजार था। उस घड़ी का किस कदर वह इन्तजार कर रही थी जिस घड़ी में अपने दिल के टुकड़े को अपने सीने से चिपका लेगी। मन तो करता था सीने के भीतर ही छुपा लेगी। लेकिन

ये सारी घटनाएँ उसके दिल को और भी कमजोर करती जा रही हैं। जब तक चनिया घर नहीं आ जाता उसका मन पूरी तरह से किसी भी काम में रम नहीं रहा था। लेकिन शादी की तैयारियाँ थीं, उसमें उदास भी नहीं बैठ सकती थी। अगर वही उदास हो जाए तो फिर और काम भी कैसे बनेगा।

आज जेठ के महीने की पन्द्रह पैट है। बीस पैट को बारात को जाना है, अब कुल मिलाकर पाँच दिन ही शेष रह गये हैं। पाँच दिन भी क्या तीन ही दिन रह गये हैं। उन्नीस पैट की सुबह गणेश पूजा और दोपहर में सुआल पथाई और बीस पैट को सुबह दूल्हे को नहलाना-धुलाना और बस ग्याराह बारह बजे बारात चली ही जाएगी। आज सारे खोली-बाखली (पास-पड़ोस) के लोग इकट्ठा हुए हैं। नीचे का रमिया और जगदीश दीवारों पर चूना और दरवाजों पर रंग की पुताई कर रहे हैं। गाँव की सारी औरतें हाथ में एक-एक सूप लेकर आँगन में बैठती जा रही हैं। आँगन में बिछी दरी के ऊपर दाल और चावल फैलाये हैं। कोई उन्हें छींट रहा है तो कोई दाल साफ कर रहा है। सामने ही उखल में सम्बल से साबुत मसाले हल्दी-मिर्च-धनिया भी कूटे जा रहे हैं।

सबसे पहले चनिया की इजा ने एक थाली में पिठया और अक्षत घोला और उसमें चार हाजिरी के फूल भी रख दिये। अब वह जितनी भी औरतें आती जा रही हैं सबको पहले पिठया लगा रही हैं फिर अक्षत और सिर में एक-एक फूल और साथ में मधुली ने एक थाली हाथ में ले रखी है जिसमें गुड़ और तिल मिलाया हुआ है। मधुली की इजा सबको पिठया लगाकर फिर हाथ में गुड़ और तिल रख रही है। सब बहुत ही नतमस्तक होकर यह सब स्वीकार कर रहे हैं। मधुली की इजा से जो भी छोटी हैं वे सब उसके पाँव छू रहे हैं। मधुली बाहर-भीतर जाते समय दो सीढ़ियों को एक साथ कूद रही है। आज चनिया की इजा ने भी एक नयी धोती पहनी है! और मधुली ने भी नया तो नहीं लेकिन बहुत पुराना भी नहीं झगुला पहना है। दो-चार बूढ़े लोग भी आ गये हैं। आँगन की दीवार में बैठकर फर्शी से तम्बाकू-गुड़गुड़ा रहे हैं। कभी-कभी बीच-बीच में कुछ बता भी रहे हैं, 'अरे बब्बा, ये हल्दी जरा और कूटो नहीं तो साला दाल टुटैन कर देगा माँचो।' कलिका भी बैठे हुए हैं। वे बीच-बीच में सब चीजों का मुआयना कर रहे हैं क्योंकि शादी के समय भंडारी तो उन्हीं को रहना है किसी भी चीज में खराबी आयी तो सब कलिका को ही कहेंगे। जगदीश कह रहा है, 'अरे मधुली, तू जरा ये बलबलाट कम पाड़। मैं दरवाजे पर जैसे ही रंग पोत रहा हूँ, वैसे तू बाहर-भीतर जाते समय अपने झगुली से पोंछ दे रही है। देख तो जरा तेरे झगुले पर कितना रंग लग गया है।' बस चारों ओर रौनक ही रौनक।

कलिका मधुली की इजा से पूछ रहे हैं, 'अये ब्वारी (बहू) क्या शाम को पाणे ज्यू आये थे?' 'हाँ सौर ज्यू कल शाम को आये तो थे, पर वो कह

रहे थे जब आप भी आ जाएँगे तो तब सब सामान देखेंगे कि कहीं कोई चीज बस्त छूट तो नहीं गयी।' चनिया की इजा ने कलिका के प्रश्न का जवाब दिया। इतने में ऊपर से पाणे ज्यू भी आ गये। कलिका और अन्य लोगों ने उनको पायलागी कहा। पाणे ज्यू ने अपने कन्धे का अँगोछा फटकारते हुए कहा, 'अच्छा महाराज हो गया सब? अब कलराम ज्यू, भीतर का तो उस दिन सब आपको ही देखना ठहरा। जरा एक बार सब चीज-बस्त देख लो और अपने हाथ से खुद ही रख लो। उस दिन तो काम का दिन ठहरा एक-एक चीज को ढूँढ़ने में घंटों लग जाते हैं। वैसे ही ये छोटी कुड़ी (मकान) है। पौड़पछियों का भी जोर ठहरा।' कलिका ने कहा, 'अब पाणे ज्यू, आज तक तो हमारे अगत्यारी-भंडारी पधान बूबू ही ठहरे, मुझे तो कुछ अन्दाज-पन्दाज जैसा भी नहीं हुआ। रख तो मैं दूँगा पर अन्दाजा तो आपको ही बताना होगा। इस समय तो आप ही हमारे बामण भी हुए और हम सब में सयाने भी।'

गोपी पाणे ने भी वहीं दीवार के पास बैठकर अपने सुलपिये हुक्के में तम्बाकू भरा, क्योंकि वह ठाकुरों की चिलम से तम्बाकू नहीं पीता है। लेकिन इस पर किसी को ऐतराज भी नहीं क्योंकि ऐसा कब से चला आ रहा है, किसी को भी पता नहीं। दूसरी बात न तो गोपी पाणे ठाकुरों की चिलम से तम्बाकू पीता है और न ठाकुरों को अपनी चिलम देता है कि जूठी हो जायेगी, क्योंकि ब्रह्म का रूप जो ठहरा। खैर, आँगन की दीवार के पास बैठे लोगों की शायद पधान बूबू के बारे में धीमी-धीमी गुफ्तगू चल रही थी, अहा आज बूबू भी आ सकने वाले होते तो अभी तक एक सेकेंड में सब चीज को एक जगह पर रखवाकर सारा इन्तजाम कर देते। भइया समय किसी का नहीं ठहरा। अब बस पधानी आमा का मरना हो गया है। वो बेचारी भी अपने करमों को यहीं भोग गयी। अब बूबू भी आमा की ही तरह खाट पर पड़ गये। यार अब हम क्या कर सकने वाले हुए। बच्चों को कहते तो हैं अरे जरा बूबू के लिए पानी रख आना। कभी जरा एक घूँट चहा दे आना। हमारे बस का और ठहरा भी क्या।' इतने में पाणे ज्यू ने भी उनकी बात सुन ली। उनसे वे कुछ तेज स्वर में कहने लगे, 'हाँ-हाँ महाराज अब बचने से कोई फायदा नहीं ठहरा। अब ऐसे बचने से क्या फायदा जब अपना गू खुद ही खा लिया तो। महाराज पधान ज्यू तो जो भी ठहरे पर पधानी के करम तो रोज ही ऐसे रहे।'

सात-सात जवान च्यला ब्वारी, एक तो रह जाता जिन्दा। अरे कहीं कोई नाम लेवा तो रहता। पता नहीं कहाँ से काने करम लेकर उपजे। अब महाराज मेरे से पूछते हो तो जब से ये पधानी आयी तब से पधान ज्यू की भी ठाणी (ऊपर) मुखड़ी नहीं हुई।' पांडे जी पधान बूबू और उनकी पत्नी से पहले से ही चिढ़ते थे क्योंकि पाणे गाँव में लोगों के सामने कई-कई प्रकार के ढोंग रचकर, झूठी अफवाह फैलाकर,

किसी पर ग्रह दशा तो किसी पर भूत-प्रेत बाधा बताकर लोगों को हमेशा ठगता रहता था जिस पर पधान बूबू समय-समय पर लोगों को भी समझाते थे और पाणे को हाँकते थे कि भइया तू इन गरीबों को ऐसे क्यों ठगता है जिनके पास खुद ही खाने को नहीं रहता। पाणे कहीं से गेहूँ ठग ले जाता तो कहीं से चावल, कहीं कुछ नहीं मिला तो शनि की दशा बताकर खाना बनाने वाला बर्तन ही उठा ले गया। इस बारे में पधान बूबू लोगों को सजग करते आये थे और ढोंगी पंडित से बचने की सलाह देते रहते थे।

अन्य लोगों ने पाणे की बातों में खास-रुचि नहीं दिखाई, कलिका ने उनकी बात बीच में ही काटते हुए कहा, 'पाणे ज्यू बर-ब्योली का मुकुट, अंचल का कपड़ा, आबदेब की धोती वगैरह तो आप अपने घर से ही ले आएँगे, फिर उसकी जो भी दाम-दक्षिणा होगी वह आपको मिल ही जाएगी।' पाणे ने कहा, 'अब जब तुम कह ही रहे हो कि मैंने ही लाना ठहरा फिर शादी करके उसे मैंने ही वापस ले जाना हुआ, तो अब ला के भी कौन-सा अलग ही होगा।' किसी औरत ने कहा, 'पाणे ज्यू क्यों मुकुट भी आप ही पहनोगे?' सभी ने ठहाका लगाया। कलिका ने कहा, 'अभी पाणे ज्यू भी तो ब्यौल जैसे ही लगने वाले हुए।' पाणे ने अपनी धोती की लाँग जरा ठीक करते हुए कहा, 'अये परूली (परूली ससुराल के रिश्ते से उनकी साली लगती है), क्या ठीक कह रहे हैं ये?' परूली ने कहा, 'अब आपण ख्वर फोड़ो' यानी अब इस बुढ़ापे में अपना सिर फोड़ो। हँसी-ठट्ठा-मजाक। पटांगण के ही एक कोने में रुपुवा दर्जी भी अपनी गर्दन को हिलाते हुए और मुँह से 'हैं-हैं-हैं' करते मशीन खटखटा रहा है और पटांगण की दीवार से बाहर धोती के चाल से मुँह ढककर, दुल्हन के लिए बतौर नजराना शादी के बाद बख्शीश नयी दराती बनाकर लायी तिलुवा की घरवाली भी बैठी है। उसे भी अलग से एक पत्ते में अक्षत-पिठ्या और थोड़ा-सा गुड़ तिल दे दिया गया है। औरों की तरह मधुली की इजा उसे पिठ्या अपने हाथ से नहीं लगा रही है। और न ही उससे कोई काम लिया जा रहा है। जैसा कि आपको शुरू में ही बता चुका हूँ, रुपवा-तिलुवा नीच जाति के हैं। उन्हें किसी चीज को छूने तक नहीं दिया जाता। यहाँ तक की तिलुवा की घरवाली को बैठाया भी आँगन के बाहर गया है। लेकिन इस खुशी में शरीक होने और इस रौनक को देखने वह भी आयी है और सब देख-सुन रही है और धोती से मुँह ढके मुल-मुल चुपचाप हँस रही है। हालाँकि बेचारी का मन तो कर रहा है कई कामों में वह भी हाथ बँटाए लेकिन क्या करे, जात की डूम जो ठहरी। उसका तो किसी भी चीज को छूना महा अपशकुन हुआ।

तल्ली गाँव से गिदारी आमा भी पहुँच चुकी हैं। आमा हमेशा की तरह शादी से दो-दिन पहले से ही वहाँ अपना डेरा डाल चुकी थी क्योंकि आमा गीत गाने के साथ-साथ सयानी उम्र की होने के नाते समय-समय पर हर काम में अपनी सलाह

भी देती हैं। किसी ने कहा, 'आमा, आज से तो अब काज शुरू हो ही गया ठहरा। अब तुम भी आ ही गयी हो। आमा, चार आँखर शगुन के भी कह देती तो अच्छा ही होता।' बस आमा को कहने की देरी थी। आमा ने कहा, 'अरे फिर एक जना हयो मिसाने (स्वर में स्वर मिलाने) के लिए और भी तो चाहिए।' मधुली की इजा ने कहा, 'क्यों हमारी धरमसिंह ज्यू की घरवाली तो शगुन आँखर भी कहने वाली ठहरी और आजकल के बनणे भी। बैठ भूलू बैठ, आमा के साथ बैठ जा।' बस धरमसिंह की घरवाली आमा की बगल में बैठ गयी। और शुरू हो गया—

'शकुना दे, शकुना दे, सब सिद्धि
काज ए अति नीको, शकुना बोल दईणां
बाज छन शंख शब्द, दैणी तीर भरीयो कलेस
अति नीको सो रंगीलो पाटली, आँजलि कमल को फूल
सोही फूल, मोलावन्त, गणेश, रामीचन्द, लछीमन, लवकुश
जीवना जनम आद्या यमरो ए
सोही पाटो पैरी रैनां, सिद्धि बुद्धि, सीता देही
बहूराणी आयुवन्ती, पुत्रवन्ती होए।'

आमा अपने कंठ से मोतियाँ—जैसी छिड़कती जा रही थी। सबके हाथ थम गये और ध्यान आमा के गीतों पर चला गया। आमा ने गीत खत्म करते हुए कहा, 'दै तेरे लिए भी बित्थ पड़ जाए, तेरी तो आवाज ही नहीं निकल रही है।' धरमसिंह की घरवाली ने कहा, 'दै आमा, तुम भी कहाँ की बात कर रही हो, हम तुम्हारे जैसे न गा सकने वाले ठहरे और न हमारा वैसा गला ठहरा।' आमा ने कहा, 'मेरी सत्तर साल की उमर हो गयी है, तू तो कल की ठहरी, तेरी खोरि में तो बिल्कुल ही बज्जर पड़ गया है।'

खैर, आमा से औरतों ने एक-दो और सुनाने का आग्रह किया, 'आमा परसों ब्या के दिन तो हमको तुम्हारे गीत सुनने का कहाँ टैम मिलता है, आज यहाँ पर दाल-मसाले भी साफ कर लेंगे और तुम्हारे गीत भी सुन लेंगे।' आमा ने उनकी बात काटते हुए कहा, 'अरे तुम क्या सोच रहे हो मैं कब तक बैठी रहूँगी, आज मरी तो मरी-कल मरी तो मरी, अब तुम नयी दुल्हैणियों में से कोई सीखो। जहाँ पर से नहीं आएगा तो मैं तुम्हें बता दूँगी, अब तुम तो कोई ध्यान देती हो ही नहीं।' धरमसिंह की घरवाली ने कहा, 'आमा मरेंगे तुम्हारे दुश्मन। अभी तो आमा तुम चनिया के बेटे की शादी देख कर जाओगी। और आमा, सीखने का हमको तुम्हारे जैसा शऊर कहाँ से आ सकता है। हम तो खाली आमा तुम्हारे पीछे लगे ठहरे।'

खैर, सभी के आग्रह पर आमा फिर से तैयार हो गयी और आमा पहले तो यही कहती रही कि 'अब इस समय कौन-सा गीत कहना ठहरा। इस समय

कोई पूर्वांग-पंचांग जैसा भी नहीं हो रहा ठहरा। हाँ मैं तुम्हारे पौण न्यौत[1] देती हूँ। अब पौण भी चनिया की इजा के कौन ठहरे। च्येली का अभी ब्या हुआ नहीं ठहरा और ननद-पौणियाँ कोई ठहरी नहीं। अब तुम कह ही रहे हो तो फिर मैं मातृ-पूजा के समय के गीत में देवी-देवताओं को न्यौत देती हूँ। पर भइया ह्यो मिसाने के लिए एक जना और बैठो।' आमा की बगल में गाँव की एक सयानी औरत बैठ गयी और आमा ने मातृ-पूजा के गीत में अनेकानेक देवी-देवताओं को इस शुभ कार्य में आने का आह्वान किया—

'कैरे लोक उबजनीं, माई मात्र देव ए,
कैरे कोखी उबजनीं, नारायण पूत्र,
कैरे कोखी उबजनीं, रामीचन्द पूत्र ए,
चली तुमी माई मात्र, इनूं घरी आज ए,
इनूं घरी धौली हरा, काज सोह ए,
कौशल्या राणी कोखी, उबजनीं लछमीन पूत्र ए,
माथ लोक उबजनीं, माई मात्र देव ए।'

आमा इसी तरह सारे देवी-देवताओं की गाथा गाती चली गयी और आमा का मधुर कंठ दो पर्वतों की सीमाओं को बेधता दूर तक जा रहा था—और उस कंठ में गायन के साथ-साथ जो वेदना भी भरी हुई थी वह सचमुच देवताओं तक पहुँच ही रही होगी। आमा के गीतों को सुन रही गाँव की बहू-बेटियाँ, जो खुद भी आमा की ही तरह गिदारी बनना चाहती थीं कि फिर से गाने का अनुरोध करने लगीं। लेकिन आमा ने यह कहकर टाल दिया कि अब इतने गीत ठहरे। इस समय मैं तुमको क्या-क्या सुनाऊँ। परसों शादी के दिन तुम शुरू से बैठ जाना मैं तुमको बताती जाऊँगी कि ये गीत गणेश-पूजा का है, ये न्यूतणों का है, ये मातृ-पूजा का है, ये आबदेव पूर्वांग-पंचांग का है, ये पुण्यावाचन का है, ये क्लश-स्थापना का है, ये नवग्रहों की पूजा का है, ये संजवाली का है—परसों ये धरम की मुये (घरवाली) को मैंने बताया तो सही संजवायी का गीत—

साँज पड़ी संजवाली पाया चली ऐन,
आसपास मोत्यूं हार, बीच चलिन गंगा
लछिमि पुछना छन स्वामी, आपण नाराइण
किनु घरी आनन्द बधाई, किन घरी सुलच्छिणी राणि ए
दियड़ा तैन जाग हो सैगली रात्रि, जाग हो दियड़ा इनूँ घरि रात्रि ए
रामिचन्द घर, लछिमन घर, सांज को दीयो जगायो

---

1. पौण न्यौत—पाहुने को निमन्त्रण भेजना।

सुहागिलि सीता देहि, बहूराणी जनम ए वान्ति
पुत्र कल्याणी ए, इन बहुअन की शोभुण कोख ए
दियड़ा तैन जाग हो, सगली रात्रि ए
जाग हो दियड़ा इन घरि रात्रि ए
अगर चन्दन को दीयड़ा कापुर सारी बाति
जाग हो दियड़ा इनूं घरि रात्रि ए
जाग हो दियड़ा सुलच्छणि रात्रि ए।

बस ऐसे ही पहले देवताओं का नाम फिर अपने घरवालों का फिर अपने इष्ट मित्रों का नाम लेते जाओ। परसों सिखाया तो सही मैंने तुझे। इस बार यह गीत आमा ने गाकर नहीं सुनाया बल्कि धरमसिंह की घरवाली को आमा ने जो ट्रेनिंग दी थी उसी को दोहरा रही थी। और सारी बहू-बेटियाँ-औरतें आमा की ओर टकटकी लगाये देख रही थीं और आश्चर्यचकित भी हो रही थी, आमा को ये सब कैसे याद रह जाता है।

आमा आगे के भी गीतों का ब्यौरा देती जा रही थी कि किस समय क्या-क्या कर्मकांड होते हैं और उस समय कौन-सा गीत गाया जाता है—भौ होते समय भी गीत गाया जाता है, छट्ठी का गीत ठहरा, पासिणी का गीत ठहरा, नामकरण का गीत, जनमबार का गीत, स्नान के गीत, सुंवाल पथाई के गीत, रात के गीत, बारात चलते समय के गीत, बारात आते समय के गीत, गोठ बैठाने के गीत, कन्यादान के गीत, रत्याली के गीत, सुबह के गीत, कन्या विदा करने के गीत, बारात लौटते समय के गीत, नौल सेऊँण या भेटण के गीत, बहू-बेटियों को विदा करने की गीत, वस्त्र भूषण देने के गीत, पास-पड़ौस में न्यौता देने के गीत, कणिकी मोलाई गीत, तै लगूंण या चढूंण के गीत, इजा के दूध के मोल के गीत, छोली गीत, गडुवे के धार के गीत, अँगूठा पकड़ने का गीत, अन्तरपट उठूंण को गीत, दहेज देते बखत का गीत, चेलि समझूंण का गीत, सज्जादान गीत, रात ब्याण का गीत, आशीर्वचन का गीत। आमा गीतों की लम्बी फेहरिस्त पेश करते जा रही है लेकिन इसमें औरतें ज्यादा रुचि ले नहीं रही हैं, उन्हें आमा के मुँह से गीतों के नाम नहीं बल्कि गीत सुनने की इच्छा है।

अब आमा कह रही है, 'ये गीत तो परसों सुवाल पथाई के दिन कहूँगी पर तुम्हें बता देती हूँ बस सबसे पहले—

सुवा रे सुवा, बनखंडी सुवा,
हरिया तेरो गात पिडल तेरा ठून, लला तेरी आँखी
नजर तेरि बाँकी दे सुवा नगरी न्यूत,
न नौं जाणन्यू, न गौं पछाणन्यू, कै घर कै नारी न्यूँतू?
अयोध्या गौं छ, सुभद्रा देई नौं छ, वीका पुरीख अर्जुन नौंछ।

बस ऐसे ही आगे को एक-एक करके पहले भगवानों का फिर अपने रिश्तेदारों को न्यौतना ठहरा। अब आमा सिखा-सिखा तो मैं क्या सिखाऊँ। मैंने भी तो ऐसे ही सुन कर सीखा ठहरा।'

आमा कुछ भावुक-सी होने लगी है और कह रही है, 'पै ये तो सब भगवान के घर से चलाया ठहरा। अब देखो च्येली का कन्यादान करके च्येली खुद ही कहती है—

हरियालो ठाड़ो मेरा द्वार, इजा मेरी पैलागी
छोड़ो-छोड़ो इजा मेरी आँचली, काखी मेरी आँचली
बबज्यू लै दियो कन्यादान
ककज्यू लै दियो सत बोल, इजा मेरी पैलागी।

पै ऐसे ही सब का नाम आने वाला ठहरा—इजा, बाज्यू, कका, काखी, दादी, बोजी, दीदी भिना—सब रिश्तेदारों का नाम आने वाला हुआ—छोड़ो-छोड़ो आँचली मेरी फलड़ले दियो दान। इजा और क्या हुआ चेलियों का, माँ-बाप का तो इतना ही ठहरा। शादी के दिन से नातक-सूतक तक खत्म हो जाने वाला हुआ।' आमा की आँखों की कोर गीली हो गयी हैं। शायद अपनी बेटी की शादी की विदाई का दृश्य आमा की आँखों के आगे घूमने लगा है क्योंकि आमा का भी इस दुनिया में एक बेटी के सिवा और कोई है नहीं।

बस लड़के के तो पैदा होने के दिन से रोज गीत ही गीत ठहरे। अरे और कुछ भी नहीं सीखते हो तो शगुन आँखर तो सीख ही लो। बाकी सब गीत एक जैसे ही ठहरे।' आमा का मायका किसी अच्छे ब्राह्मणों के गाँव में था। ये सारे संस्कार आमा को वहीं से मिले थे। आमा ही गोपी पाणे को भी सारा अन्दाजा बताया करती कि पाणे ज्यू अब ये करो, पाणे ज्यू अब वो करो। कई बार तो गोपी पाणे को जब मन्त्र नहीं आते तो बोल देता, 'आमा अब मन्त्र बोल-बोलकर मेरा तो गला ही सूख गया है, वैसे भी मन्त्र ही बोलकर भी कोई अलग ही थोड़े होने वाला हुआ, आप गीत ही कह दो, गीतों में भी तो मन्त्र ही ठहरे। बस आमा छठी से लेकर गोपी पाणे के साथ तर्पण तक हर काम में रहती थी और गीतों के साथ-साथ पूरे पंडित का काम भी करती थी। वरना इस भुस्स गाँव में कहाँ के गीत, कहाँ की गिदारी।'

ऐसा नहीं था कि आमा किसी अच्छे पढ़े-लिखे घर की थी और उसने ये गीत गाने की कहीं से ट्रेनिंग ले रखी थी। आमा खुद ही बताती थी कि उनका मुकोट भी किसी अच्छे संस्कारी ब्राह्मणों के ही गाँव में था, जिनका खुद पंडिताई का काम था और गीत गाने के लिए भी उनकी औरतें मशहूर थीं। आमा बताती हैं कि उनकी मुकोट की आमा भी गीत गाती थी और आमा जब भी बचपन में अपनी इजा के साथ अपने मुकोट जाती तो अपनी आमा से सुनती थी और आमा ने भी ये गीत अपनी आमा

से सिर्फ एक ही बार सुने थे और जिन्दगी भर के लिए आमा को कंठस्थ हो गये। आमा यह भी बताती थी कि मेरी आमा को तो बहुत ही गीत आते थे पर मैं इतना ही सीख पायी। उस समय मेरी सीखने की उमर भी क्या थी। नौ साल पर तो ब्या ही हो गया। उस पर भी इस गाँव के सारे कहने लगे 'बब्बा हो कैसी है भराड़ी जैसी'। बाद में मुकोट जाने का कभी मौका भी नहीं मिला और आमा भी मर गयी। जब कभी मैत जाती इजा से पूछती तो इजा कहती—च्येली तूने तो इतने चार आँखर शकूना दे तब भी सीख लिया मैं तो इतना भी नहीं सीख पायी। मेरे से क्या पूछती है, तेरी आमा होती तो वह बताती।

अब आमा का अगला गीत शुरू होने से पहले ही मधुली ने उछलते हुए कहा, 'ओ इजा ओइ।' माँ ने चीखते हुए कहा, 'क्या कह रही है मर।' 'इजा देख पार पड़िया भ्यौ (चट्टान) को।' 'क्या है पड़िया भ्यौ त्यर ख्वर।' मधुली की इजा ने डाँटते हुए कहा। 'इजा देख तो सही, कौन आ रहे हैं?' मधुली ने फिर कहा, जैसे वह कुछ छुपाना चाह रही थी। धरमसिंह की घरवाली ने नजर लगायी, 'ओहो चनिया आ गया है।' सारे उठकर पटांगण की दीवार पर खड़े होकर देखने लगे।

पड़िया भ्यौ जो गाँव की सामने वाली पहाड़ी थी और बिरखाम की धार का ही हिस्सा था, वहाँ से झंडीधार की तरफ पाँच लोग आ रहे थे। कपड़ों का रंग तो साफ नजर नहीं आ रहा था। लेकिन उसके पीछे दो डोट्याल (नेपाली कुली) पीठ पर सामान लादे आते दिखाई दे रहे थे। बस अब तो सामान जहाँ पर था, वहीं पर पड़ा रहा। जब तक वे लोग घर नहीं पहुँच जाते सबकी नजर उसी तरफ थी। फिर कलिका ने कहा, 'अरे ये दाल-चावल भीतर रखो, अभी यहाँ पर सब बैठेंगे।' लेकिन उनकी बात पर ज्यादा गौर नहीं हुआ। मधुली की इजा ने मधुली से कहा, 'मधु, तू जरा दौड़कर नौले से एक तौली पानी भर ला, इतनी दूर से आ रहे हैं, प्यास लगी होगी, ठंडा पानी पिएँगे।' हालाँकि मधुली जाने को तो तैयार नहीं थी लेकिन फिर भी भाई के आने के उत्साह में और पानी भी भाई को पिलाना है सो वह सिर में तौली रखकर नौले की तरफ को भागी। पाँव में ठोकर लगने का भी उसे पता नहीं चला। घर आकर माँ ने कहा, बित्थ पड़ी जो तिहें, पाँव की अँगुली फोड़ लायी। जा एक कपड़ा बाँध।' लेकिन मधुली को कोई परवाह नहीं थी। तौली नीचे पटककर घर के नीचे को भाग गयी। जो रास्ता पार खान की धार को जाता है वहाँ से पाँच-सात लोग आते दिखाई दे रहे थे। लेकिन इस बार उसे किसी ने भी नहीं रोका।

मधुली बेतहाशा भाग रही है, पहाड़ी रास्ते पर जोर-जोर से चिल्लाती जा रही है—वो रूकुली, वो खिमुली, ओ रे ललुवा ओ रे धनिया, अरे आ जाओ मेरा ददा आ गया है। और चुन्नी के चाल को हवा में लहराते हुए भाग रही है। यह सुनकर

दो-तीन बच्चे पीछे से और भागने लगे। मधुली सोच रही है, बस जैसे ही अपने ददा को देखेगी लिपट जाएगी उससे। दुनिया भर की गालियाँ देगी। कहेगी—तू इतने दिन से क्यों नहीं आया। क्या हमें भूल गया। उसके लिए जो-जो सामान लाया होगा—धमेली-फुन्दे-चूड़ी अभी से पहनकर सब को दिखाएगी। जैसे और दिखाते हैं अपने, वैसे ही वह भी दिखाएगी। ये सारी चीज तो फौज में से मेरा ददा लाया। हवा में उड़ती हुई चुन्नी के साथ-साथ मन की कल्पनाओं में भी पता नहीं क्या-क्या उड़ाती चली जा रही है। उड़ती जा रही, उड़ती जा रही है। अब मधुली की और पार की धार से आते हुए लोगों की धुलियागैर के गधेरे के ऊपर थप्पड़ (आमने-सामने) भेंट हो गयी। मधुली को यही पता नहीं चला कि वे उसके सामने ही आ गये हैं। मधुली उनसे टकराते-टकराते बची। यह वह झुलियागैर का गधेरा है जहाँ पिरमा का अन्त हुआ था।

अधपगलायी-सी मधुली एक देसी सिपाही से ही लिपट गयी जो सबसे आगे चल रहा था। उसे लगा वही उसका ददा है। मधुली उससे लिपट गयी और उसे कसकर जोर से पकड़ लिया। पाँच मिनट तक आँख बन्द करके वह उससे लिपटती रही और आँसुओं से उसके कपड़े भिगोती रही। तीसरे नम्बर पर आ रहे धरमसिंह यह नजारा देख रहे थे। फिर धीरे से आगे बढ़े, बाकी सब अपनी जगह नतमस्तक किसी ने यह भी नहीं पूछा यह कौन है। पाँच मिनट तक वह इसी उम्मीद में रही कि अब उसका ददा उसके सिर पर हाथ फेरते हुए कहेगा, जो वह अभी तक सोच रही थी, 'पगली तू जानती नहीं, तेरे ददा की फौज की नौकरी है। वहाँ तो किसी भी समय बुला लिया जाता है और कहीं भी भेज दिया जाता है। फिर इस समय तो लड़ाई लगी है। वहाँ कोई हमारे घर की तरह थोड़ी है कि जब चाहो, जहाँ चले जाओ।'और फिर आजकल वह चला भी कहाँ गया है दूर जम्मू कश्मीर-पाकिस्तान के बार्डर पर—जहाँ बारह महीने घुटनों-घुटनों तक बर्फ ही जमी रहती है।'

जब पाँच मिनट तक भी उसको ददा ने कुछ नहीं कहा, तो मधुली ने ऊपर को ददा के चेहरे की ओर नजर उठायी तो उस चेहरे में उसे अपना ददा नजर नहीं आया। उसने हटते हुए पीछे को नजर दौड़ायी, उन पाँचों फौजी वर्दीवालों में अगर कोई पहचान में आया तो सिर्फ धरमसिंह कक्का। धरमसिंह ने आगे बढ़ते हुए, 'मधु'—बस एक मधु शब्द ही उनके मुँह से निकला। 'कक्का मेरा ददा कहाँ है?' धरमसिंह ने धीमे स्वर में कहा, 'वो आ रहा है अभी पीछे से, तू चल घर चल।' मधुली की भी अन्तर्रात्मा में कुछ होने लग गया था। लेकिन अभी उसकी उम्मीदें जारी थीं। वह रुआँसा चेहरा लेकर सबसे आगे-आगे चलने लगी। लेकिन अब उछल-कूद और भागते हुए घर की ओर नहीं बढ़ी। बस धीरे-धीरे सिर झुकाये हुए और

बच्चों के साथ आगे को चलती जा रही है।

अब सबसे आगे मधुली और मधुली के पीछे से धरमसिंह सूबेदार। आखिर में दो नेपाली कुली एक काले रंग का फौजी ट्रंक, जिस पर सफेद रंग से कोई फौजी नम्बर लिखा हुआ था। एक की पीठ पर एक बिस्तरबन्द। पाँचों सिपाहियों में कोई बातचीत भी नहीं हो रही थी। धरमसिंह ने अन्य सिपाहियों को यह भी नहीं बताया कि ये चनिया की बहन है। वे सब कुछ उन्हें पहले ही बता चुके होंगे कि वहाँ जाकर क्या-क्या घटने वाला है। जो भी हो तुम लोगों को कुछ नहीं बोलना है, मैं खुद ही निपटूँगा।

पाँच सिपाही, पीछे से दो कुली, आगे-पीछे चलते पाँच-सात बच्चे। अब बच्चों की भी भीड़ ज्यादा बढ़ने लगी थी क्योंकि देश से जो भी नौकरी से आता तो बच्चों के लिए चना और गुड़ लाना नहीं भूलता। एक-एक मुट्ठी चना और एक-एक डली गुड़ की सभी बच्चों को मिलती। इसी उम्मीद में सारे बच्चे सिपाहियों के मुँह को टुकुर-टुकुर कर ताकते चले जा रहे थे। चलो अभी घर जाकर तो चना और गुड़ मिलेगा ही।

घर आने से पहले मधुली थोड़ा-सा तेज-तेज चलते हुए अन्य लोगों से आगे निकल गयी और घर जाते ही कहा, 'इजा मेरा ददा तो आया ही नहीं।' इस शब्द को सुनते ही माँ को एक काली छाया ने घेर लिया। लेकिन संयत खड़ी रही। पाँचों आते सिपाहियों को एक-एक करके सबको निहारती रही। धरमसिंह जैसे ही आँगन में आये—उनको बिना किसी रमोराम (अभिवादन) करने से पहले ही वह बोल उठी, 'क्यों हो धरमसिंह, मेरा चनिया कहाँ है?' धरमसिंह की गर्दन पहले से ही नीचे को झुकी हुई थी, इस प्रश्न के बाद और भी झुक गयी। धरमसिंह की यह दशा देखकर शायद समझने में कुछ भी देर नहीं लगी। आँगन के दूसरे कोने में खड़ी मधुली की इजा एकदम थरथराती हुई धरमसिंह के पास पहुँच गयी, 'धरमसिंह, मैं कह रही हूँ मेरा चनिया कहाँ है?'

पीछे से चारों सिपाही उसी तरह कतार में सिर नीचे झुकाये खड़े रहे और कुलियों की पीठ का सामान भी उसी तरह लदा रहा। आँगन में सभी स्त्री-पुरुष-बच्चे एकटक उधर ही देखते रहे कि धरमसिंह कब कुछ बोलेंगे। लेकिन धरमसिंह की तरफ से कोई जवाब ही नहीं। मधुली, इजा की धोती का चाल पकड़कर सटी हुई बगल में खड़ी। और लोग भी अब आसपास ही आ गये। चार बार पूछने पर जब धरमसिंह ने कोई जवाब नहीं दिया। फिर मधुली की इजा खुद ही बोल उठी, 'अच्छा...तो अब मैं बताती हूँ।' धरमसिंह की फौजी वर्दी की कमीज दोनों हाथों से इतनी जोर से पकड़ कर झटका मारा कि एक ही झटके में धरमसिंह के बदन से अलग हो गयी। दोनों हाथों से धरमसिंह की छाती पीटने लगी, 'बताओ-बताओ।' बगल में खड़ी मधुली

भी रोने लगी, 'ओ-इ-ओ-इ'। अब यह घटना कुछ-कुछ और लोगों की भी समझ में आने लगी थी।

चनिया की इजा धरमसिंह की छाती को पीटती जा रही थीं। धरमसिंह ने थोड़ा-सा मधुली की इजा को पकड़ने की कोशिश की तो वह बोल उठी, 'पहले बताओ, मेरा चनिया कहाँ है?' काफी देर के बाद लड़खड़ाई आवाज में धरमसिंह इतना ही कह पाये, 'बोज्यू क्या करूँ जब अपने करम ही फूट गये तो अब बताकर क्या होगा। वो अभागा हमें छोड़कर चला गया।'

धरमसिंह के एक शब्द कहने की देरी थी और इस शब्द के साथ एक आवाज ने पूरे वातावरण को चीर दिया। यह स्वर एक जो सबका सामूहिक था—'ओ इजा' यह स्वर बीरखाम की धार से लेकर भोरगाड़ की गाड़ तक गूँजा। आर्तनाद आकाश से लेकर पाताल तक सभी को भेदकर पार कर गया। इसके बाद मानो पृथ्वी पर प्रलय होकर सारी सृष्टि उसी में विलीन हो गयी। अब शायद कोई बोलने-चीखने वाला रहा ही नहीं। जैसे इसी के साथ सारी दुनिया के दुःख अब हमेशा-हमेशा के लिए नष्ट हो गये हैं। अब इसके बाद इस पृथ्वी पर कोई दुख-सुख की छाया पड़ेगी ही नहीं, वह इतना प्रलयकारी था कि पूरी दुनिया की मानव जाति इस पृथ्वी पर दुबारा से जन्मी है। वह सृष्टि वहीं समाप्त हो गयी थी।

भले ही दुनिया के लिए नहीं हो लेकिन चनिया की इजा के लिए धरती और आकाश दोनों ही एक साथ फट चुके थे। धरमसिंह के मुँह का एक शब्द चनिया की इजा को ही नहीं पूरी सृष्टि को धराशायी कर गया। वह ताड़ के वृक्ष की भाँति एक ही झटके में धरमसिंह की छाती से हाथों को नीचे सरकाती वहीं गिर गयी। अभी तक जिसने धरमसिंह को इतनी जोर से पकड़ा था कि धरमसिंह जैसे फौजी सूबेदार का अपने को छुड़ा पाना मुश्किल था वही हाथ अपने आप एक ही क्षण में मृतप्राय होकर नीचे आँगन के पत्थरों पर बिखर गये। एक मन्द-मन्द आर्त-शोक की ध्वनि बज रही थी तो वह थी मधुली की, सिर्फ—'ओ इजा-ओ इजा'। यह 'ओ इजा-ओ इजा', उसकी इजा के गिर जाने के लिए नहीं था, वह था तो उसी चनिया के लिए, लेकिन उसके सिवा उसके पास और कोई शब्द नहीं था। वह चीख नहीं रही थी। मेरा ददा कहाँ गया? कुछ नहीं कह रही थी, सिर्फ—ओ इजा-ओ इजा।

सब-के-सब ऐसे सुन्न हो गये जैसे कि सबको एक साथ साँप सूँघ गया हो। लेकिन एक पाणे ज्यू यहाँ भी जुगत में लगे रहे, 'अरे कोई इसके मुँह में पानी डालो, दाँत सिल दिये हैं।' एक दो औरतों ने काफी कोशिश की लेकिन सिले हुए दाँत नहीं खुले, चेहरे पर पानी के छीटें मारे और मधुली की इजा को हिलाने की कोशिश की लेकिन वह बेजान लाश की तरह पड़ी रही। काफी देर बाद धरमसिंह वैसे ही नीचे बैठे और मधुली की इजा का सिर अपनी गोद में रखा। उसके चेहरे के ऊपर

मौन आँसू ढुरकाते रहे। धरमसिंह ही क्या जो जहाँ था वहीं मौन आँसू ढुरकाता रहा। शुरू में जो एक स्वर 'ओ इजा' था, उससे जैसे पूरा सोया गाँव जाग गया हो। सारे लोग कोई ऊपर से तो कोई नीचे से चनिया की इजा के घर की ओर भागे चले आ रहे थे। वहाँ का दृश्य देखकर जो जहाँ पर खड़ा था वहीं खड़ा रह जाता। कोई किसी से कुछ नहीं पूछता। औरतें मैली धोती के चाल से कभी सिनकती नाक साफ करतीं तो कभी बहती आँखों का पानी साफ करतीं। फिर उसी धोती के चाल से चेहरे को ढँककर आँसू बहाती।

आँगन का दाल-चावल-मसाले सब वैसे के वैसे ही बिखरे रहे। घाम (धूप)भी अब सिर्फ बिरखाम की धार के ही ऊपर रह गया था। सूरज ठीक झंडीधार के ऊपर चला गया था। बिरखाम की धार से सूर्योदय और झंडीधार से सूर्यास्त हमेशा इसी तरह होता है। अगर कोई साक्षी है तो वही, इस गाँव इस प्रदेश के क्रन्दन को वह हमेशा इसी तरह देखता आया है। वह हर कोने में छुपी चीज को अपनी रोशनी में चमकाता है और हर खुशी और गम में इसी तरह उनका साथ देता है। खासकर मधुली की इजा का कोई साक्षी है तो वही। उसी ने मधुली की इजा के हर गम में साथ दिया है, इसके अलावा तो उसके जीवन में अँधेरा ही अँधेरा रहा। आज फिर से एक अँधेरी काली रात। लेकिन क्या हमेशा की तरह एक बार फिर उजाला होगा? अब शायद ही?

सारी औरतों ने, धरमसिंह ने, चनिया की इजा को कितना ही झकझोरा। कई औरतें कह रही थीं, 'अरे हद हो गयी है, इसे जगाओ तो सही, ये तो एक आँखर रोई भी नहीं। इसने एक आँखर—ओ चनिया च्यला तू मुझे छोड़ गया—भी नहीं कहा। इसे जरा जगाकर रुलाओ तो सही। क्या पता रोने से ही होश में आएगी।' जितने मुँह उतनी बात। कलिका ने कहा, 'अरे अब क्या रोएगी? जनमभर रोने में ही तो रही। बचेगी तो रोने के अलावा और अब क्या बचा है।' कुछ लोग अपने घरों को भी वापस जाने लगे। कुलियों ने सामान दीवार के पास रख दिया। वे भी इतना नहीं कह सके, 'महाराज हमारी मजदूरी दे दो, हमें वापस इतनी दूर पैदल जाना है।'

दो-चार औरतों ने बड़ी मुश्किल से मधुली का हाथ पकड़कर उसे अन्दर ले जाने की कोशिश की। उठाकर मधुली को अन्दर रखा तो वह मलभतेर भकार के कोने में सिकुड़कर बिलखती रही, 'ओ इजा... ओ बौज्यू, आज हमारा इस दुनिया में कोई नहीं रहा। ओ इजा, अब हम कहाँ जाएँगे। हम कैसे रहेंगे। ददा तू हमको भी क्यों नहीं मार गया!' रोती चली जा रही थी। गाँव की औरतों ने कितनी ही समझाने की कोशिश की, लेकिन वह कहाँ मानने वाली थी। भकार पर अपना सिर पटक-पटक कर खून निकाल लिया। औरतों ने कितना समझाया, 'तेरे लिए भी मधु हद हो गयी। बाहर देख तेरी इजा की हालत कैसी हो रही है, वो दुश्मन

तो साला तुमको ऐसे रुलाकर चला गया, अब तुम भी नहीं बचते हो। जरा अपनी इजा को समझा। अन्दर ला!' लेकिन उनकी बातों का मधुली पर क्या असर होने वाला था।

बाहर अँधेरा छाने लगा, फिर धरमसिंह ने ही अकेले अपनी गोदी में उठाकर चनिया की इजा को भीतर चाख में एक दरी के ऊपर लिटा दिया। बाकी सिपाही बाहर ही खड़े रहे। कोई चाय-पानी को भी पूछनेवाला नहीं था। चाय-पानी क्या कोई 'बैठो' कहनेवाला भी नहीं। 'अब क्या करें-अब क्या करें' ही हर आदमी की जुबान पर था। बूढ़ी औरतें सिर्फ 'रामौ-शिबौ-इजू' ही कहती जा रही थीं। जवान-जवान औरतें घरों को जा चुकी थीं, किसी के घर में बच्चे अकेले थे, तो किसी के घर में गाय-भैंस दूध देने वाली। फिर अँधेरे में जाना भी मुश्किल। अब घर में सिर्फ गाँव के बड़े-बूढ़े और आदमी लोग ही रह गये थे। रात का अँधेरा बढ़ता जा रहा था। वह भी अँधेरी अमावस की काल रात।

पूरी रात मधुली की इजा के मुँह में दाँत खोल-खोलकर पानी डालते रहे और मुँह पर पानी के छींटे। काफी देर में किसी को होश आया कि बाहर जो चारों सिपाही हैं, उन बेचारों का तो कुछ खाने-पीने का इन्तजाम करो। हालाँकि उन्होंने खाने-पीने के लिए पहले ही मना कर दिया था। फिर किसी ने कहा यहाँ तो सोएँगे भी कहाँ, जगह वैसे ही कम ठहरी, नीचे धरमसिंह ज्यू के घर में सुला दो। सिपाही रात को वहाँ सोने चले गये। बाकी सारे लोग भूखे ही बैठे रहे। मधुली को न जाने भकार के कोने में ही कब नींद आ गयी—रोते-रोते। मगर उसे देखनेवाला भी कोई नहीं।

कालचक्र आगे घूमता जा रहा था। पौ फटने से पहले बिहाणी तारा फिर उसी झंडीधार के ऊपर। चाँदनी आज थी नहीं, क्योंकि अमावस की रात थी। छितरी पक्षी का फिर छितराना (बाँकना)। मुर्गे की कुकुड़ूकूँ। इसी बीच मधुली की इजा के शरीर में भी थोड़ी-बहुत हरकत हुई। उसके मुँह से भी सबसे पहले बेहोशी में ही, 'ओ इजा' निकला। एक हल्की-सी करवट ली। लोगों को थोड़ी-सी उम्मीद जगी—जैसे उनकी पूरी रात की मेहनत रंग ला रही हो। धरमसिंह ने फिर कहा, 'बोज्यू पानी पिओगी?' कोई जवाब नहीं मिला। थोड़ी देर में मधुली की इजा की खबर लेने फिर से बिरखाम की धार से एक छोटा-सा लाल-गोला उभरता गया! और सीधी किरणें घर के भीतर पहुँच गयीं। किरणों के घर के भीतर पहुँचते ही मधुली की इजा की भी जिन्दा होने की किरण जगी, जैसे वह उसे जगाने ही अन्दर आ रही हों।

अब मधुली की इजा भी वही बड़बड़ाती, 'ओ इजा, ओ बौज्यू, हरी जगदीस, हरी बिहावना, हो इजा।' अब अगर उसे कोई समझाए भी तो क्या समझाए। समझाने की बात ही क्या रह गयी थी। बस जरा-सा धरमसिंह ही पूछ

लेते, 'बोज्यू चहा पीओगी?' ना में सिर हिलाती। कोई बूढ़ी अम्मा फिर बोल उठती, 'पी हालौ उनी ख्वरल चहा।'

उस पूरी काली रात गाँव में हर तरफ मातम छाया रहा। कौन नहीं होगा दुखी आज अपने हीरो के हारने से। गवैया—गाँव का गायक। उस दुख में लोगों के पास चनिया के बारे में कहने को कुछ बचा भी नहीं था सिर्फ 'रामौ, शिबौ' के सिवा। पूरी रात हर घर में 'रामौ, शिबौ' के सिवा और कुछ नहीं था। उन लोगों का दुख व्यक्त करने का यही ढंग था। आज कुछ नहीं रहा-शिबौ। इजा कैसा था—रामौ। कौन जाने भगवान की लीला को। क्या खुशी का माहौल था, अब क्या हो गया। लगन में विघन-इसी को कहते हैं लेकिन यह विघन क्या सिर्फ विघन ही था। जिस विघन को कभी होना नहीं था, वह हुआ। लोगों को विश्वास नहीं हो रहा है कि चनिया सच उनसे दूर हो गया। सबके सामने उसकी वही तस्वीर, वही छवि बार-बार उभर रही है—जैसे कि अभी भी किसी पहाड़ी में बाँसुरी की धुन सुना रहा हो।

सुबह चारों सिपाही नीचे धरमसिंह के घर से ऊपर आये। धरमसिंह को सैल्यूट मारते हुए कहा, 'सर हमें जाने की आज्ञा दें।' धरमसिंह उन्हें रोक भी नहीं सकते थे। चारों सरकारी खर्च पर चनिया के घर आये थे। अपनी ड्यूटी पर वापस जाना था। फौजी गाड़ी भीड़ापानी खड़ी करके आये थे। चनिया की इजा को उन्होंने कहा तो सही, 'माता जी, हम भी तुम्हारे ही बेटे हैं। तुम्हारा बेटा मरा नहीं है, अमर हो गया है। उसने इस देश की खातिर अपना बलिदान किया है। हमारा देश उसके बलिदान को हमेशा याद करेगा।' चनिया की इजा के लिए तो पूरा संसार बलिदान हो गया था। धरमसिंह को चारों सिपाहियों ने सैल्यूट मारी और वापस मार्च किया। धरमसिंह जी वहीं रुक गये।

इसके बाद चनिया की इजा को समझाते रहे। लेकिन वह क्या समझती? रात-दिन कुकुरी टोप (हाथ-पाँव सिकोड़कर सिर जमीन में टेककर) मारकर पड़ी रहती। न खाना न पीना, न किसी से बोलना न चालना। हालाँकि घर में गमजदगी करनेवालों का ताँता लगा रहता पर वह बेचारी बेजान लाश की लाश ही बनी रही। हर आनेवाला अपने तरीके से समझाता। लेकिन उसका शरीर ही शून्य हो गया था। साँसें सिर्फ चल रही थीं। आँखें हमेशा खुली की खुली—उनमें आँसू एक भी नहीं। मधुली पागलों की तरह जिधर को देखे, देखती ही रहे। चले तो चलती ही जाए। कहाँ जाना है, क्या करना है यही पता नहीं। क्या नहीं सोच रही थी, कितने दिनों से भाई का इन्तजार कर रही थी, आखिर में इन्तजार का ये फल। क्या हर किसी के इन्तजार का यही हश्र होता है। हालाँकि उस अबोध को ऐसा कुछ मालूम नहीं था लेकिन इस सबके बारे में कुछ मालूम नहीं होने पर भी उसे वह सब कुछ मालूम हो गया था जो शायद

कुछ बिरले ही अभागों को मालूम होता है। बचपन ने ही उसे बुढ़ापे की समझ दिला दी थी, वह जो भी बेरहम यह सब कर रहा था।

समय के आगे किसी की नहीं चलती। लाड़ला मरता है, प्यारा मरता है आखिरकार पेट जिन्दा रहता है। उसे जिन्दा रखने के लिए अमीर और गरीब सभी को एक जैसा ही करना होता है। पेट भी बराबर ही होता है। चूल्हा-चौका-बर्तन सभी एक जैसा होता है। सिर्फ मनों में अन्तर होता है। समय बीतता गया। शेष रह गयी चनिया की यादें, अवशेष तो वहाँ न आये थे, न किसी ने देखे। यादों की सजा में जी रहे हैं। अगर यादें नहीं होतीं तो कुछ नहीं होता। यादें न होतीं तो अच्छा ही होता, जो बार-बार दो माँ-बेटी के लिए सजा साबित हो रही थीं। फिर से टूटी कमर बाँधी और उठी। अभी भी सहारा देने के लिए मधुली साथ में थी ही। देखो कब तक देती है। भरोसा अब उसे मधुली का भी नहीं रह गया था। जब आज तक नारायण से लेकर नर तक उसके साथ कोई नहीं रहा तो मधुली भी क्या रहेगी। ऐसे हट्टे-कट्टे नहीं रहे तो मधुली क्या रहेगी। लेकिन अभी उसकी चिन्ता तो है ही, जब तक शरीर में प्राण हैं। बार-बार उसके बारे में भी बुरे-बुरे ख्याल आते हैं—पता नहीं ये भी कैसी है? भगवान इसमें भी पता नहीं क्या धोखा करेगा? इन फूटे करमों में अभी भी बाकी क्या-क्या लिखा है? हालाँकि अब उसके लिए कोई खुशी और कोई गम, दुख-सुख कुछ नहीं रह गया है। अब कभी थोड़ा बहुत होश में होती है तो सोचती है इसके हाथ पीले हो जाते तो फिर मैं खुद ही मर लेती। पता नहीं इसके भाग में भी क्या है? भाग तो मेरी तरह इसका भी बचपन से अपने आप ही सामने आ रहा है।

खैर, धरमसिंह कुछ दिन घर रहे लेकिन उनके लिए भी फौज से तार आ गया कि वह तुरन्त वापस आएँ। धरमसिंह चनिया की इजा को सब कुछ समझा गये। जो हो गया, वह तो हो ही गया, जानेवाला अब वापस आएगा नहीं। मैं वापस जाकर चनिया का सारा हिसाब-किताब करके भिजवा दूँगा और आपकी पेंशन लगवाने की भी कोशिश करूँगा। धरमसिंह के वापस जाने तक मोर्चे पर युद्ध घमासान छिड़ा हुआ था।

इसके बाद गाँव में हर दूसरे-तीसरे दिन एक फौजी की लाश पहुँचती। पूरा गाँव ही कोहराम और क्रन्दन का सागर बन गया। ऐसा एक भी घर नहीं था कि जिसका एक रणबाँकुरा इस समय देश की सीमा पर नहीं लड़ रहा था। अब गाँव में रोते-रोते लोग थक चुके थे। कोई भी आदमी आता दिखाई देता—गाँव के बच्चे भी उसे देखकर दुबकने लगते—ओ इजा फिर एक आदमी आ रहा है—सारे लोगों की नजरें उसी की तरफ रहतीं। जैसे कोई जंगली जानवर अभी-अभी किसी को उठा लेगा। एक के बाद एक गाँव में तेरह लाशें आयीं। और तेरहवीं लाश थी—सूबेदार

धरमसिंह की। पहले जब चनिया मरा था तब तो लाशें नहीं आ रही थीं लेकिन बाद में लोगों के विरोध के बाद सरकार ने शहीद फौजियों को उनके घरों तक पहुँचाने का इन्तजाम करवाया। लेकिन अब लाशें इतनी हो गयीं कि जिन्दा लोग कम थे और उनके दाह-संस्कार का ही इन्तजाम करना भारी पड़ रहा था।

चनिया की इजा अब इस गाँव को एकटक देखती रहती है। सब कुछ देखते हुए भी कुछ नहीं देखती है, हर किसी के रूदन-क्रन्दन को सुनते हुए भी कुछ नहीं सुनती है। पता नहीं वह क्या देखती है, पता नहीं वह क्या सुनती है पता नहीं उसके दिमाग में किसी के जिन्दा रहने की उम्मीद बची है, पता नहीं वह अभी कितनों के मरने का इन्तजार कर रही है। पता नहीं वह सबकी मौत की साक्षी बनना चाह रही है, पता नहीं वह किसी की मौत की साक्षी नहीं है। पता नहीं वह युद्ध थमने का इन्तजार कर रही है। पता नहीं वह पूरे संसार को युद्ध में लीन देखना चाहती है। पता नहीं वह चनिया की तरह पूरी दुनिया को अधपकी उमर में ही मरना देखना चाहती है, पता नहीं लोगों की लम्बी उम्र की कामना करती है। किसी की भी लाश आये, वह बस देखती है। इधर एक महीने से वह सिर्फ लाशें देख रही है। यह सपना नहीं वह हकीकत देख रही है। एक आर्तनाद-एक क्रन्दन वह सुन रही है। जिसे देख सुन कर उसी तरह अनदेखा अनसुना कर रही है, जैसे सब देखे-सुने उसे एक-एक कर छोड़ते चले जा रहे हैं।

लेकिन अब भी उसके आगे एक बहुत ही बड़ा दुख है—मधुली का। मधुली से वह अब अपने लिए सुख की कल्पना बिल्कुल नहीं कर रही है। दुख है तो सिर्फ इस बात का कि जैसे-तैसे उसके हाथ पीले हो जाते फिर वह आराम से मर सकती। जहाँ मधुली के लिए भी हजारों रिश्ते आ रहे थे—कोई लड़का फौज में तो कोई कहीं, पर उस समय मधुली ने भी और माँ ने भी मना ही कर दिया था कि पहले चनिया की शादी हो जाए, घर में बहू आ जाए, माँ का साथ हो जाए, फिर मधुली की शादी हो जाएगी। फिर अभी उम्र भी तो सिर्फ चौदह साल ही तो थी, वैसे हो तो गयी ढाँक जैसी। माँ से भी लम्बी। पहले मधुली के रिश्ते के लिए जिन लोगों ने दस-दस चक्कर काटे, आज उन्हें दस-दस जवाब भेजने पर भी कोई दहलीज पर पाँव रखने को तैयार ही नहीं। अब कौन करेगा ऐसी लड़की से शादी-न आगे कोई न पीछे। न बाप, न भाई। गरीबी की खस्ता हालत अलग। जिस दिन बुढ़िया मरी तो उस दिन से घर के दरवाजे हमेशा-हमेशा के लिए बन्द। जिसको भी कहा उसका एक ही जवाब होता था, 'श्यो बैठण आसर (किसी की छाया) तो चाहिए ही महाराज। कुछ भी हो रिश्ता करके कल को एक घूँट पानी पीने की ओट तो चाहिए ही।'

माँ कहीं आ-जा तो सकती नहीं थी। और न शरीर में अब ऐसी सामर्थ्य ही रह गयी थी कि कहीं आए-जाए, लोगों से मिले-जुले। बस अब वह अपने लिए

मधुली को एक कलंक मानने लगी थी। लाख कोशिशें कर ली पर कोई बेटी को पूछनेवाला ही नहीं था। उधर मधुली दिनों-दिन जवान होती जा रही थी। माँ को बार-बार यही चिन्ता सताये जा रही थी, 'कोई हाँकने-दागने वाला है नहीं, कभी कुछ कर लिया तो बुढ़ापे में एक और कलंक लेकर मरूँगी।' माँ ने हारकर कहना शुरू कर दिया कि कोई दूसरी शादी वाला ही आ जाता, मैं उसे ही दे देती। कम से कम जनमभर बेटी को घर में बैठाने के कलंक से तो मुक्त होती।

बहुत दिनों के बाद रामगंगा पार गैरखेत की धार की तरफ से कोई बहुत ही गरीब आदमी आया। उमर करीब चालीसेक साल थी। पहली पत्नी को मरे अभी तीन ही महीने हुए थे मगर तीन बच्चे छोड़ गयी थी। बस उन्हीं की देखभाल के लिए दूसरी पत्नी की जरूरत थी। इसलिए वह आदमी विपत का मारा लगता था। मधुली की इजा के पास नरैणी-गरैणी (लाख मिन्नत) लगाता रहा। अन्दर से तो मधुली की इजा का मन बिल्कुल भी नहीं हो रहा था पर क्या करती, आखिर में अपने मन को समझाया कि अभी ये मिल रहा है, कल को ये भी नहीं मिलेगा तो क्या करूँगी। नहीं तो चौदह साल की लड़की को चालीस साल के आदमी और वह भी तीन बच्चों के बाप को कौन देना चाहेगा। पहले माँ ने क्या-क्या सपने नहीं देखे थे मधुली के लिए। पर आज सपना हकीकत में किस तरह बदल रहा है यह भी देख रही है। सब समझ रही है लेकिन है मजबूर। मधुली से माँ ने एक आँखर पूछा जरूर मगर मधुली क्या कहती। उस दूल्हे को देख और घर में तीन बच्चे हैं सुन वह इतनी सहम गयी थी कि माँ के लिए विरोध का एक शब्द मुँह से नहीं निकला। कोई अयाना-सयाना भी नहीं था कि चलो मधुली की इजा उससे ही पूछ लेती कि क्या करूँ। पहले की बात होती तो अभी तक पधान बूबू के पास पहुँच जाती, 'बूबू ऐसा-ऐसा है, अब क्या जो करूँ, कैसा जो करूँ?' मगर अब जो करना है अपने मन से करना है और कर भी वह रही है जो उसका मन भी मना कर रहा है।

अब माँ ने बेटी की हाँ तो कर दी थी लेकिन घर में एक पैसा नहीं। चनिया की मौत पर आये सिपाही कह तो गये थे कि माताजी हम सारा हिसाब-किताब करवाकर भेज देंगे। लेकिन आज तक एक चिट्ठी भी नहीं आयी। लोगों ने कई बार कहा भी कि एक बार रानीखेत जाकर पता तो कर। लेकिन चनिया की इजा ने कह दिया कि मेरे बस का ये चिलना की ठाड़ी काटना नहीं है। वैसे भी उसके पैसे लेकर मेरा कौन-सा बेड़ा पार हो रहा है। तब से आज तक घर में कहीं से एक धेला नहीं आया। उससे पहले भी कौन-सा ढेर लगा था। परन्तु पहले वह मेहनत-मजदूरी करके अपनी जुगत कर लेती थी। लेकिन जब से चनिया मरा तब से तो वह घर से बाहर निकली ही नहीं। मधुली की इजा ने उस आदमी से कह दिया, 'भइया बारात

तो मैं खिला नहीं सकती हूँ, बस तुम चार आदमी आकर लड़की को डोली में डाल ले जाओ।' वह आदमी भी राजी हो गया, वह खुद ही ऐसा चाह रहा था, उसकी भी कौन-सी मधुली की इजा से अच्छी हालत थी। खुद-मेहनत-मजदूरी करके अपने बच्चों को पाल रहा था, ऊपर से आफत का इतना बड़ा पहाड़ कि आधी उमर में घरवाली भी छोड़ गयी। नहीं तो इस समय कौन-सी शादी की उमर थी। आखिरकार एक दिन मधुली की शादी हो गयी।

दस

मधुली की शादी के बाद एक बार फिर बुढ़िया ने चैन की साँस ली कि चलो आगे बेटी की किस्मत में जैसा भी होगा लेकिन कम-से-कम उसकी जिम्मेदारी तो खत्म हुई और मौत की साँस आराम से ले सकेगी। जैसा उसके भाग में होगा—अपने भाग का वो भी भोगेगी। आदमी बिपत का ही मारा है, एक पत्नी पहले ही मर चुकी है तो दूसरी की हिफाजत करेगा ही। उस बेचारी का अपना अब क्या है, जहाँ पड़ी रहे, जैसी पड़ी रहे कोई पूछनेवाला नहीं। अब किसी प्रकार का झसक (चिन्ता) नहीं रहा। मधुली की शादी करके अब माँ थोड़ा-बहुत बाहर-भीतर जाने लग गयी है। अपने लिए नौले से पानी लाना, लकड़ी ले आना—सब खुद ही करने लगी है। आज तक तो जो भी हुआ सब मधुली ही करती थी, अब मधुली भी चली गयी। कभी मन हुआ तो दो रोटी अपने लिए पका ली नहीं तो पड़ी रही।

उधर मधुली की शादी हुए अभी एक महीना भी नहीं हुआ था, ससुरालवालों ने मधुली पर जुल्म ढाने शुरू कर दिये। वैसे ससुराल में था ही कौन—एक मधुली का घरवाला, तीन उसके बच्चे और एक मधुली के घरवाले की बहन। जो अपने ससुराल न रहकर मायके में ही जमी हुई थी। मधुली खुद ही बच्ची थी, उसे बच्चों को सँभालने का तजुर्बा कहाँ आता लेकिन फिर भी वह तीनों बच्चों की देख-रेख भी कर रही थी। सबसे छोटावाला तो अभी सात ही महीने का था, उसकी माँ उसे तीन महीने का ही छोड़ गयी थी। उसे मधुली कन्धे पर पूरी-पूरी रात घुमाती रहती। मधुली बच्चे के लिए वह तो सब कुछ कर सकती थी जो उसकी माँ करती लेकिन बच्चे के लिए जो सबसे जरूरी चीज थी, वह माँ से उसका दूध माँगता था, वह मधुली उसे कहाँ से पिलाती। वह इस तरह की भी कई बार नाकाम कोशिश भी करती लेकिन बच्चा लगता ही नहीं था। रात-रात भर बच्चे के साथ जगकर पूरे दिन खेतों में खटती थी। जबकि आज तक वह हमेशा माँ और भाई की लाड़ली रही थी।

धीरे-धीरे मधुली की गाँव की औरतों से जान-पहचान हुई, हालाँकि उसके पति और ननद ने उसे यह हिदायत शादी के ही दिन दे दी थी कि गाँव की किसी भी आदमी-औरत से जरा भी बात की, किसी के मुँह पर हँसी-बोली तो खबरदार। ये गाँव के लोग

बड़े ही नंगे हैं, हम न किसी से बोलते हैं, न हमारा किसी से कोई पैंचा-वैचा है। फिर भी खेतों में काम करते, रास्ते में आते-जाते 'ओ दीदी-ओ भूली' पहाड़ी औरतों के स्वभाव के अनुसार हो ही जाती थी। बैठकर बात न भी करें तो घंटों तक गोबर की डलिया या घास का गट्ठर सिर पर रखे खड़े-खड़े ही बात कर लेती। बातें भी उनकी ही जैसी होती थीं, 'तूने सुना, उनकी भैंस का कटड़ा हुआ है' 'फलाने की बहू मायके चली गयी है', शेष दीन-दुनिया से बेखबर। अपने में खटती-अपने में ही मरती। बस कभी कोई मिल गया तो एक घड़ी में ही सारे उद्‌गार बाहर निकालने की बेचैनी। गाँव की औरतों ने उसे बताया, 'अब तू भी हमारी जैसी ही ठहरी, तब तेरे से हम कह रहे हैं, नहीं तो तेरी ननद सुनेगी तो वो तो हमें जिन्दा चीर देगी। तेरी सौत मरी थोड़ी ठहरी, ये दो भाई-बहनों ने उसे मार दिया। अरे भूलू बेचारी इतनी सीधी-सादी औरत ठहरी अब तुझे क्या बताऊँ! ये दुष्टों ने उसको न खाना दिया, न घर आने दिया, रात दिन कटेला-कटेल। अब तेरे को बता के तो क्या होने वाला ठहरा पर हम कह रहे हैं तू जरा अपना होशियार रहना। ये तेरी ननद राठ तो अब क्या कहें...!'

जैसे-जैसे गाँव की औरतें जो-जो मधुली को बताती जा रही थीं, वही हकीकत में मधुली के साथ होती भी जा रही थीं। वह देख रही थी कि जब देखो तब उसकी ननद उसके पति के कान में कुछ न कुछ कहती ही रहती थी। मधुली का घरवाला अगर मधुली के पास आता तो दो घड़ी रात को— वह भी सिर्फ रात के काम के लिए। उसमें भी मधुली को एक तरफ बच्चे को सँभालना होता था एक तरफ उस भिसौंण (शैतान) जैसे पति को। जिसे देखकर ही उसे डर लगता था। पर वह जो करता था मना भी नहीं कर सकती थी। अगर पति का साथ था तो बस इतना ही चौबीस घंटों में, जब जितना समय लगा कभी आधा तो कभी एक घंटा-सिर्फ रात की पहली पहर में, शेष पूरे दिन कहर ही कहर।

अब मधुली के साथ आये दिन मारपीट भी होने लग गयी थी। पति तो पति ही जब मौका मिला ननद भी नहीं छोड़ती थी। बार-बार मधुली पूछती थी, 'तुम लोग मुझे ऐसे परेशान क्यों कर रहे हो आखिर मेरा दोष है, तो क्या है?' दोष कुछ हो तो तब तो बताएँ। बस बेचारी का कोई दोष था तो यह कि भगवान ने उसे ऐसा सुन्दर रूप दिया था, जिसकी कोई उपमा ही नहीं थी। बार-बार वही रट थी उन लोगों की, 'तू फलाने के साथ हँस क्यों रही थी, तू फलाने के साथ बोल क्यों रही थी?' अगर कोई आरोप था तो बस यही था। हर बार यही, 'हमें क्या पता था तेरे चरित्तर ऐसे बिगड़े हुए हैं, हमने तो सोचा हमारे बच्चों को देख देगी, नहीं तो ऐसी को ले ही कौन जाता।'

सच ही इस अभागन को भगवान ने भी ऐसा रूप क्यों दे दिया। जिसके रूप की कोई उपमा ही नहीं। हालाँकि उसके रूप की कोई क़दर करनेवाला नहीं था। कदर नहीं भी हुई तो बेकदरी इस ढंग से हुई कि उसका वही रूप उसके लिए श्राप बनता जा रहा था। जबकि उस अभागन ने अपना रूप तो कभी देखा ही नहीं। लेकिन जिसने

देखा वह उसके करमों को अवश्य ही रोया। उधर कहाँ मधुली माँ से विदा लेते समय कह गयी थी, 'इजा! तू भी यहाँ अकेली क्या करेगी, मैं दुबारा आकर तुझे भी अपने साथ ही ले जाऊँगी। तू यहाँ अब अकेली पड़ी-पड़ी क्या करेगी। एक टाइम तुझे भी दो रोटी ही तो चाहिए। वहीं पड़ी रहेगी एक कोने में।' लेकिन अब देख रही है कि शायद उसके लिए भी कोई कोना नहीं है। पर क्या करे, कहाँ जाए। किससे शिकायत करे। उधर माँ मन-ही-मन खुश थी कि चलो बेटी ससुराल में रम-बस गयी है। उसका अच्छा हो गया है।

आये दिन की मारपीट, गालीगलौज। बेइज्जती पर बेइज्जती। मधुली सीधे भागकर माँ के पास आ गयी। साथ में कोई न देखकर माँ ने पूछा भी लेकिन मधुली यह कहकर बात टाल जाती कि वो (पति) तो थे, मुझे रामगंगा पार कराके वापस चले गये, बच्चे किसके साथ रहते। यह तो वह कह ही नहीं सकती थी कि उसके साथ क्या-क्या हो रहा है। उसकी किस तरह से मार-पिटाई की जा रही है। बताकर करती भी क्या, माँ खुद ही इतनी दुखियारी थी, वह बताती तो जिस खुशफहमी में माँ मौत तलाश रही थीं, उसकी वह मौत को गमगीन होने के सिवा और हो ही क्या सकता था। चार दिन रहकर चली गयी। यह चार दिनों का सिलसिला चलता रहा। कभी मधुली ने माँ को थोड़ा बहुत बताया भी तो माँ बार-बार यही कहती रही, 'मधु, ऐसा तो हर घर में होता ही है। छोटे-छोटे बच्चे हैं, जवाई बेचारे भी दिन भर मेहनत-मजदूरी करते हैं, थके-हारे घर पर आते होंगे तो थोड़ा बहुत तू सहन कर लेना।' वह माँ को क्या कहती वह क्या-क्या सहन करती जा रही है जो उसके लिए असहनीय है।

माँ ने मधुली से कई बार पूछा, 'मधु ससुराल में किसी चीज-बस्त की असज तो नहीं है?' हालाँकि यह माँ भी जानती थी कि जैसे घर में उसने मधुली की शादी की है वहाँ असजों के अम्बार के सिवा और हो ही क्या सकता है। लेकिन फिर भी अपनी हैसियत के दुखों को गिनाते हुए वह पूछती ही रहती थी लेकिन हर बार बेटी का भी यही जवाब होता, 'ना इजा ना, मुझे किसी प्रकार की कोई असज नहीं है। बच्चों को देखने में ही मेरा दिन बीत जाता है। मुझे अगर कोई फिकर है तो बस इजा तेरी है। अब तू मना कर देती है, नहीं तो तू भी वहीं रह लेती तो तेरी फिकर भी मिट जाती।' यह मधुली अच्छी तरह जानती है कि जहाँ उसके लिए खुद जगह नहीं है, वहाँ वह माँ को कहाँ रखेगी पर यह सब बताकर जिन्दा माँ को मुर्दा नहीं बनाना चाहती थी। 'इजा इतनी दूर से अब रोज-रोज आया भी नहीं जाता, पर क्या करूँ, तेरी फिकर हो जाती है, तो चली आती हूँ।' मधुली ये सारी बातें इजा को इसलिए कह रही है कि ताकि माँ को पूछने का मौका ही न मिले।

ग्यारह

माँ मधुली को चुप कराने की लाख कोशिश कर रही है, 'मधु! तूने तो एक रोटी भी नहीं खायी। ले खा ले।' लेकिन मधुली थी कि उसके आँसू थमने को ही नहीं आ रहे थे। वह सिसकती चली जा रही है। माँ कुछ पूछे भी तो उसका स्वर इस तरह रुँधा था कि आवाज निकल ही नहीं रही थी। माँ की ही तरह बेटी के आगे भी उसका पूरा जीवन घूम रहा था। कहीं कोई असमानता नहीं। दोनों की ही कहानियाँ परत-दर-परत उनकी ही आँखों के आगे खुलती जा रही हैं। माँ सोच रही है कि मैं कैसी किस्मत लेकर पैदा हुई तो बेटी सोच रही है कि मैं कैसी अभागन पैदा हुई। दोनों को ही अपने पैदा होने का दुख है। दोनों ही सोच रही हैं कि क्या दुनिया जहान के सारे दुख-दर्द उनकी ही किस्मत में लिखे थे?

अब तक बाहर धूप भी आ चुकी थी। लेकिन अभी पूरी तरह तपन नहीं दे रही थी। क्योंकि सर्दियों की धूप एक घंटे तक तो उड़ती-उड़ती-सी ही लगती है। झंडीधार के बाँज के पेड़ों की पत्तियों में ओस के कण मोतियों की तरह चमकते दिखाई दे रहे थे। रात भर की तुषार की जमी खाँकर अभी पिघलनी शुरू हुई थी। रात में दुबकी चिड़ियाँ भी अब अपने पंख फड़फड़ाकर कसरत करने लगी थीं। घर के आँगन में रात भर का सिमटा कुत्ता कमर को लम्बी करते हुए दो बार भौंक कर सीधे गधेरे की तरफ को चला गया था। बाहर आँगन के पत्थर रात की ओस से भीगे अब सूख गये थे। माँ ने बेटी को कहा, 'मधु! मैं बाहर आँगन में जरा पुआल बिछा देती हूँ, तू उस पर बैठ जा। मैं तेरे घावों को थोड़ा सेंक दूँगी। जहाँ-जहाँ भी नील पड़ा है थोड़ा मल दूँगी, खून फटेगा।'

सर्दियों की धूप आँगन में पेड़ों के बीच से इस तरह आ रही थी कि जैसे लुकाछिपी का खेल खेल रही हो। दोनों माँ-बेटी पुआल के ऊपर आँगन में बैठ गयी हैं। माँ एक कटोरी में रखे तेल से बेटी के घावों और नील पड़े निशानों को मलने लगी। बेटी के घावों को सेंकते हुए उसे ख्याल आया कि बेटी की कुर्ती का चाल और घायली का चाल उससे भी ज्यादा छीन-सा हुआ पड़ा है। नीचे के हिस्से में घाघरी

का चाल घुटनों तक ही था। ऊपर कुर्ती का चाल आगे से बिल्कुल फटा हुआ। उससे बाहर निकले दो गोल-गोल गोलाकार बिल्कुल ही बाहर निकल चुके थे। वे भी कुर्ती के चाल जैसे ही मैले-कुचैले, आगे से पपड़ी-सी जमी हुई। जगह-जगह से छीन- से हुए कपड़ों में जहाँ से भी कपड़ों के भीतर की परत दिखाई देती वहाँ ऐसा लगता मानों बादलों के बीच बिजली चमक रही हो। सच, भगवान ने भी उसी अभागिन को ऐसा रूप दिया। इसी रूप की खातिर तो उसकी ऐसी दुर्दशा हुई। कई बार मधुली सोचती है कि वह अपना मुँह नोच-नोचकर रूप का कुरूप कर दे।

मधुली के शरीर में जगह-जगह से हवा भीतर घुस रही है, वह अपने को सिकोड़ती जा रही है। माँ ने पूछा, 'मधु, तेरी कुर्ती और घाघरी का चाल तो बिल्कुल ही छीन-सा हो गया है क्या ससुरालवालों ने कुछ भी नहीं बनवाया?' 'इजा, बनवाया होता तो मैं अपने शरीर को ऐसे ढँकती? उन्हें क्या जरूरत है मेरे लिए कुछ बनवाने की। उन्होंने तो मुझे घर से बिल्कुल ही नंगा करके निकाल दिया था। मैं एक घाघरी के चाल को लपेटे जौ के खेत में छुपी अपनी इज्जत बचाने को। ये तो ऊपर की शिबू की इजा बेचारी को दया आ गयी। उसने कहा, 'अरे बेशर्मो, नकटो! ये जवान-जबान औरत को तुम इस तरह से नंगी करके निकाल रहे हो। कमीनों! तुमको अपनी शरम नहीं है तो दुनिया की तो शरम करो। ये औरत ऐसे कहाँ जाएगी। तुमने उसकी लाज नहीं रखी तो उसे अपनी लाज रखने के लिए एक चिथड़ा तो दे दो जिससे वह अपना शरीर ढक सके। वह नकटे कहाँ देने वाले थे, फिर ऊपर से ये चाल शिबू की इजा ने ही फेंका। वो ननद राँड देखती तो कल से शिबू की इजा का भी सराद करना शुरू कर देती—तू ही अपनी सौत बना ले। अपने खसम के लिए रख ले। जब उस बेचारी ने ये चिथड़ा दिया तब मैं किसी तरह उस खेत में से अपने तन को ढककर यहाँ तक आयी, नहीं तो मेरे लिए तो खेत में ही मरना हो गया था।'

मधुली अभी भी माँ को बताते-बताते अपने शरीर को इस तरह सिकोड़ रही थी कि मानो अभी भी कोई उसके साथ वैसा ही कर रहा हो, जैसा कल किया था। फिर से उसके कपड़े फाड़कर पूरी तरह नंगी कर रहा हो और वह किसी तरह अपने पति और ननद के हाथ से छूटकर जौ की बालियों से भरे खेत के बीच में बैठ गयी हो और ऊपर से शिबू के बौज्यू उसे देख रहे हों। और मुँह फेरते हुए अन्दर जाकर शिबू की इजा को यह कहते हुए भेज रहे हों, 'अरे बेचारी की लाज तू तो बचा, कोई कम्बल का चिथड़ा ही दे दे, जिससे बेचारी अपने तन को ढके। अब मैं भी बाहर कैसे जाऊँ। एक तो बेचारी रिश्ते की बहू ठहरी और दूसरा ऐसी हालत में। जरा फेंक तो नीचे को एक चिथड़ा।'

सारे दृश्य परत-दर-परत खुलते जा रहे हैं। वह अपने शरीर को सिकोड़ती जा

रही है कि अब लाज गयी तब लाज गयी। दो नंगे गोल-गोल गोलाकारों को हाथों से दबाये हुए ढँक रही थी। माँ ने पूछा, 'मधु क्या जब जवाई ने ऐसा किया तो तेरी ननद भी साथ में थी, उसने भी नहीं कहा कि अरे तू इसको इस तरह नंगा करके घर से क्यों निकाल रहा है? वह तो आखिर कुछ भी हो औरत जात ही ठहरी, जैसी अपनी इज्जत ठहरी, वैसी ही दूसरे की भी।' इजा वो तो कहती है तू और तेरा खानदान बेशर्म है। तेरे और तेरी माँ के चरित्तर ठीक नहीं हैं। वो रोज ही कहती है कि भगोती के टिकुवा लोहार के साथ तेरे क्या लछण हैं, मुझे सब पता है। तू मुसिया दुकानदार की दुकान में क्या करने जाती है। अब इजा, मैं टिकुवा लोहार के आफर जब भी गयी दराती-कुदाल कराने (धार तेज करने) गयी। मुसिया की दुकान से एक-दो बार चहापत्ती लायी। लेकिन उस ननद को तो सारा गाँव जानता है, आज से नहीं बचपन से ही। बच्चे से लेकर बूढ़े तक। औरत से लेकर मर्द तक। उसके ससुराल घर में क्या लक्षण रहे और जब से मैत में आयी तो वहाँ भी क्या लक्षण हैं। इजा, मैंने आज तक किसी के मुँह सामने नहीं देखा। किसी ने मेरे से नहीं कहा—तेरे मुँह के दाँत कैसे हैं? अब उस ननद रांड की क्या-क्या बिरखाँत (किस्से) लगाऊँ! मैंने तो सोचा था एक ही खसम को छोड़कर आयी होगी, गाँववाले कह रहे हैं कितने घर होकर आ गयी है। आखिर में अब मैत में आ गयी। मैत भी आ गयी तो पूरे इलाके का आज तक न एक डूम छोड़ा न बीठ (ऊँची-नीची जाति)। सबसे ज्यादा कोयले उसी के जोबन के हो रहे हैं। वही सिखाती है अपने भाई को भी उल्टे-सुल्टे किस्से।'

जबकि सच यह था कि मधुली ने कई बार अपनी ननद को टिकुवा लोहार के आफर से बाहर आते देखा था। देखा ही क्या था, कई बार तो सिर के बाल बिखरे और सिर से पिछौड़ी का चाल गिरा हुआ देखा। यही नहीं हद तो ये थी कि कई दिन तो मधुली ने पीछे से उसकी घाघरी का चाल भी भीगा हुआ देखा। पर वह किससे कहती? उससे कहती तो वह उसे वहीं जिन्दा चीर देती। आदमी को कहती तो उसे घर से निकालने का एक और बहाना मिल जाता कि मेरी बहन पर तू लांछन लगा रही है। जबकि वो हमारे लिए इतना रात-दिन मर खप रही है। खैर मधुली को इससे भी कोई ऐतराज नहीं था। उसने हर बार यही सोचा कि ये अपना सिर जैसे जहाँ फोड़े उसे क्या लेना-देना है। जिस दिन पाप प्रकट होगा तो उस दिन की उसी दिन देखी जाएगी। वैसे भी उसने क्या करना है। पर हद तो यह थी कि उसकी ननद अपने किये हुए सारे करमों को एक-एक करके मधुली के सिर मढ़ देती थी। दुनिया के पापों को खुद रच रही थी, पर नाम उसका लगाकर कलंकित कर रही थी। फिर भी मधुली यह मानकर चुप रही कि शायद दुनिया का यही ढंग है—अपना किया हुआ पाप दूसरों के सिर थोपने का।

एक दिन तल्ली बाखली की कीड़ी ने बताया था, 'बब्बा हो तो तेरी ननद तो भइया हद कर रही ठहरी। उस दिन जब मलखेत लकड़ियों के लिए गये तो तेरी ननद ने हमसे कहा, 'अरे मैं जरा मुसिया की दुकान में एक घूँट पानी पी आती हूँ, मेरा कब से गला सूख रहा', कहके सिर से लकड़ी का गट्ठा नीचे रखकर उसके सीधे मलभतेर घुस गयी। अब वैसा ही वह मुसिया ठहरा, उसने भी दिन-दोपहर ही दरवाजे पर साँकल लगायी और खुद भी अन्दर घुस गया। अब हम नीचे एक घंटे तक रुके रहे, अब आएगी-अब आएगी। उसकी दुकान में बाहर कितने चहा-पाणी पीनेवाले लोग भी खड़े ठहरे। बस बेशर्म दोनों अलोप। भइया दो घंटे में मुसिया जब बाहर आया तो खी-खी-खी करने लगा। और बहाना क्या बनाया नंगे ने—ये खिमुली का नाव (नाभि) पलट गया था उसको जरा ठीक जगह पर रख रहा था। जैसे नंगा वही लगा होगा हकीम-वैद्य। और इस रांड को काल ने भी नहीं खा रखा था। अगर उसका नाव पलटा ही था तो सरूली की इजा तो नाव ठीक करने में प्रसिद्ध ठहरी। सभी उसी को बुलाकर ले जानेवाले ठहरे। इसका नाव ठीक करने वाला ठहरा वो मुसिया नंगा। कहने लगा—अरे बेचारी दर्द से मर रही थी। और तेरी ननद रांड बस ऐसे धरधराती आयी जैसे कोई सतकरम करके आ रही होगी। रंडी का जैसे खसम लगता होगा। और हमको ऐसा समझ रही थी कि बस एक वही बेशर्म है अक्लदार और बाकी सब गौं (गाँव) में उल्लू पट्ठ रहते होंगे। कहने लगी—लो बिस्कुट खा लो, मुसिया ने दिया है, हमने तो नहीं खाया। सरूली की इजा ने तो कह भी दिया—हम तो नहीं खाते हैं, तू ही खा उसका जो-जो खाती है। हमारे पुन्य कहाँ है ऐसे बिस्कुट खाने के।'

मधुली यह सब सुन-जानकर भी हमेशा चुप ही रही। कीड़ी ने उससे कहा भी था, 'भइया तू तो हमारे साथ की ठहरी तब तुझे बता दिया, अब तू किसी और को मत बताना। नहीं तो तेरी ननद हमारी एक ही दिन में छट्टी-पासनी कर देगी। और उधर मुसिया के वहाँ हमारा तो उधार चलने वाला ठहरा। खिमुली राँठ कल को उससे कहेगी तो वो हमारा उधार भी बन्द कर देगा। फिर क्या करेंगे, एक पुड़िया चहा के बगैर ही काम रुक जाने वाला ठहरा। कल से ही चहापत्ती का भी भेद हो जाएगा।'

मधुली ने सोचा चलो अपने आदमी को बता देगी। आदमी की बहन की बदनामी से उसकी भी तो बदनामी हो ही रही है। अब जब रोज-रोज सबके साथ ऐसा कर रही है तो कभी न कभी तो पाप प्रकट होगा ही। कल फिर पूरा गाँव फँसेगा किसका है किसका है करके। मधुली के कहने पर शायद भाई कुछ डाँटेगा-फटकारेगा। कहेगा—खाली दुनिया में तू मेरी थू-थू करवा रही है। गाँव के कई भले मानुष तो उनके घर आने को भी डरते थे कि भइया खिमुली के ऐसे लक्षण ठहरे कभी कुछ हो गया तो हम भी फँसेंगे। जो उसके खास यार होंगे उनको तो बचा लेगी

और पाप किसी और के सिर मढ़ देगी। ऐसी औरतों से तो दूर ही रहना ठहरा।

मधुली ने एक दिन हिम्मत करके रात को सोते समय अपने आदमी के कान में कहा, 'गाँव में सभी ननद के लक्षण अच्छे नहीं बता रहे हैं। कभी जरा कह दिया करो। नहीं तो कल को फिर भुगतना तो तुमको ही पड़ेगा।' पर वह मधुली की बात कहाँ सुननेवाला था, जैसे बहन ने दुनियावालों पर कब्जा कर रखा था, वैसे ही भाई को भी अपने बस में किया था। वह उल्टा मधुली पर ही बरस पड़ा, 'अच्छा, अब तू अपना किया हुआ पाप मेरी बहन के सिर मढ़ना चाहती है। मेरी बहन इतने साल से इस गाँव में रह रही है, आज तक किसी ने भी उस पर अँगुली नहीं उठायी और आज इस गाँव में एक तू बदजात आ गयी तो तुझे मेरी बहन ही खराब नजर आने लगी। इतने दिनों से हम दोनों तेरे से कह रहे हैं कि अरे हमारा इस गाँव में किसी से कोई मतलब नहीं है। तू इन लोगों से बोलना-चालना छोड़ दे पर तू कहाँ, तुझे तो चाहिए खसम। खसमों की ढूँढ़ में तू कहाँ-कहाँ नहीं जाती है हमें पता नहीं है। ये बात भी तुझे तेरे खसमों ने ही सिखायी होगी कि अब तू अपनी ननद को बदनाम कर। तू क्या चाहती है तेरे कारण मैं अपनी बहन को घर से निकाल दूँ। तू तो उसे यहाँ देखना ही नहीं चाहती। वो चली जाएगी तो फिर तेरा अकेला राज हो जाएगा। फिर तू जितने चाहे खसम रख सकेगी। मैं काम पर चला जाऊँगा तेरे खसम फिर दिन-दोपहर को आराम से आ-जा सकेंगे, फिर तुझे कहीं जाने की जरूरत नहीं पड़ेगी। तू खुद ही क्यों नहीं निकल जा रही है। हमारी तरफ से तुझे खुली छूट है, तुझे जहाँ जाना है, तू वहाँ जा। तूने इतने खसम रखे हैं किसी के भी घर चली जा!'

गोबर से लिपे हुए लकड़ी के पार्टीशन के उस तरफ मधुली की ननद सोयी हुई थी। उस तरफ क्या बगल में ही। सिर्फ बीच में लकड़ी की दीवार थी। वह भी जगह-जगह से खोखली। कई दिनों से उसे नहीं लीपने के कारण पुराना गोबर नीचे गिर गया था जिससे आर-पार सब कुछ दिखता था कि मधुली और मधुली का घरवाला क्या कर रहे हैं, खिमुली और उसके यार क्या कर रहे हैं। खिमुली यह सब सुन रही थी। उस समय खिमुली सुनती रही लेकिन उस दिन से ही वह मधुली की पूरी जानी दुश्मन बन गयी थी। उसने अब अपना इरादा बना लिया था कि वह मधुली का भी वही हश्र करेगी जो उसने उसकी सौत का किया था। अपने भाई को खिमुली ने अपनी ओर पक्की तरह कर लिया—उसे हर तरह से समझा-बुझाकर। यहाँ तक उससे यह भी कह दिया था, 'अरे ये भी चली जाएगी तो एक और ले आएँगे-बिठड़ी नहीं मिलेगी तो साली डुमणी (ऊँची जाति की नहीं तो नीची जाति की) ही ले आएँगे। अब तू इस राँड को तो जैसे होता है निकाल यहाँ से।' भाई ने भी उसकी हाँ में हाँ भरी। बस क्या था—अन्धे को क्या चाहिए दो आँख। खिमुली को मिल गयी खुली

छूट। अब वह खुलकर ढाने लगी थी उस पर कहर। यहाँ तक कि अब जब भी मधुली का घरवाला मधुली को मारता-पीटता खिमुली उसमें उसकी मदद करती। और बाद में उसका उत्साह बढ़ाने के लिए, 'भुलि तूने बिल्कुल ठीक किया ये राँड औकात पर आएगी ही ऐसे।'

परसों सुबह जब मधुली को उसके घरवाले ने मारना शुरू किया तो खिमुली अन्दर से एक रस्सी ले आयी और रस्सी से मधुली के दोनों हाथ पीछे बाँध दिये। मधुली जोर-जोर से चिल्ला रही थी, 'ओ इजा-ओ बौज्यू मेरा इस दुनिया में आज कोई नहीं है, मैं बिना मौत के मारी गयी।' 'लै और चिल्ला, देखती हूँ कौन आता है अब तुझे छुड़ाने।' मधुली अब छटपटा तो नहीं पा रही थी लेकिन फिर भी चिल्ला रही थी, खिमुली ने 'आवाज बाहर जा रही है' सोचकर मधुली के मुँह में एक कपड़ा ठूँस दिया, 'लै अब देखती हूँ कौन गाँववाला तुझे बचाने को आता है।' अपने भाई से कहने लगी, 'लै भुलू, ये कपड़ा ठूँस इसके मुँह में, बहुत हल्ला कर रही है जैसे इसकी माँ राँड मर गयी हो।'

मधुली के घरवाले ने लात-घूँसों से मधुली को मार-मार कर बेहाल कर दिया। वहीं एक चीड़ की लकड़ी पड़ी हुई थी उससे भी दनादन पीटता गया। बदन में पहने कपड़ों के चिथड़े-चिथड़े करके बाहर फेंक दिये। लेकिन खिमुली बेशर्म को तब भी शर्म नहीं आयी। एक औरत के सामने एक औरत नंगी हो रही थी। जब दोनों भाई-बहन थक गये तो मधुली की किस्मत से हाथ की रस्सी खुल गयी। उसने फटाफट अपने पाँव की भी रस्सी खोली और बाहर को भाग निकली। दोनों ने पीछे से पकड़ने की कोशिश की लेकिन मधुली उनके हाथ नहीं आयी। मधुली आगे को भागती जाती, लेकिन उस नग्न शरीर को लेकर भागना क्या उसके लिए उस समय छुपना भी मुश्किल हो गया था। घर के नीचे ही जौ के खेत में घुस गयी। और दोनों हाथों से उरोजों को दबाकर नीचे बैठ गयी। उरोजों को तो हाथों से दबा रही थी लेकिन नीचे का हिस्सा किससे ढके।

बारह

अपनी व्यथा-कथा में डूबी माँ-बेटी को पता ही नहीं चला सूरज कब झंडीधार के ऊपर जा चुका है। आँगन में बिछे पराल के ऊपर बैठी माँ-बेटी एक दूसरे को अपने काने करमों की कहानी बताती चली जा रही हैं। बाँज के पेड़ों से टकराती धूप की गर्मी भी हल्की होने लगी है लेकिन हद तो यह है कि कहानी खत्म ही नहीं होती। इतनी छोटी उम्र में ही माँ से भी बड़ी बेटी की कहानी। कहा जाता है—मनुष्य कहीं भी जाए लेकिन किस्मत तो उसके साथ ही रहती है। मधुली के भागकर आने की खबर गाँव में पौन से भी तेजी से फैल गयी। रास्ते से कोई भी आता-जाता मधुली का इस तरह हालचाल पूछता कि जैसे वह यही पूछना चाह रहा हो कि वह भागकर क्यों आयी। गाँव की कोई राह चलती बहू जाते-जाते इतना तो कह ही जाती, 'क्यों हो मधु ललि कब आयी ? आपके तो आने-जाने का पता ही नहीं चलता। क्यों पहुँचाने को कोई नहीं आया ? अकेली आयी हो ? कितने दिन के लिए आयी हो ?' ताकि मधुली के बताये दिनों के अनुसार फिर से पूछें कि अब क्या हुआ ?

इस बात को दोनों माँ-बेटी भी अच्छी तरह समझ रही हैं। पर किसी से क्या कहें। जब पैदा ही दोनों काने करम लेकर हुई हैं तो किसी को क्या दोष दें। मधुली किस-किस को क्या-क्या जवाब दे। अपने काने करमों की कहानी किस-किस को बताए। अगर बताए तो कौन क्या करेगा। किसी के पास कोई हल है ? क्या हर आदमी के लिए उसका दुख उतना ही बड़ा है जितना उसके लिए ? उसके भाग्य के दुख को उसी के साथ रहना है। बस दुनिया तो मजाक उड़ाने के लिए है। कभी उसी की माँ कहती थी, 'चेली, सम्पत होवे सब कोई बाँटे, बिपत न बाँटे कोई' मधुली मन की मन सोच रही है कौन भला उसकी विपदा को बाँटनेवाला है।

लोगों की इस तरह की बातें माँ के दिल में तीर-सी चुभ रही थीं। किससे क्या कहे ? उसी की बेटी ऐसा भाग्य लेकर जनमी है। अगर सोना खोटा अपना हो तो परखनेवाले का क्या दोष। खोट तो उनकी किस्मत में है। कहनेवाले तो कहेंगे ही।

क्या उनसे ये कह दे कि आयी है तो तुम्हारे बाप का क्या जाता है? अपने मैत आयी है, अपने मैत घर में कौन नहीं आता? क्या तुम नहीं जाती? उसने कोई अपराध तो नहीं किया है। बेटी के लिए तो दो ही घर होते हैं—ससुराल और मायका। परन्तु वह ऐसा कह सकने लायक नहीं थी, उसकी मधुली की किस्मत ऐसी नहीं थी कि वह ऐसा कह सके। उन्हें सुनना ही पड़ेगा। सुनना ही उनकी किस्मत है।

सूरज पूरी तरह झंडीधार के उस पार हो गया था। सूरज डूबते ही घुप्प अँधेरा। अब दोनों माँ–बेटी भीतर अँगीठी में आग जलाकर उसे घेर बैठ गयीं। ठंड बढ़ने लगी थी। ठंड से बचने का आग के सिवा और कोई उपाय था नहीं। माँ के दिल में कुछ उमड़–घुमड़ रहा है। यही कि दो–चार दिन और रहने भी देती, कम से कम इसके घाव तो भर जाते, पर इन दुनियावालों की बात का रोज–रोज कौन जवाब देगा। इनको कौन समझाएगा। माँ ने कुछ सोचते हुए कहा, 'मधु चेली, कल मैं तुझे ससुराल छोड़ आती हूँ। दो–चार दिन रह भी लेती मगर इस समय तू पेट से भी है। यहाँ पर हमारी अकेली कुड़ी (मकान) ठहरी, कोई आदमी घर में ठहरा नहीं। रात–बिरात कुछ हो गया तो मैं क्या करूँगी। चेली उनका है, जो होगा वहीं पर होगा। कल को दुनिया भी सौ बातें बनाएगी। औलाद तो उनकी ही है। कल को भी उसको वहीं जाना है। इसलिए इजू जो भी होगा। अब मैं क्या करूँ! कल मैं तुझे छोड़ आऊँगी!'

मधुली के लिए अब ससुराल शब्द ही कलंक बन चुका था। उस शब्द को जैसे वह कानों में पड़ने ही नहीं देना चाहती है। ससुराल के नाम पर उस दिशा की ओर वह मुँह करके बैठना तक नहीं चाहती। ससुराल शब्द सुनकर वह फिर से ऐसे गिड़गिड़ाने लगी जैसे परसों के कोड़े फिर से उसके शरीर पर दनादन पड़ने शुरू हो गये हों। 'ना इजा ना, मैं उस घर में तो अपने जीते–जी पाँव नहीं रखूँगी, तू चाहे मेरी लाश वहाँ भेज देना। नहीं तो वो नंगे मेरी लाश को भी नोंच–नोंचकर खा जाएँगे। तू क्या समझ रही है, वे राक्षस मुझे छोड़ देंगे? इजा, वे मुझे अब जिन्दा ही मार देंगे। अब तू कुछ भी कर जिस घर से मेरी डोली गयी है, उसी घर से अब मेरी अर्थी भी निकलेगी। तू अपने हाथों से मुझे मौत के मुँह में मत धकेल! मैं जैसे भी होगा अपने दिनों को काट लूँगी। जब तक तू है मेरे लिए, तेरा भरोसा ही काफी है। इजा, क्या तुझे भी मुझ पर दया नहीं आती? क्या तू भी उनकी ही तरह मुझे कलप–कलप कर मरते देखना चाहती है? वे राक्षस हैं इजा राक्षस!'

लाचार माँ क्या कहे क्या ना कहे। सब कुछ जानती हुई भी क्यों अनजान बन रही है। इस उम्र में भी अपने लिए नहीं बेटी के लिए पूरी तरह आशावान है। चलो क्या पता कभी तो दिन पलट जाएँ। मैत में ही रोक लेती लेकिन जब कहीं पौ टिकाने

की जगह होती। नहीं तो भैंस का सींग भैंस को भारी थोड़ी होता है।' जब जनम दिया है तब अब छी-छी कैसी? स्वर-बिरादरों की हालत ठीक होती तो अपना मेहनत-मजदूरी करके पेट भर लेती। एक कोने में पड़ी रहती। बिरादर तो सब यही देख रहे हैं कि ये बुढ़िया कब मरे और कब इसकी जमीन-जायदाद हमारे हाथ लगे। भले ही बुढ़िया को देने के लिए कोई नहीं थे। वे तो बुढ़िया के मरने के दूसरे ही दिन मधुली को वहाँ से भगा देंगे कि जा यहाँ तेरा क्या लगता है। जहाँ तेरा है वहाँ जा। फिर कहाँ जाएगी। सिर छुपाने को मकान नहीं। आज पच्चीस बरस हो गये—एक बार भी मकान की मरम्मत नहीं की। छत की बल्लियाँ टूटकर सारा दादर नीचे गिर रहा है। कौन है करनेवाला। ना जाने बुढ़िया भी किसी दिन इसी छत के नीचे दब जाए। फिर उस अभागिन मधुली को कौन टिकने देने वाला है। उसका क्या डर है उनको? बुढ़िया पूरी दुनिया जहान की सोच रही है। बचपन से लेकर आज तक उसे हमेशा दूर-दूर की ही सोचनी पड़ी लेकिन निभी नहीं नजदीक की भी। हर राह पर धोखा ही धोखा। इसलिए बेटी के बारे में भी यह सब आज ही सोच ले रही है जो उसके मरने के बाद होगा।

सर्दियों की रातें, कड़कती ठंड। जो लोग अच्छी किस्मत वाले हैं उनके पास कितना ओढ़ना-बिछौना है। पर इन फूटे करम वालों के पास शरीर पर ही पूरे कपड़े नहीं हैं। लोग कितने रजाई-कम्बल ओढ़कर भी थर-थर काँप रहे हैं। कितनी बनियान कोट पहनकर भी ठंड दूर नहीं हो रही है। इन गरीबों को शायद ठंड भी कम ही लगती है। जब बचाव का कुछ भी साधन नहीं है तो ठंड अपने आप ही ठंड पर प्रहार करेगी। दो-चार फटे-पुराने चिथड़ों को बुढ़िया ने सिलसाल कर बनाया था, जब तक नजर थी, अब तो कितने सालों से सुई में धागा ही नहीं डाल पाती तो सिलेगा भी कौन? सब बकरी की अंतड़ियों की तरह हो गयी थीं। फिर बुढ़िया को तो अपनी ही हड्डियाँ चुभने लगी थीं। बूढ़े शरीर में एक तो वैसे ही नींद नहीं, फिर दुनिया जहान की चिन्ताएँ। कई-कई रातें सोचते-सोचते ही बीत जाती हैं। अब उम्र भी इतनी हो गयी है कि जहाँ से चिरनिद्रा ही भली लगने लगती है। बुढ़िया कभी इधर पलटे तो कभी उधर। नींद का कहीं नाम नहीं, ऊपर से ठंड के मारे सी-सीकार।

दोनों माँ-बेटी के पास दुख के सिवा और था ही क्या बाँटने को। बुढ़िया ने वहीं अँगीठी में ही पधान ज्यू के घर से लाये हुए आटे की चार मडुवे की खोड़ जैसी रोट बनायी। लेकिन न खुद खा पायी न बेटी ही। अँगीठी में खूब लकड़ियाँ धधक रही हैं। बेटी के लिए वहीं पर कुछ चिथड़े बिछा दिये हैं। बस बार-बार बेटी से कल छोड़ आने की बात कह रही है। बेटी बार-बार मौत स्वीकार कर रही है लेकिन अब

वापस ससुराल न भेजने की माँ से मिन्नत कर रही है। ऐसे ही बेटी को नींद आ गयी। नींद आनी ही थी, अभी उसकी उम्र तो नींद के लायक थी ही। लेकिन बुढ़िया कभी उठ बैठती तो कभी घुटनों और सिर को एक साथ सिकोड़कर सिर घुटने जमीन पर टिका देती। ओढ़ने को एक छीन-सा चादर का चाल जो जगह-जगह से फटकर तार-तार हो गया था। जहाँ से भी हवा सुरूरर...अन्दर जाती, बुढ़िया को वहीं से काट खाती। शायद और दिनों एकाध घड़ी आँख लग भी जाती होगी परन्तु आज रात भर बुढ़िया फिर से अपने पूरे जीवन और अपनी किस्मत के बारे में सोचती रह गयी। 'अहा! कैसे करम लेकर पैदा हुई। पैदा होते ही माँ मर गयी, ग्यारह बरस का ब्याह हो गया। आदमी भी मिला तो अतरिया-चरसिया। जैसा भी था वह भी आधी उमर नहीं रहा। चलो फिर जो भी था दो साँप के मुँह से छूटे जैसे बच्चे हो गये थे, मुझ भागहीन के भाग पर वह भी नहीं रहा। अब एक ये थी तो ये भी चैन से नहीं। पता नहीं इस खोपरी में क्या-क्या जंजाल लिखा है। अभी आगे क्या-क्या करती है, क्या-क्या देखना है।'

जीना तो है ही। जवान-जबान लड़का चला गया। फिर भी ठोक लिया अपना दिल। यही सोचती रहीं' चलो अब बहुत गयी, थोड़ी रही जैसे-तैसे कट ही जाएगी। हरी जगदीश-हरी बिहाबना, क्या सारे दुनिया के दुख दलिदर तुमने मेरे ही भाग पर लिख दिये।' फिर उठ बैठ जाती है। अँगीठी की लकड़ियों को समेटती है। उससे रोशनी कुछ और बढ़ जाती है। उसी रोशनी में बगल में ही निढाल पसरी बेटी दिखाई देती है। ओढ़ना तो एक तरफ उसे अपने घाघरी के चाल की भी होश नहीं थी कि वह भी सरककर कमर से भी ऊपर गया है। शायद वह भी इतनी गहरी नींद में आज कई दिनों के बाद सोयी है। फुफकारे मारकर और घरघर्राट लगाते हुए।

बुढ़िया कितनी कोशिश कर रही है कि एक क्षण को ही पलक झपक ले, पर नींद का नाम ही नहीं। खिड़की का दरवाजा खोलकर बाहर देखा अभी रात कितनी होगी। क्योंकि घड़ी तो बुढ़िया के लिए काल की घड़ी के बराबर थी। बुढ़िया को यह अनुमान था जब बिहाणी तारा ठीक घर के ऊपर होता है, उस समय आधी रात होती है। जब बिहाणी तारा झंडीधार के ऊपर चला जाता है तब पौ फटने का समय होता है। बाहर से आती हवा बुढ़िया को थप्पड़ सा मार कर चली जाती। बुढ़िया खिड़की बन्द कर देती। फिर उसी प्रकार कुकुरी टोप मारती है, अँगीठी की लकड़ियों को समेटती है और दोनों हाथों को धधकती आग के ऊपर करके आग की तपन लेती है।

अब तेज रोशनी की गरमाहट कुछ मधुली पर भी पड़ रही है। तेज रोशनी में मधुली पूरी तरह से दिखाई देती है। रोशनी में मधुली का अधनंगा जिस्म पूरी तरह

चमकता है। फटे ब्लाउज के बाहर निकले दो गोलाकार। हल्दी जैसी पीले जाँघों में ठंड की ठिठुरन से काँटे उभर आये हैं। जाँघों में सफेद-सफेद धारियाँ और उसके बीच झाड़-झंखाड़ भरा झंडीधार यानी एक तिकोन। ऊपर उभरता पेट रोशनी में साफ चमक रहा है। जहाँ इस सबसे बेसुध पड़ी बेटी को कोई लेना देना नहीं था वहीं पूरी रात जागती माँ किसी निर्णय पर नहीं पहुँच पा रही थी। लेकिन इस तरह निढाल पसरी बेटी को देखकर माँ को सुकून ही मिल रहा था—पता नहीं कितने दिनों से नहीं सोयी है, चलो दो घड़ी आज तो सो जाएगी। फिर कल से तो वही हायतौबा।

इस बीच बुढ़िया वहीं अँगीठी में ही दो बार मेथी का पानी उबाल कर पी चुकी है। पर रात है कि खत्म होने को ही नहीं आती। फिर माँ ने मधुली की तरफ देखा तो बिल्कुल ही निढाल पड़ी थी। माँ ने अपनी ओढ़नी मधुली के ऊपर डाल दी। उसे भी अभी से उठाकर क्या करेगी। काफी देर तक अकेले बैठे रहने के बाद बुढ़िया से नहीं रहा गया। फिर खिड़की खोली अब बिहाणी तारा झंडीधार के ऊपर चला गया था। बुढ़िया ने चूल्हे में तीसरी बार मेथी का पानी चढ़ाया और सोचा कि चलो अब तो बेटी को भी उठा दूँ। मेथी का पानी पी लेगी। फिर इतनी दूर जाना भी है। जब अभी से तैयार होगी तब जल्दी निकलेंगे। सर्दी के दिन होते ही कितने बड़े हैं—बस जैसे ही दिन आया वैसे ही गया।

अब बुढ़िया ने मधुली को हिलाते हुए, 'मधु ओ मधु, उठ इजू अब उठ, लै मैंने मेथी का पानी उबाल दिया है, एक घूँट पी ले।' लेकिन मधुली पर कोई असर नहीं हुआ, वह तो बेहोश पड़ी थी। फिर बुढ़िया ने जरा जोर से हिलाया तो मधुली ने 'ओ इजा' कहते हुए करवट बदल ली फिर से बुढ़िया की ओढ़ायी ओढ़नी एक तरफ हो गयी और मधुली का पीछेवाला हिस्सा पूरा खुला अँगीठी की तरफ हो गया। बुढ़िया ने फिर कहा, 'उठ मधु, उठ इजू, अब तो छितरी भी बोलने लगा है, उठ मेरी चेली।' अब बिहाणी तारा झंडीधार से भी सरकने लगा था। इसका मतलब थोड़ी ही देर में पौ फटने लग जाएगी।

अब मधुली ओं...ओं...कहते हुए थोड़ी हिली। फिर 'ओ इजा' कहते हुए उसने अपने पाँव नीचे को और हाथ ऊपर को तंग किये। इस तंग करने के चक्कर में जो कपड़ा शरीर में था वह और भी तंग हो गया। ऊपर को मुँह करके दो-तीन बार 'ओ इजा-ओ इजा' कहते हुए जोर-जोर से अंगड़ाइयाँ लेने लगी। उसके बाद उसने अपनी घाघरी का चाल नीचे को खींचा जो सिर्फ घुटनों तक ही आया। क्योंकि था ही उतना ही। फिर बदन को मरोड़ते हुए उठ-बैठने की कोशिश करने लगी। बैठकर पहले जमकर दो-चार उबासियाँ भरी, फिर बाँज की झाड़ियों जैसे बालों को बाँज के ही

झिलके जैसे हाथों से पीछे किया और इसके बाद फिर आँगड़ी के चाल से बाहर आये दोनों गोलाकारों को एक-एक करके भीतर करने लगी।

माँ ने कहा, 'मधु, लै ये चहा पी ले।' चहा क्या थी मेथी का पानी उबाला था। चायपत्ती तो थी नहीं। कल पधान ज्यू ने दो खुराक दी थी, कल ही खत्म हो गयी। अब आज कहाँ से आती। 'अब दिशा भी खुलने लगी हैं, तू चहा पीकर चुपडौल (पानी के बहते स्रोत का जमावड़ा) पर हाथ-मुँह भी धो आ और एक तौली पानी भी भर ला। मैं तब तक तेरे लिए कुछ खाने का इन्तजाम करती हूँ।' माँ यह कहते हुए अन्दर से तौली लाने के लिए चली गयी।

मधुली ने नींद के ही नशे में पीतल के गिलास में से चाय की चार घूँट मारी और बैठे-बैठे ही दरवाजे की तरफ घिसटती हुई बढ़ने लगी। बाहर अभी भी हल्का-सा अँधेरा था। लेकिन हल्के अँधेरे में हल्की ही रोशनी भी शामिल थी। चाँदनी भी अभी पूरी तरह निस्तेज नहीं हुई थी। उसकी रोशनी भी झंडीधार से छन कर आ ही रही थी। मधुली ने एक हाथ पर तौली ली और घिसटती हुई सीढ़ियाँ उतरने लगी। बाहर ठंड की तो कोई कल्पना ही नहीं थी। लेकिन मधुली के लिए जैसे सर्दी-गर्मी कुछ मायने नहीं रखती है। वह आँगन में जाकर धमा-धमा लग गयी रस्ता। पाँव पर कोई जूता-चप्पल नहीं। खैर जूता-चप्पल तो उसने आज तक कभी पहना ही नहीं। एक जोड़ी चप्पल चनिया की शादी से पहले खरीदे जो उसने चनिया के मरने के बाद कभी पाँव में डाले ही नहीं। जिन लोगों के पास ओढ़ने-पहनने को था वे भी आजकल धूप निकलने से पहले बाहर निकलने की हिम्मत ही नहीं करते। लेकिन मधुली नींद के ही नशे में ऐसे जा रही थी जैसे कि जेठ के महीने की चिलचिलाती धूप हो। पहाड़ी पगडंडीनुमा रास्ते पर जाँच (सुई) जैसे पत्थरों के ऊपर लड़खड़ाती नीचे गधेरे की ओर बढ़ रही है। जहाँ चुपडौल है।

गधेरे में अभी अँधेरा ही था। वहाँ पानी के लिए भी उनके सिवा और कोई जाता नहीं था। वैसे भी इस जगह पर रात में तो क्या कोई दिन में भी आने की हिम्मत नहीं करता। दिन-दहाड़े उसी गधेरे से बाघ कितनी ही बार कितनों की बकरियों को चम्पत कर चुका था। लेकिन मधुली को अब बाघ से भी ज्यादा डर आदमियों से लगने लगा है। शायद सबसे बड़ा आदमखोर बाघ नहीं, आदमी ही होता है। बाघ अगर वार करता है तो सिर्फ अपने बचाव के लिए। आदमी आदमी पर वार करता है तो सिर्फ उसे मिटाने के लिए। मनुष्य का हर वार अपने को बचाने और दूसरे को मारने के लिए होता है। मधुली चुपडौल पर झुकी। लेकिन चुपडौल के ऊपर रात से दो इंच मोटी तुषार की परत जमी थी। पहले मधुली ने तीन चार बार पीतल की तौली से ही कट-कट तुषार के ऊपर मारा फिर तब तुषार की खाँकर टूटी तो उसे तौली

से ही इधर-उधर किया। फिर सिर्फ अँगुलियों से ही नाममात्र को दो-चार छींटे मुँह पर मारे और तौली सिर पर रखी, वापस घर की तरफ बढ़ गयी।

मधुली के घर आने तक ऊपर झंडीधार पहाड़ी में सूरज की किरणें भी चमकने लगी थी। माँ ने तब तक फिर वही चार खोड़ जैसी रोटियाँ सेंक ली थी। मधुली को फिर एक बार माँ ने कहा, 'मधु तू अपने सिर में थोड़ा तेल डालकर बाल बना ले। फिर रोटी खा लेगी। आज मैं चलूँगी तुझे ससुराल तक ही छोड़ने। अगर जल्दी पहुँच गयी तो मैं आज ही मासी तक वापस भी आ जाऊँगी।' 'इजा! तू फिर वही कचकचाट लगाने लग लग गयी। क्यों कल रात से तुझे अभी भी धौ (इच्छा पूर्ति) नहीं हुई। तू मुझसे कहाँ जाने को कह रही है। क्या मैं यहीं तेरे ही सामने में मर जाऊँ।' मधुली ने चिल्लाते हुए कहा। 'ना इजू ना, जाना तो तुझे पड़ेगा ही। कल नहीं तो आज ही चली जाएगी।' माँ ने फिर समझाते हुए कहा। बेटी ने लाख अनुनय-विनय की। लेकिन माँ ने एक भी नहीं सुनी।

बेटी ने कितना ही समझाया, 'इजा, जब तुझे सब बता दिया है तो फिर क्यों जबरदस्ती मुझे काल के मुँह में धकेलना चाह रही है? तू क्या समझ रही है मैं वहाँ से फिर कभी वापस आ पाऊँगी? तू मुझे इसके बाद कभी जिन्दा नहीं देखेगी। जिन्दा क्या मेरा मरा हुआ मुँह भी नहीं देख पाएगी।' बेटी कितना ही गिड़गिड़ाती रही लेकिन माँ 'चल इजू तू जल्दी तैयार हो जल्दी तैयार हो जा' से और अधिक कुछ कह ही नहीं पा रही थी। बेटी ने फिर कहा, 'तू कह रही है कि वहाँ मैं तुझे छोड़ने आऊँगी, तू वहाँ आकर क्या करेगी, वो राक्षस तेरी कौन-सी बात मानने वाले हैं। तेरे ही सामने में मारेंगे-पीटेंगे तो क्या करेगी। उल्टा और यहाँ से वहाँ जाकर रोते हुए वापस घर को आएगी। तेरे वहाँ आने से मेरा कुछ भला होने वाला होता तो मैं खुद ही कहती इजा मेरे साथ तू चल दे। तुझे मैं खुद ही ले जाती। पर ऐसा भाग कहाँ है तेरा और मेरा।'

माँ ने एक भी नहीं मानी। 'मैं सालों को कहूँगी तो जरूर, फिर चाहे मेरी सुनें या नहीं। मैं वहाँ से घर आऊँ या न आऊँ लेकिन मैं एक बार तो वहाँ जाकर उनसे जरूर कहूँगी तुम एक लाचार को मार कर क्या करोगे। तुम्हें ठीक नहीं लगती है तो वह तुमसे क्या माँग रही है, एक कोने में पड़ी रहेगी, इतना हक तो उसका भी लगता ही है। मैं कहूँगी—अरे तुम्हारे लिए अँधेर की माया, जुलम की काया है, तुम मनख होकर मनख को ही मार रहे हो। तुमको मनख की हत्या लगेगी, अगले जनम में तुम्हें मनख प्राप्त नहीं होगा। अरे तुम इसकी नहीं तो जो इसके पेट में पल रहा है उसकी तो चिन्ता करो। कल को इसी को कुछ हो गया, तो ये पेट का भी कहाँ रहेगा। ये तो तुम्हारी औलाद को जन्म दे रही है। तुम इसे कुछ मत देना। मेहनत-मजदूरी करके

एक कोने में पड़ी रहेगी। इसके भाग का जैसा होगा अपने भाग का ये भी भुगत लेगी।'

मधुली को माँ पूरी तरह से लाचार कर चुकी थी। माँ मधुली की एक सुनने को राजी नहीं है। वह उसके लिए एक पोटली बाँधने में लग गयी है। थोड़े तिल चावल मिलाकर एक कपड़े में बाँध दिये हैं, रास्ते में भूख लगेगी तो खा लेगी। उसी में चार रोटी भी रख ली है। रात को क्या पता खाने को देंगे भी या नहीं। दो-तीन, लोगों के दिये फटे चीथड़े। अब बेटी सिसकती जा रही है लेकिन माँ है कि एक भी मानने को तैयार नहीं। माँ ने पोटली बाँध दी, 'हिट मधु अब हिट।' बेटी लाचार है अब और जोर-जोर से सुबकने लगी है। अब मधुली चार दाने चावल के मतभतेर मन्दिर में और चार दाने देहरी में चढ़ाती है और सिर में गठरी रख लेती है।

मधुली जोर-जोर से ढ्याँ-ढ्याँ करके रोने लगी है। माँ लगभग उसे ठेलती हुई आगे बढ़ा रही है। आज मधुली की आँखों में सावन-भादो की झड़ी है। आज वह पुकार रही है—नौ लाख कन्तापुरी, भूमि का भूमियाल, कासी का कोतवाल, गड़ी-नगरी के देवी-देवताओं को। तैंतीस करोड़ देवताओं को। हे महाराज आज तुम ही मेरी लाज रखना। हे चमड़खान के ग्वेल देवता तू ही साक्षी है। अगर मेरा पाँव वहाँ टिक गया, मैं वहाँ रहती-खाती हो गयी तो तुम जैसा कहोगे मैं वैसा करूँगी। हे घर के कुलंगकारी देवताओ, हे बाला गोरिया, हे नरसिंह ज्यू, हे झाँकर के सैम ज्यू, हे हरज्यू, हे नौ लाख कत्यूरो, हे देवी अन्यारी, हे देवी उज्यायी, हे लकुड़िया बीरा, हे गरदेवी, हे झंडीधार की परियो, कलबिष्टा, हे इष्टा—आज मैं तुमको खबरदार करती हूँ, मेरी लाज रखना, इस घर की लाज रखना।' मधुली तैंतीस करोड़ देवताओं को एक-एक करके पुकारती जा रही है। माँ बस, 'आ बाबू आ' पीछे देखकर कहती जा रही है। 'क्या होगा रो-धो के, करमों का दुख तो भोगना ही है।' कहते हुए एक हाथ से लाठी टेकते हुए झंडीधार के उकाव (चढ़ाई) की तरफ को बढ़ रही है।

मधुली और मधुली की इजा घर के ऊपर झंडीधार के नीचे पगडंडीनुमा रास्ते से होते हुए ग्वेल के थान (मन्दिर) के पास पहुँच गये। वहाँ पहुँचकर मधुली और भी फूट-फूटकर रोने लगी। माँ ने कहा, 'लै मधु जा ग्वेल देवता के थान में एक पैसा भेंट भी चढ़ा आ, और हाथ-पात भी जोड़ आ, यार मेरा भला हो जाएगा तो तुम्हारी सेवा में लौंग-सुपारी की भेंट चढ़ाऊँगी और बकरे की पाठी (बच्चा) लाऊँगी। मेरी रक्षा करना, बोल आ। हमारे तो कुलदेवता यही ठहरे। दुख में सुख में हमारी रक्षा करने वाले हुए नहीं तो और हमारा है ही कौन।' मधुली ग्वेल देवता के थान पर गयी। थान पत्थरों से बना हुआ है, न अन्दर और बाहर से लीपा हुआ और न कोई फर्श।

ऊपर से भी पत्थरों की ही छत। मन्दिर के पिछवाड़े एकाध बाँज और करौंज की झाड़ियाँ हैं, बाकी सब हिस्याल्ट, किल्मोड़, धिधाऊ की झाड़ियों से घिरा हुआ। मन्दिर की ऊँचाई भी इतनी कि उसके भीतर भेंट चढ़ाने को भी पूरी तरह लेटना पड़ता है। अन्दर चार-पाँच पत्थर के देवता और एक दो दीया और धूपैड़।'

यह मन्दिर वैसे था तो सारे गाँववालों का ही, पर यहाँ पर कभी भी कोई नित्य पूजा-पाठ नहीं होती थी। कभी-कभार जब किसी पर देवता लग गया, किसी बीमार को गड़तुवे ने कहा कि ये तुम्हारे ग्वेल देवता का चक्कर है, तभी ग्वेल देवता के मन्दिर में पूजा की जाती थी। उस दिन भी पूजा क्या ग्वेल देवता ने जितनी बकरियों के लिए कह दिया, उतनी बकरियाँ काटी जाती थीं और बकरियों के सिर काटकर ही मन्दिर में चढ़ावा भी होता था। बकरों का खून लोहे की कढ़ाई में भरकर वहीं पर आग जलाकर उसे पकाया जाता और उसी का प्रसाद भी होता। किसी के पास पैसा हो गया तो वह रोट, पूवे, हलुवा भी चढ़ा देता नहीं तो बस बकरे कटते थे। कोई वर्षों में गाँव के पधान जैसे लोग कटड़ा (भैंसा) भी काट लेते थे। उसे वहीं मन्दिर के सामने गड्ढा खोदकर गाड़ दिया जाता था। गाँव का ही रूपुवा दर्जी जागर लगता था। गाँव में ही भैंस की खाल निकालकर वह अपना ढोल मढ़वाता। नाचने वाले गांव के कई हो जाते थे। किसी पर ग्वेल नाच रहा होता तो किसी पर सैम तो किसी पर कत्यूर। बस पूरे दिन भर ढोल और नगाड़े की थाप पर रूपुवा बोलता—अपणी गुरु की अस्तुति भक्ति कसी करछा-बस एक ताल एक धुन में, अगर आज उसे फोक भी कह दिया जाए तो कुछ अलग बात नहीं।

खैर, यहाँ उन देवी-देवताओं के नाच-गाने से बड़ी मधुली के रोने की कहानी है। मधुली आज मन्दिर के बाहर ही ऊँची उगी घास में आँसुओं की झड़ी लगा रही है। बार-बार सिर को मन्दिर की दीवार से फोड़ रही है। माँ की आँखों में भी आँसू हैं। वह मूक दर्शक बनी देख रही है। जब बेटी ने मन्दिर की दीवार से अपना सिर पटक-पटककर खून निकाल दिया, तब माँ ने उसे पीछे की तरफ खींचा, 'इजू, क्या करेगी खाली अपना सिर फोड़कर तेरी बिपदा को वो नहीं देख रहे हैं क्या, वो अन्तरजामी ठहरे!' 'इजा, देख रहे होते तो आज मैं ऐसे अपने सिर को क्यों फोड़ती, मेरे साथ कोई तो न्याय करता।' रो रही है जोर-जोर से। माँ सँभालती है। पीछे खींच रही है। 'हिट बाबू अब हिट फिर देर हो जाएगी, मुझे वापस भी तो आना है।'

अब दोनों माँ-बेटी फिर से ऊपर की ओर रास्ते पर चलने लगीं जो लगभग मिट चुका था—दोनों तरफ उगी झाड़ियों से। घना जंगल। हाथ को भी हाथ नहीं सूझे। बाँज, बुराँस, काफल, खड़िक, भिमूल, हस्यालू, किल्मोड़ा, घिघारू, करौंज की झाड़ियाँ। झाड़ियों के बीच से भागते बन पक्षी, पालतू मुर्गियों से भी बड़ी-

बड़ी मुर्गियाँ, मुनाल, खरगोश सरपट पाँवों के नीचे से भाग जाते। ग्वेल देवता के मन्दिर से करीब डेढ़ मील की चढ़ाई चढ़ने पर अब झंडीधार की चोटी आ गयी थी। धार में पहुँचते-पहुँचते बुढ़िया हाँफने लग गयी, 'मधु थोड़ी देर में अपनी साँस बिसा (आराम) लेती हूँ। फिर चलूँगी।' दोनों माँ-बेटी बैठ जाती हैं। बेटी कुछ भी नहीं बोल रही है, अगर कोई बोल रहा है तो उसकी आँखें—जहाँ से बरसात की-सी झड़ी लगी है, और दोनों उरोजों के बीच नाले की तरह पानी बहता जा रहा है। ऊपर पेड़ों पर बैठे बन्दर हूँ—उं करते एक हाथ से टहनी पकड़कर नीचे को लटकते हुए अठखेलियाँ कर रहे हैं।

थोड़ी देर के विश्राम के बाद अब दोनों माँ-बेटी फिर से चल पड़ी हैं। यहाँ से लेकर मिहोखान की धार तक थोड़ा-बहुत पसैल (करीब-करीब सीधा-सा) था। उसके बाद रामगंगा की गाड़ तक करीब नौ मील का एकदम हुलार (ढलान)। मिहोखान की धार तक ही पहुँचने में आधा दिन बीत गया, मधुली ने कहा, 'इजा, तू वापस चली जा अभी तो नौ मील का हुलार है, फिर वहाँ से गैरखेत की धार तक चार मील का उकाव। तू वहाँ से वापस तो क्या आधी रात तक वहीं नहीं पहुँचेगी। और अगर हम रात में गये तो उन्होंने जाते ही कहना है—ये देखो दोनों माँ-बेटियाँ कैसी आ रही हैं अधरात में। वहीं पर कहने लगेंगे अभी तक बेटी को किसके घर भेजा था।' पर माँ एक भी मानने को तैयार नहीं, 'नहीं इजू नहीं, मैं बगैर तुझे रामगंगा पार कराये तो वापस जाऊँगी ही नहीं। मुझे जब तब तेरी खबर नहीं मिलेगी, झस-झस ही लगी रहेगी। और फिर तेरी खबर देनेवाला है ही कौन। वापस नहीं भी आ पाऊँगी तो वहीं मासी के बाजार में किसी की दुकान के बाहर पड़ी रहूँगी।'

अब मिहोखान की धार से दोनों माँ-बेटी सीधे रामगंगा की ओर हुलार में चलने लगीं। बुढ़िया पहले लाठी नीचे गड़ाती फिर एक कदम बढ़ाती। मील आधे मील पर 'ओ इजा-ओ बाज्यू' कहते हुए बैठ जाती। जितनी बार माँ बैठती बेटी भी बैठ जाती। कनरै के धारे (पानी के स्रोत) पर एक-एक घूँट पानी पिया। बेटी से यों बोली, 'मधु तुझे अब भूख भी लग गयी होगी एक गाल खाज (तिल चावल) खा ले फिर यहाँ पर पानी भी पी लेगी।' बेटी का मन कहाँ कुछ खाने-पीने को था। खूँटे में बँधी गाय की बछिया की तरह माँ के पीछे रम्भाते चली जा रही थी।

नौ मील का हुलार उतरने तक सूरज गैरखेत की धार से लुकाछिपी का खेल खेलने लगा था। घाम लाल हो गया था। रामगंगा लबालब भरी शान्त बह रही थी। गैर खेत की धार से सूरज की लाल-लाल किरणें नदी के जल में इन्द्रधनुष बना रही थीं। दोनों माँ-बेटी अब नदी के पास पहुँच गयी हैं। नदी का पानी देखकर उसे

पार करने की दोनों की हिम्मत नहीं हुई। अब क्या करें-क्या न करें। मधुली ने अपनी धोती कमर में बाँधी। घाघरी का चाल पूरा ऊपर उठाकर कमर में बँधी धोती में खोंस दिया। पानी के भीतर उसे कौन देख रहा था कि घाघरी का चाल कहाँ गया है। मधुली ने इजा के पाँव छुए और पाँच मिनट तक माँ को बाँहों में लेकर झूलती रही। आँसुओं से माँ-बेटी एक दूसरे को भिगोती रहीं। फिर मधुली ने पोटली सिर पर रखी और सनसनाती हुई नदी की ओर बढ़ी। नदी में थोड़ा गयी भी लेकिन मधुली की हिम्मत ही नहीं हुई। 'इजा, आज तो गाड़ ज्यादा ही आयी है। परसों तो इतना पानी नहीं था।' फिर वापस आ गयी। अब क्या करें। बुढ़िया को वापस अपने घर आना है और मधुली को रामगंगा पार करके गैरखेत जाना है।

फिर माँ ने कहा, 'चल, मैं तेरा हाथ पकड़कर तुझे पार करा कर वापस आ जाऊँगी।' 'इजा, तू तो हद करती है, जब मैं नहीं जा पा रही हूँ तो तू अकेले वापस कैसे आ जाएगी। और फिर अगर इस समय तू गैरखेत ही आ जाती और रात को वहीं रह भी लेती तो फिर कल सुबे तुझे गाड़ पार कौन कराएगा।' बेटी ने माँ से कहा। माँ ने कुछ सोचते हुए कहा, 'चल देखी जाएगी, अब मैं वहीं गैरखेत ही आ जाती हूँ, जरा उन दुष्टों को समझाऊँगी, कल सुबह कोई मासी की बाजार को आएगा तो उसके साथ मैं भी आ जाऊँगी। अब जो भी होगा देखा जाएगा।' इस पर बेटी ने भी सहमति जतायी। एक रात माँ के साथ रहने का और सुख मिलेगा।

अब माँ ने भी बेटी की तरह घाघरी का चाल ऊपर को पलटकर उसके बाहर से धोती के चार घेरे मारकर बाँध दिया। एक हाथ में लाठी पकड़ ली और एक हाथ से मधुली का हाथ कसकर पकड़ लिया। मधुली ने भी एक हाथ से इजा को कसकर पकड़ा है और एक हाथ से सिर की पोटली पकड़ी। धीरे-धीरे उफनती नदी में प्रवेश कर रही हैं। अब सूरज की किरणें नदी के पानी से भी ऊपर उठकर उनके सिर पर ही टिकी हैं। पानी के बहाव में दोनों माँ-बेटी को झटके लग रहे हैं। फिर सँभलती हुई माँ बेटी से कहती है, 'तू डर मत इजू! मेरे हाथ में जाँठी है, कहीं नहीं गिरेगी।' बेटी सुन्न है। यहाँ पर नदी कुछ ज्यादा चौड़ी भी है। वे यहाँ पर से इसलिए पार करना चाहते थे कि यहाँ पर पानी का बहाव कम तेज होगा।

अब दोनों माँ-बेटी बीच नदी में जा चुकी हैं। इतने में ही नदी में ऊपर से तेज पानी का बहाव आया। बाद में लोगों ने बताया कि उस दिन सुबह खिड़-खन्सर की तरफ बारिश हुई थी, वहाँ से गाड़ को आते-आते इतना समय लग ही जाता है। उनके बीच नदी में पहुँचते ही पानी का तेज बहाव शुरू हो गया। आमने-सामने ऊपर खेतों

में काम कर रही औरतों ने उन्हें धात भी मारी कि ऊपर से गाड़ आ रही है, वापस आ जाओ, लेकिन वे दोनों माँ-बेटी न आगे बढ़ सकीं और न ही वापस। बस थोड़ी ही देर में उफनती नदी के बीच केदार की तरफ बहने लगीं। धार के उस पार डूबते सूरज की किरणें बीच-बीच में डुबकी लगाती माँ-बेटियों पर ऐसे पड़ रही थीं जैसे कोई कैमरा मैन हर एंगल से उनके शॉट ले रहा हो। सूरज की किरण कभी बेटी पर पड़ती तो कभी माँ पर, तो कभी पीछे से बहती जा रही पोटली पर। यह क्रम कालाचौना तक चला, जिसे खेतों में काम करती औरतें देखती रहीं।

इसी के साथ सूरज की किरणें भी गैरखेत की धार के पार हो चुकी थीं। बस कुछ ही देर में काल रात घिरने वाली थी। कुछ ही महीनों बाद सोमनाथ का मेला था। हर साल मेले में कोई न कोई नया गीत लोक गायकों के द्वारा स्वयं रचकर गाया जाता है। इस साल भी एक गाना सल्टिया और सोमनाथ के मेले में सुना गया—'अघिना नानी पछिना चहा, रौहौपी एगो हिल'—आगे जाने वाली लड़की पीछे देख—गाड़ का हिल आ गया है।

वह कहाँ गयीं। उनकी लाश कहीं पार लगी होगी या बस खन्दकों में ही मछली खा गयी यह किसी को पता नहीं। पता करनेवाला कौन था। उस घर की वही दो माँ-बेटी अन्तिम निशानी थीं। एक निशानी दूसरे घर की बेटी के पेट में पल रही थी। वह भी उसी में दफन हो गयी। अगर पीछे रहा तो बस यही गीत, जिसे लोग आज भी नहीं भूले हैं—

अघिना नानी पछिना चहा, रौहौपी एगो हिल।

❏❏❏